TENDER IS THE

春日喜鹊

Spring

孟五月 著

四川文艺出版社

Spring

TENDER IS THE 春日喜鹊

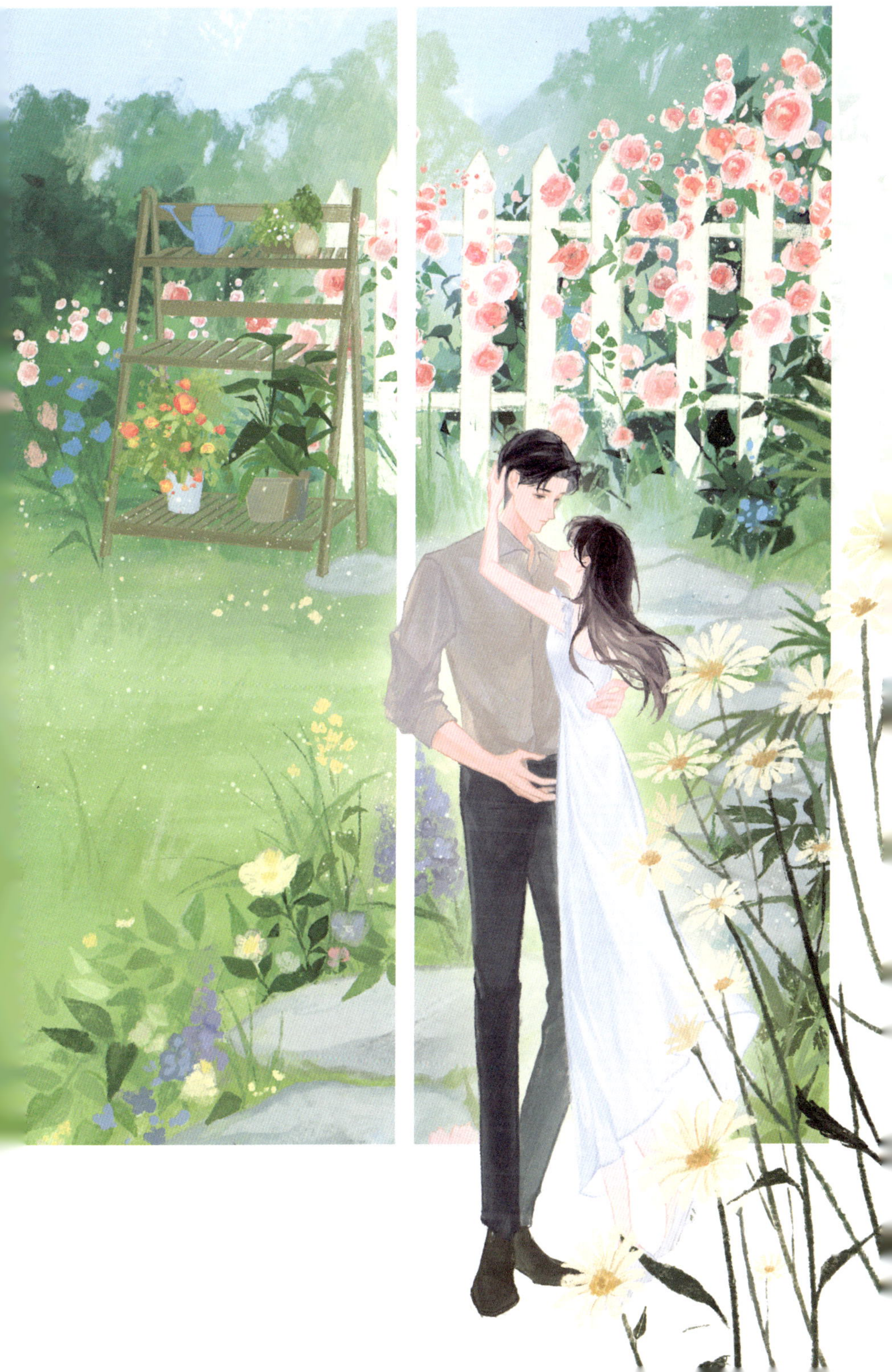

CONTENTS
目录

第一章
001 ⋯ 温柔坠落他掌心

第二章
053 ⋯ 是她一场美好的梦

第三章
107 ⋯ 有你在，我就不怕黑了

第四章
161 ⋯ 只属于他们的圣地

第五章
213 ⋯ 我就在你身后

第六章
261 ⋯ 沈清徽，生日快乐

第一章

温柔坠落
他掌心

TENDER IS THE
SPRING

淮川的深夜，下了一场暴雨。

暴雨来得很急，噼里啪啦地砸在玻璃窗上，摔在半山别墅院子里的玫瑰上，花朵没进了泥泞的土里，狼藉不堪。

"啊——"

一道女人的惊叫声骤然划破长夜，紧接着，是摔门声。

"沈明懿……我没有，我没有推佳思……"

一个穿着白裙的女孩被人扯着头发从别墅内拖出来，她纤细的身子惊惧地颤抖着。那人狠狠一推，江鹊便摔倒在被暴雨冲刷干净的路上。

冰冷的暴雨肆意砸在身上，那重重的一推，让她的膝盖与手心一片痛意，男人抬脚坐进跑车，一声惊雷，映出他侧脸隐约可见的阴沉。

"沈明懿，求求你，听我说……"

江鹊从地上爬起来，跑车在雨夜发出轰鸣，她用力地拍着车窗，雨水流进眼里，看到的东西变得模糊起来。

沈明懿落下车窗，江鹊被暴雨浇得十分狼狈。她扶着车窗躬身站着，一双大眼睛里满是惊恐与乞求。

"沈明懿，那天佳思跳楼，我没有推她，佳思她抑郁很久了，那天我往楼上送酒水……"

"江鹊，"沈明懿勾唇笑了，他微微向前倾身，两指掐住了她的下巴，"我给你机会。"

"什么？"江鹊一张小脸惨白，惶恐地看着他。

"我说，我给你机会，"沈明懿松开手，轰着油门，"我给你五分钟，你现在开始跑,别被我抓住,你要是被我找到……"

又是一声惊雷,天空被劈亮一瞬,沈明懿的五官极好,却带着一股阴柔感,尤其笑起来的时候,总带着一股玩世不恭的阴戾。

他铁了心不听。

沈明懿的手搭在方向盘上,他用蓝牙拨了个电话,那边传来了高亢激昂的狗叫声:"江鹊,你在沈家待多久了?"

"几、几年……"

她声音里带了哭腔,双腿发软。

"那你知道雄鹰和猎豹可不认人。"

雄鹰和猎豹,是沈明懿养的两条藏獒,平日饲养在后院。除了沈明懿,谁都不认,见了谁都发疯地吠。

"要是被我找到,你知道自己的后果吧?"沈明懿的手搭在方向盘上,惬意又随性地说,"江鹊……畏罪潜逃,被沈总忠诚的狗找到,死在狗嘴里。你看这样行吗?"

沈明懿又一次轰着跑车的油门:"五分钟,容叔,五分钟后放狗。"

江鹊惊慌,她拖着受伤的膝盖往外狂跑。

沈家的别墅坐落在半山之上,风景秀丽,绿化极好,只一条环山公路蜿蜒而上,后面背靠着海,如环抱拥簇。

江鹊在沈家"借住"了几年,但每天是被人送回来的,她的房间也只是沈家别墅里的一个小小闲置的房间,平日里哪儿敢到处乱去?

江鹊顾不得擦泪,沿着那条环山公路跑,五分钟过得很快,沈明懿又是开的跑车,一道强光在后面不远处闪了闪,紧接着就是藏獒疯狂的叫声。

她心下一慌,人往路旁边的树林里一滚,周围一片漆黑。她弓着腰往树林里跑,脚下全是碎石和泥巴。

暴雨打在叶子上,雨水四溅,她瑟缩地靠在一棵大树后,眼看着一辆跑车在远处停下,沈明懿推开车门下车。

"江鹊——"

她惊惧地躲在树后,仿佛听见远处传来狗吠,一声又一声,亢奋激昂。

她捂着嘴,眼泪从眼眶里滚下来,混着雨水顺着脸淌下,手电的强光一闪而过,她躲在树后瑟瑟发抖。

沈明懿的脚步向着对面走去,她的视线在外围扫视,沈家的半山别墅很大,只有一条干道通向外面,她不熟悉地形,眼下应该找个地方藏身,明天等他走了,自己或许能逃出去……

江鹊慢慢站起来,她弓着身在树林里走,到处都是泥泞,然后,看到几束强光灯闪过,半山脚下有其他跑车的轰鸣,心底生出一丝微弱的希望。

最近几天沈家待客,她能不能祈求,遇见一个好心人将她带出去?

江鹊的小腿不知被什么东西划破,传来麻木的刺痛,但她不敢停留,已隐约听到那两条藏獒犬呼哧呼哧喘粗气的声音。

求生欲让她本能地往前跑,似乎有一只藏獒发现了她,嗷了一嗓子,然后迅速地往江鹊的方向猛扑!

江鹊只呆滞了一秒,那恶犬呼哧呼哧的声音像魔音,她的心脏在急速地跳动。

在这样的黑暗中,所有的恐惧都被放大,她闭上眼睛,好像已经想到了沈明懿阴戾的笑容,想到那两条恶犬尖锐森白的尖牙,流淌着腥臭的口水……

她拔腿就跑,冲上马路时,两辆跑车从山下呼啸而上,强光灯刺得她睁不开眼,她浑身湿透,裙摆上还沾了泥巴——

"哧——"

跑车尖锐的刹车声就在耳边响起,江鹊呆站在环山路上,脑子里一片空白。

"哪儿来的女鬼——"

一道尖锐的骂人声响起,紧接着那边车窗落下。

跑车没熄火,在旁边发出轰鸣。

江鹊看到是两辆跑车,一辆银蓝色,一辆黑色。

她抬手抹了把脸,不管不顾地跑过去,拍着车窗,声音卑微地祈求:"你好,能帮帮我吗……"

"求求你,能不能帮帮我……"江鹊哭了出来,恶犬似乎在寻她,离她不远,大概隔了几百米。

黑色的跑车内,副驾上的男人睁开眸,眉心拢蹙着浅浅的不适,他淡声问了一句:"撞人了?"

"没,出来一女鬼,"邵闻珂皱眉,"沈家哪儿来的女人?"

副驾上的男人仍没什么过多的反应:"明懿带回来的吗?"

语气淡然,好似见惯不怪。

沈明懿花名在外,谁人不知他隔三岔五上娱乐新闻。

"沈明懿的新女友"已经成了微博上的常驻话题。

"欸,这不是住你们沈家的那个小可怜,叫什么,江鹊?"

邵闻珂抬眸看了眼窗外,惊雷划过天空,他似乎记起什么。

这话一出,副驾上的男人好像终于多了些反应,他抬眸看了一眼,在雷光闪过的瞬间——

他看清了她的脸。

被雨水浇得极狼狈,半人不鬼。

但那双眼睛好看,像趴在海中浮木上哭泣的美人鱼。

"告诉邵闻瑾改日再玩,你坐他的车回去。"

"欸,我去,你干吗去——"

邵闻珂还没反应过来,副驾上的人已经推门下车,他撑了一把黑色的伞。

邵闻珂骂了一句。

江鹊以为自己会死在这个雨夜,沈明懿会弄死她,或者她被狗咬死,又或者干脆淋死在这个暴雨夜。

然而雨水在某一刻戛然而止。

她跪坐在地上,抬眸时,看到一个身姿颀长的男人站在她的身旁。

他的西裤熨帖得笔整,皮鞋干净,车灯亮着,看不太清他的脸,但可以看到男人线条分明的脸部轮廓。

他撑了一把黑色的伞,握着伞柄的那只手修长,腕表表盘折射出一丝碎光,那手形极好,握伞时也像画中人。

他为她遮挡了这疯狂的雨。

江鹊十分惊惧,瑟缩着不敢动。

"要跟我走吗?"他的声音很好听,平和缓慢,似乎有种慢条斯理的温和感。

他这句话,如第一缕融化冬雪的春风,竟让她的心瞬间酸涩起来。

江鹊的腿已经被雨水浇得发冷,她手心撑着柏油马路,传来丝丝刺痛,她差点站立不稳,说不清是绝处逢生的激动还是感激,眼泪竟然瞬间崩落。

他撑着伞,抬手为她拉开副驾驶的车门。

江鹊眼泪又滚下来,她缩着身子站在副驾驶旁边,看着干净整洁的皮质座椅。

自己身上被浇得透彻。

"不碍事,明天车子要洗了,坐吧。"

他声音温温的。

车子里有种浅浅的檀木香气,令人紧绷的神经舒缓,而檀木中又带着一丝淡淡的烟草味道,像蛰伏在森林里的野兽。

江鹊缩在座椅上,不敢动。

男人收了伞,从一边上车。

车灯亮着,突然,一只体形巨大的藏獒一闪而过,江鹊吓得闭上眼不敢看,生怕沈明懿的脸突然出现。

但并没有。

身旁的男人启动车子,跑车里隔绝了外面的暴雨声。

他将车子转弯,问她:"有地方去吗?"

江鹊脑中一片混沌,摇摇头。

男人探手从置物盒中拿出一条干净的毛巾递给她。

"擦擦头发。"

他的手很漂亮,手指修长,指骨分明,手背上有隐隐的青色血管脉络。

随着他的动作,淡淡的檀木味道钻入鼻腔。

江鹊浑身僵硬,小心地拿着毛巾一角,低低说:"谢谢您。"

男人没回。

而外面,邵闻珂上了邵闻瑾的车,就那么几秒,浑身湿透了。

他骂了句:"沈清徽真是见鬼了,说好今天赛车的!"

邵闻瑾笑了一声,一脚将油门踩到底,邵闻珂尖叫起来:"你开这么快要死啊——"

邵闻珂平日说话嘴上没个把门的。

但这回还真说对了,沈清徽见鬼了。

沈明懿从路边走上大路,司机给他撑伞,但他走得快,仍然被淋了一些,花衬衫贴在胸膛上,能隐约看到腹肌上的性感线条。

司机更是浑身湿透。

"沈总……沈总……"

阿姨撑着伞跑出来,又惊又惧,好不容易看到人,松了口气,但看到沈明懿淋着雨走在路上,吓得不轻。

"找到江小姐了?"

沈明懿双手插兜,跑车停在不远处,车灯亮着,雨夜更显明亮。

"没……没看见……"

阿姨不敢大声说话,声音被吞入雨里。

沈明懿停下了脚步,司机赶紧将伞凑上去。

沈明懿没说话,他笑了,他的唇形很好看,笑起来的时候似乎是真切的喜悦,然后下一瞬,眼神变冷,抬脚踹向阿姨,阿姨没站稳,一下滚到了路下面的泥泞灌木丛中。

"没找到继续找啊!你回来跟我浪费什么时间?!"

"是先生说因为佳思小姐去世,他让您先去国外待几天,是明天的机票……"

江鹊不知道自己被带到了哪里,淋了这场暴雨,她穿得又少,车上温度舒适,人在车上就昏睡过去。

沈清徽坐在宽敞房间的沙发上,由着家庭医生给她检查。

医生给她测了体温,被子没盖好,露出一截藕白色的小手臂。

江鹊身子骨纤细,瘦弱,却有种清净的美感。

"淋雨了,有点发烧,"医生收了包,"明天没退烧我来给她打退烧针。"

"嗯。"

"沈先生早点休息。"

医生不多打扰。

沈清徽坐在房间靠窗的沙发里,手摸烟盒,想到这儿还有个病人,于是作罢。

他自然也没在这儿坐着看人睡觉的习惯,索性站起身出去,带上房门。

沈清徽走到了客厅里,一正面墙全是落地玻璃窗,一方小院子,院子里种了不少花,只是这突如其来的暴雨,把花弄蔫了不少。

他站在窗边,这回摸了烟盒,烟盒里却空空如也。

沈清徽靠窗坐下,躬身正准备拉开抽屉,手机就在这会儿响了起来。

看到号码,他微微拢蹙眉心。

"爸。"

"嗯,我跟你说,阮佳思跳楼那事儿,明天找媒体压压,我给明懿买了机票,让他去西雅图避避风头。我就这么一个孙子。"

"知道了。"

"我听说……刘阿姨这几天家里有事,你那边住不惯的话回老宅。"

"住得惯。"

沈清徽拉开了抽屉,从里面拿出一个木盒,打开,只残存零星的烟丝。

他这才想起来，自己也有一阵子没回这儿住了。

江鹊醒来的时候，已经是后半夜，她睁开眼，浑身酸痛，室内漆黑一片，她有些惊慌，连忙坐起来去按旁边的床头灯。

暖色暗灯亮起。是一个宽敞的房间，深灰色的窗帘掩着窗，房间里不知放了什么熏香，有种淡淡的檀木味。

她环视，房间干净整洁，白灰浅卡其的色调。

这是个陌生的房间。

江鹊坐起来，身上的裙子已经被人换下，一套白色亚麻的睡衣，穿着轻盈，但显然这是一套男人的衣服，宽松极了。

或许是坐起太猛，又没吃饭，她的头涨痛，但她只是缓了几秒就起身下床。

这是一栋二层别墅。

她是在一楼。

光洁的象牙白地板，墙壁上挂着几幅水墨画，空气里漾着浅浅的檀香。

她走出来，便看到一个男人正坐在客厅的落地窗前。

客厅亮着灯，能看到外面的雨势小了许多。

他坐在那儿，正从一个迷你小纸盒中抽了张浅牛皮色的纸，而后从另一个雕刻漂亮的木罐中取了些烟丝，然后将滤嘴放进去，他动手卷烟，动作矜然自在，有种春风融雪的感觉。

江鹊扶着墙壁站在那儿，竟然有一瞬恍惚，以为自己在梦中未醒。

"过来吧。"

他在卷烟的片刻便看到了她，见她呆呆站在那儿，唤了一声。

江鹊头重脚轻，还是乖乖走了过去。

她小心地站在距离他一米的位置，虔诚地说："谢谢您。"

"在沈家，多久了？"

"三、三年。"

"在那儿,做什么?"

他好像只是随意地聊,并没有问起今天发生了什么事。

"我只、只下了班才过去,是沈总让我在那里做些阿姨的活。"

江鹊呆呆站在那里,她低下头,声音小得像蚊呐。

"好些了吗?"他岔开话题。

"好些了。"

"会煮梨水?"

"会的。"江鹊踌躇一瞬,抬头时,欲启口,又不知怎么启。

"怎么?"他专注卷烟,余光也睨到了。

"想问问……怎么称呼您?"

"沈清澂,"他淡声说,"沈明懿的三叔。"

江鹊有些惊惧,没有想到这仍是沈家的人,脸色当即有些涨红,似乎惶恐。

是害怕,害怕他告诉沈明懿自己在这里。

"明懿明早坐飞机去西雅图,不必担心。"他终于卷好一支烟,而后抬头看她,目光清淡,他自然以为这女孩是被沈明懿看上的人,不过将人带到老宅,这倒是有点奇妙。

沈邺成三个儿子,沈明懿是二哥的孩子,说来也是,大哥早逝,没留后,沈邺成也就这一个宝贝孙子,自然溺爱。

沈明懿没什么爱好,开了家娱乐公司和娱乐城,整日与嫩模、演员混在一起。

沈清澂倒了杯茶,没怎么多想。

"算了,你还生着病,不舒服早些睡。"

"我会煮……我现在就去。"

女孩过分惶恐,声音有些颤。

沈清澂从不勉强人,正要说什么,一抬眉,看到那女孩过分瘦弱的身子——

她正拉开冰箱的门,袖子半挽,露出一截纤细至极的手臂。

她确实很瘦,但高,身材比例极佳。

并非他故意窥视,而是那女医生为她换衣服时没有说明,他推门进去的时候,那条白裙子正好扔在地上。

女孩纤细的身子有些泛红,但肌肤莹白,锁骨似蝶翼,有种羸弱的病态美感。

沈清徽喜赏画,看到时,便想起了波兰画家卡洛巴克的某幅画。

裸背的女人跪坐在那里,蓝色缎带半掩臀线。

光裸的脊背,线条流畅漂亮,露出的一截脖颈白皙纤细,臀圆挺,腰极细。

只是个半身图,也能想到身材比例优越。

她这背影,倒像卡洛巴克那幅画中半裸跪坐的女人。

眼下,这浅亚麻的睡衣穿在她身上,宽松许多,更显人瘦弱。

看她来时那狼狈模样,又想到沈明懿留她在别墅做阿姨的活计,定是意味不一般。

小孩子的事情,沈清徽向来不太管——对他来说,沈明懿二十岁出头,算是个孩子。

江鹊在厨房里翻找一圈,这里的设计风格很有质感,四面全落地窗,厨房外是后花园,隐约看到些许花。

她找到雪梨,冰糖就在橱柜边。

雪梨切小块,与冰糖枸杞放入白砂锅,炖煮半小时即可。

江鹊小心地盛在瓷碗中,隔着毛巾端出来。

沈清徽仍坐在窗前,他似乎在看一本书,江鹊无意窥了一眼,是英文版的莎士比亚著作。

她其实不认识上面的英文,只看到了封面上的人像是莎翁。

现在的人有空大多在看手机,他不同。

一盏落地灯,晕下暖色光,他端坐在一素色沙发上,侧脸线条深而利,有种淡漠疏离感。

似山涧的清风,似雾岛的海潮。

江鹊放轻动作,但他还是察觉到了,随手将书插回身后的书架中。

"厨房里还有吗?"

"还有一些。"

"一起吃。"

"……"江鹊拘谨地站在那里,没应声,一双大眼睛里写满了惶惑。

"要去休息了?"他见她不动,兀自拿起银色茶匙。

"不休息,我去盛。"

她生怕自己惹他不悦,连忙小声应下。

沈清徽未多言,他饮梨水的动作也优雅自得。

江鹊又盛了一碗,她起初想站着吃,碗烫,硬忍着。

"坐,"沈清徽看她一眼,似被她这举动惹笑,"不用这么拘谨,我不吃人。"

江鹊这才敢坐下。

沈清徽尝了口梨水,并不太甜——恰好合他口味。

"最近,还要回老宅吗?"沈清徽想到了刘阿姨告假的事情,以为她是沈家的阿姨。

江鹊攥着汤匙,睁大眼睛,好像不知怎样回复。

她不想回,她怕回老宅,沈明懿总玩命地指使她,其他阿姨也孤立她,她在那里胆战心惊。

"不回,有地方去?"

沈清徽轻而易举便看透她的抵触,但是不知为何,她眼神如此小心翼翼,像被伤害过的小动物。

这让沈清徽觉得有一丝奇异。

"没有。"江鹊有些嗫嚅。

"会做饭?"

"会的。"

"愿意留在这里?"沈清徽问了一句,似乎也只是个随意的问题,他低头舀了一勺雪梨,雪梨已经煮糯,清甜绵软,确实让嗓子舒服不少。

"……"江鹊有些茫然,似乎不明。

"不用做别的,打扫下卫生,做些清淡的食物就好,"沈清徽说,"你在沈家的薪资是多少?这里清闲,可以给你加倍的。"

"我在老宅……没有薪资,"江鹊慢慢说,"我……会做饭,会打扫卫生。"

沈清徽诧异,没有薪资?

这孩子,是怎么得罪沈明懿的?

"只是我平日里还有工作……不过我工作时间是弹性的,大部分时间是休假的。"

"可以,"沈清徽应声道,"有什么住不惯的告诉我,这里平日里也不来人。今天医生留了退烧药,在你床头柜上,感冒药在客厅茶几附近,早些休息。"

"好,"江鹊点点头,面露感激,"谢谢沈先生。"

"……"沈清徽看她一眼,"不用过分客气。"

"谢谢,谢谢。"

"……"

不说倒还好,说了,小姑娘更不自在。

江鹊见他放下汤匙,便赶忙起身收,哪想手不经意触碰到了他的手,男人肌肤温热干燥,她惊慌回手,又一次如惊弓之鸟。

沈清徽还想说些什么,只是一些话落在喉中,到底没说。

江鹊去清洗了锅碗,与他道了一声晚安,然后放轻脚步回一楼的房间。

房间里的灯光很暖,她小心掀开被子上床,有种做梦的感觉——三年多了,没睡过一个囫囵好觉。

江鹊是半夜醒的——喉咙干痛,咳嗽了一声后骤然惊醒,坐起来后才发现是这房间,她抬手摸了摸额头,一片冷汗。

她睡前只干吃了退烧药,嗓子难受,但不太敢再出去叨扰。

这会儿难受得紧,要是不吃感冒药明天恐怕更严重。

她在床上静默一会儿,外面很安静,房间墙上有一个做工极简的钟,看时间才凌晨三点。

她小心下床,客厅的灯已经灭了,她也不敢开灯,想到沈清徽说感冒药在茶几附近,便摸黑去找。

客厅的摆设很简单,她晚上起来那次就发现了。

这里没什么生活的气息,好似只是个临时居所。

"还不睡?"

幽幽一道男音从不远处传来,有种清寒的冷意,却也掺杂一点不易察觉的倦意。

江鹊吓一跳,忙说:"我、我来找感冒药,对不起,打扰沈先生休息了。"

沈清徽没答,从窗边的摇椅上站起来,江鹊心口一跳。

他仍是那会儿的穿着,浅色的衬衫,深卡其色的休闲裤,窗开了些缝隙,冷冽夜风夹杂着雨后的潮湿,携些浅浅的花香。

他刚才就坐在窗边的藤质摇椅上,腿间搭了一条羊绒毛毯,他走过来,毛毯随意一搭,半截落在地板上。

他靠近过来,江鹊下意识往后退了一步,浅色的衬衫开了领口的两粒纽扣,一截脖颈下是属于男性的锁骨,浅淡的光线下,他的骨骼线条清晰,江鹊是在这一刻才发觉,他比她高了一头都多。

沈清徽躬身,茶几旁的盒子里没有感冒药。

他沉思了几秒,让她在这儿稍等片刻,然后上楼去了书房取了医药箱。

江鹊怕打扰他,畏缩地站在后面。

"坐。"

沈清徽示意了下沙发。

客厅里没有开灯,只留有某处墙壁上开的小灯。

淡光笼罩,他随意坐在沙发上,打开医药箱,将一支电子体温计递过来。

江鹊小心坐在稍远一些的地方,他大抵是有些累了,这回没问她,直接将电子体温计在她额上轻轻贴了一下。

江鹊没预料到这个动作,她屏住呼吸,身体僵直,只是这短暂的片刻,他身上清浅的檀木味道钻进来,抚平心慌。

36.5℃。

已经退烧了。

沈清徽不语,起身给她冲了一包感冒冲剂递过来。

方口玻璃杯,深褐色的液体在里面泛着波光。

她道谢,两只手捧着那玻璃杯小心地喝。

而他就坐在旁边的沙发上,茶几上搁着一木盒,里面盛有烟丝。

他抽出纸卷烟,不发一语。卷烟时,灯光镀上手部,隐约可见手指的线条。

她见过很多漂亮的手,可这样修长干净的,是独一份。

江鹊敛下视线,想起昨夜暴雨时他撑一把黑伞,为她遮下风雨那一幕。

那是她二十年的人生里,屈指可数的一点温暖。

他或许是随意地卷着烟,两指捏一撮细细的浅金色烟丝卷入纸中,手指沾杯中茶水一抿,烟便卷好了。

这般动作,做得流畅,似她看过的上了年岁的港片,他侧脸清绝,一双眼睛看人时平静,窥不到半分真切。

她喝药,他拨弄几个烟盒。

气氛十分安静,让江鹊有几分不自在。

他们明明是陌生人。

可这样的相处,莫名有几分融洽。

只是江鹊胆小紧张惯了。在沈家的时候,人人都可以欺负她;在公司,人人也可以取笑她。

从没人这样关怀过她——尽管,他看起来矜雅尊贵,他是沈清徽,这应当是他骨子里的风度。

"您……怎么还没睡?"

江鹊小声问了一句。

"睡不着，"沈清徽将木盒扣上，淡笑，"老毛病了，不碍事。"

他失眠很久了。

江鹊端坐在那里，犹豫一会儿说："我……我外婆给我唱过一首歌，我睡不着的时候，听了就会很容易困，你可以搜搜听听。"

"叫什么？"

"*Love is gone*（《爱已消逝》）。"

沈清徽视线扫了一圈，没找到手机，正巧这会儿他毫无睡意，便又随意一问："会唱？"

江鹊抿抿唇，慢慢启口。

这是一首英文歌，外婆给她唱过很多次。

外婆年纪大，英文其实算不上标准，但被她唱出来，有种别样的味道。

"今夜请别离去，为我再驻足一次，

提醒我曾经的美好，

让我们坠入爱河，

此刻我需要你在我身边。

我祈求你，别离开，此刻我只想你陪我。"

沈清徽泡了一杯清茶，单手掌着墨黑磨砂茶壶斟茶，他不喊停，她不敢停。

她悄悄看他一眼，这般能把万物万事做得如春风融雪的男人，是很难让人挪开视线的。

可江鹊骨子里就藏着浓浓的自卑，他越是平静矜雅，她心下越是有种卑劣感。

两只手捧着玻璃杯搁在膝盖上，江鹊低垂了视线。

沈清徽倒是头一回听到这么清甜的声音。

他斟茶，水撞击骨瓷小杯，清脆碎响，她的声音清浅好听，如雨后潮湿清新的花园。

沈清徽不由自主地抬头看了她一眼。

小姑娘到底年轻，侧脸明朗，秀鼻挺翘，樱唇饱满，身上仍穿着他的亚麻质地的衬衫与长裤。

他比她高一截，这衣服穿在她身上松松垮垮的，领口微松，少女的脖颈纤细，肌肤也在这浅光下有种羸弱的白。

像藏在淤泥下洁白无瑕的藕。

沈清徽也不知怎的想起这么个比喻——初见她时，狼狈得泥泞不堪。

而这会儿，她一身白色，干净无瑕。

沈清徽不动声色："多大了？"

"二十岁。"

二十岁。

他长她十五岁。

他今年三十五岁。

"在读书？"这年纪，应当大三。

"……没有。"江鹊视线更低了，声音也更小，她很少会对外人提起自己的过往，更何况像沈清徽这样的人。

那些一地鸡毛的过去，她也不觉得他会想听。

"在沈明懿的公司里做平面模特，"江鹊慢慢说，"高考前一天，家里出事了。"

沈清徽静默了片刻：

"抱歉。"

"没事，谢谢沈先生，沈先生也早点睡。"

"晚安。"

江鹊站起来，走到厨房将自己用过的杯子洗刷了，本想拿出来，又觉得这是自己用过的，跟他的应该区别开。于是小心将这个玻璃杯放到了厨房的流理台边。

沈清徽看见了她这番犹豫几秒的动作。

脑中不由得想起刚才那段英文歌词，他扯唇笑了笑，不甚在意。

江鹊的手机落在了沈家宅邸。

但她一大早仍然起来了。

这或许是这三年来养成的习惯，又或者是惦记着昨天沈清徽说的在这里做事的原因。

他在她无家可归的时候收留了她。

她感激这份为数不多的善意。

江鹊睡过一夜，到底年轻身体底子好恢复快，但鼻塞可是一时半会儿没缓好。

江鹊看墙上挂钟，是早上六点。

她做好早餐，也不知这里是哪儿，去公司要多久。

江鹊其实想回老宅拿手机，但又恐回去后有人给沈明懿通风报信。

也不对，昨天沈清徽说沈明懿要出国，那怎么也得等沈明懿走了再说。

江鹊也不知道沈明懿几时走，她万般不愿再回老宅。

于是这会儿又想，干脆不要了，再换个新手机。

可现在用钱的地方又多……

江鹊不多想了，她起床洗漱——这也是个套间，酒店似的，一次性的洗漱用品都搁在架子上。

她洗漱完了准备出来做早餐，时刻牢记着沈清徽说的清淡些。

江鹊刚从房间出来，就见餐桌上摆着打包来的早餐。

盒子都没打开，白色盒子，金边的字，她认得这是淮川市一家有名的早点茶楼的牌子。

客厅光线好，她用目光寻了寻，看到了落地窗外——

昨天晚上下雨根本没看清楚，现在白天光线好，才看到外面是一个小花园。

花园不大，两旁都是木架，摆放着许多花盆，要说显眼的，还是花架背后的篱笆墙面上，密密麻麻地爬满了月季花。

昨夜一场雨，月季不败，青石砖的地上只落了些花瓣，些许水珠残留，却让这花园看起来如梦似幻。

小时候看到的童话书，王子的城堡里总有一隅花园，许多浪漫的故事就在这隅花园发生。

这时,花园一角传来些水声,沈清徽拎着一个浇花壶走来。这壶也很有意思,不锈钢长嘴,深黑色的玻璃身,被阳光折射了一点光。

黑色长裤,浅蓝色的衬衫,线条规整而利落,阳光正浓,他拎壶浇花,手指骨节突兀却好看。

那种清矜与优雅,一眼就能看出是浸在骨子里滋养的。

江鹊鼻塞更甚,闪身去了洗手间,窗外的男人往里看了一眼,隐约看到一抹身影消失。

他搁下了浇花壶,拉开门进来。

江鹊再出来的时候,鼻尖儿发红,拘谨地站在离他稍远一些的地方,怕把感冒传染给他。

"好些了吗?"

沈清徽随手将浇花壶放在矮几上,似乎也是随意一问。

"好多了。"

"早饭买来有一会儿了,你先吃吧,"沈清徽走到茶几旁,拎了医药箱出来,"凉了去热热。"

他是这里的主人,她当然不敢。

虽然他语气温和随意,但江鹊也不敢。

江鹊在原地几度犹豫,沈清徽直接去了院子里,他受伤了吗?

她跟着出去,玻璃门,院中满是花,一看便是被人精心打理耗费了不少心思,繁花绿植相映,这一隅小院像古诗词中描绘的那样美好。

江鹊想到一句诗——风回小院庭芜绿,柳眼春相续。

沈清徽坐在藤椅上,玻璃圆桌上好像有一只鸟。

江鹊走过去,那是一只黑白相间的小喜鹊,无力地躺在玻璃桌上,身上不知哪儿有了伤,鲜红的血氲透了大半的羽毛。

喜鹊一动不动躺在那儿,不辨是否还有呼吸。

"要去医院吗?"江鹊弯身,也不敢靠近。

"伤到骨头了,是要去的。"沈清徽从药箱里拿出碘伏,给喜鹊清理了伤口，然后取了白纱布暂且将伤口包住。

一时无言，江鹊抬眸环视，原来是昨夜风雨太大，吹断了一处树枝，院子里一角有几分狼藉，那里还躺着一个被摔散架的鸟窝。

原来这喜鹊像她一样，被昨夜的风雨摧残。

沈清徽这般的身份，也没什么架子，神色也辨不出半分嫌弃，他专注而小心地系了结，而后问她："今天要上班？"

"是……不过不急，我可以自己查查地图过去。"

江鹊忙回答，但回完之后才想到自己手机不见的事。

"这附近可没地铁站和公交站，车也不好打，你不介意，我送你过去。"沈清徽察觉到了她的敏感，视线落在喜鹊身上。他收了医疗箱："倒也不是专程送你，可能会顺路。"

江鹊莫名松口气："是沈明懿的公司。"

"我能把你送到附近。"

"好，那太麻烦您了。"

"去吃饭吧。"

沈清徽换了辆车，昨天那辆就停在车库里，江鹊看到那车子就想到昨天的狼狈，恐怕把车子也弄脏了，她挺愧疚的。

沈清徽开了辆黑色的越野，倾身开了副驾驶。

江鹊想坐后面的，目光瞥了一眼，看到了后面座椅上放着的小笼子。

也就只能坐到他身旁。

沈清徽的话并不多，江鹊也安安静静坐在那儿，这里的确远离市区，车子行驶在一条大路上，路的两旁都是茂盛绿植，阳光和煦。

大概是在阴暗里生活久了，这一点的温暖，竟然也多了一种渴盼。

正是早高峰，车子挪动缓慢，沈清徽也不急恼，转而问她上班急不急。

江鹊摇摇头，小声说："不着急。"

沈清徽淡笑说："不急就好，急了我带你抄个近路。"

他这话说得很自然，声音又温润好听，让人心口一颤。

一个半小时，车子右拐，在距离公司一条街开外的路口停下。

"对了，别墅的地址是春江玺樾，"沈清徽说，"如果车不好打……"他目光顿了顿："有手机吗？"

"手机……可能还在沈家老宅。"江鹊有点吞吞吐吐。

沈清徽向她这边倾身，两人间的距离突然拉近，浅浅的檀木味道萦绕在江鹊的鼻腔中，温存清雅。她的视线惶恐又紧张，不经意间，看到他眼角有一颗小小的泪痣，很温柔的一点茶褐色，似那澄透上好的玉在岁月中沉淀出一丝不易察觉的多情。

沈清徽在储物处翻找了一会儿也没找到一张纸、一支笔。

但视线落在某处，沈清徽将那张小小的卡片夹在指间拎出来，他看了看后面的号码，将卡片递给她。

"这是我号码，打不到车给我打个电话。"

"啊这……就不辛苦您了，我……我……"

江鹊结巴起来，一句话怎么都说不利落——从来没有人这样对待过她。

明明就是很普通的客套话，但被她听来，这般尊重也足够让她不知所措。

她小心伸手接过，那是一张深蓝色的卡片，浅灰色的字，下面一串号码。

"别担心，我如果忙的话，让我的司机去接你。"沈清徽温声说，"不用紧张。"

江鹊不好意思，跟他道了谢，然后推开车门下车。

她站在人行道上等红灯，假意看路口的灯，却又用余光小心地看着车子转了个弯，这回，她才敢大胆地看一眼。

黑色的越野，车窗半落，沈清徽的侧脸落下斑驳日光，清朗温润。

他很好，他是第二个这样对她的人。

第一个这样对她好的人是阮佳思，在她的眼前跳了楼。

以前家里人叫她"扫把星""晦气鬼",她战战兢兢、唯唯诺诺,旁人对她好,她就怕自己真是"晦气鬼",给人招了霉运。

她大概真是吧。

阮佳思那样好的女孩,死得好凄惨。

沈清徽对她好,她过分自觉地想保持些距离,或者说,离他远点。

江鹊默默地摊开手,看着掌心的那张名片,然后小心地,掖在了口袋深处,并妥帖地压了压。

江鹊走了几分钟,到了帝国大楼。

很土很俗的名字。

这是沈家的产业之一,当初沈邺成给了沈明懿一大笔创业资金,说是让沈明懿练手。

沈明懿不学无术,思来想去不知道自己该做点什么,他只喜欢沉迷酒精、娱乐与女人,于是某日酒后大手一挥——

"老子开个模特网红公司,签他一众模特儿网红,就叫帝国大楼,老子的帝国产业!"

他就是一时兴起,在财务上从来都不吝啬。

沈家家大业大,也有其他人兜着,毕竟背靠沈家,就算连年亏损也无所谓。

——准确来说,沈家给沈明懿兜底也不只在财务上。

江鹊到了帝国大楼,乘电梯上三十二楼。

三十二楼整层楼几百平方米都被打通,仿巴洛克的奢华风,但偏偏墙体又选用了白色,那些金色的椅子显得夸张又豪华。

几十米长的过道,两旁挂着许多模特的写真,衣着性感暴露,各色漂亮脸庞,身材在薄而少的衣料下更显诱惑。

最中间的位置是影棚,白色的幕布,几组在拍摄的人里没有江鹊认识的。

她抿了抿唇,去旁边的办公室敲门。

"进。"

一道干练女声响起。

江鹊小心推开门:"白姐……"

"怎么才来?"

办公室里只有白蕊一人,她从电脑前抬起头,长鬈发,有种疏离感。

江鹊向来怕她。

白蕊倒是从没凶过她,但江鹊亲眼看着一个女孩被人打到吐血,白蕊却神色自若冷漠旁观。事后,还冷静客气地跟那人笑着说:张总,我们刚才聊到哪儿了?

白蕊算是她的经纪人,但她手下也管着十几个女孩。

不只是帮她们安排拍摄行程,还给她们安排各式饭局酒局。

"有点事……"江鹊低声说。

"去换套衣服,一会儿让梁子硕带你去巴黎皇宫,宋少他们组了个局。"梁子硕是摄影师。

白蕊扫了她一眼,又有点不放心,干脆站起来:"我给你选一套衣服吧,你穿那么土,去了又要惹宋少不高兴。"

江鹊咬唇不语,白蕊带她去了公司的更衣室,这是个巨大的房间,正面墙上足足挂着几千套衣裙,各式风格。

这里的模特都身材极好,这一排排裙子,全是S码。

白蕊走了一圈,选了一条吊带短裙,到膝盖,胸前略松。

白蕊递给江鹊,让她去换了。

江鹊不敢忤逆,很快去换了出来。

江鹊比别的女孩更瘦,腰更细,明明是个北方女孩,却身子骨纤细,肌肤白嫩,胸也并不算大,胜在身形好,有种骨感美。

其实江鹊这种身材,是有点不符合内衣模特要求的,但人是沈明懿塞进来的。

起初白蕊以为江鹊或许是跟过沈明懿的,但很快她就打消了念头。

因为沈明懿对她极差,明里暗里针对她,甚至隆冬天让她在雪地里拍内衣广告。

这江鹊胆小，让她往东不敢往西，谁都能欺负一把，又极会忍耐，什么都咬牙受着。

以为是个落难的千金小姐，但白蕊拿到了江鹊的资料后有过暗暗的吃惊。

是个再典型不过的穷人家的孩子。

原以为那白嫩肌肤都是养出来的，后来也才知道那是种病态的白，近些年才好了些。

但白蕊在看到江鹊出来的时候，眉头瞬间皱了起来。

"你膝盖怎么回事？"

江鹊像只鸵鸟："昨天……被沈明懿赶出来了。"

白蕊不多问，重新给她找了条阔腿牛仔长裤，但两边有开衩，挡住了膝盖的伤，也更衬腿形修长。上半身搭配一件露脐短上衣。

江鹊本就年纪小，身上有种稚嫩的学生气。

"沈明懿今早去西雅图了，你可别得罪宋公子那些人。"

黑色的SUV停在楼下，白蕊送她上车。

梁子硕启动车子，他扫了一眼，并不是故意从裤子的开衩中看到了她膝盖的一大片瘀紫与红痕："你还好吧？"

"还好。"江鹊敛下视线。

梁子硕想去拿搁在手刹旁的手机，江鹊下意识地往旁边一挪。

梁子硕看到了江鹊这个敏感到不能再敏感的动作。

"你不用这么担惊受怕，"梁子硕语气微嘲，"沈总安排进来的人，出身再低贱，我也不敢碰。"

他这话别有一番歧义。

江鹊的手搁在腿上攥着，一言不发。

除了那个名义上的模特公司，沈明懿还有一家娱乐城，叫巴黎皇宫。

巴黎皇宫的名字，就像它的名字一样庸俗豪气，有种土皇帝附庸风雅的错觉。

这个名字土气，但那栋位于市中心最优越地理位置的建筑更土，是豪横跋扈的土。

巴黎皇宫占地巨大，可以说是淮川最大的高端娱乐场所。

私家桑拿、私家SPA、KTV、夜总会全部囊括其中。

沈明懿纵情酒色，模特公司像个幌子，巴黎皇宫里来了达官显贵或者什么玩得开的富豪，就拿了花名册让人点了来陪酒。

陪不陪别的，江鹊不知道，她没有过。

——有没有的，又能怎样呢，有沈家兜底，沈明懿狂也不是一天两天了，沈邺成一向对此睁一只眼闭一只眼。

梁子硕停好车走在前面。

江鹊就跟在后面。

巴黎皇宫的设计是下了功夫的，里面全部仿希腊建筑，到处都是雄伟气派的柱子，但偏偏还要加入江南风情的小桥流水与竹林，不伦不类，却也到处都彰显着有钱的气派。

梁子硕带她进电梯，去顶楼。

这一整层楼都是沈明懿的私人地盘。

走廊上有穿制服的保镖。

梁子硕走到一扇金碧辉煌的门前，敲门，没人应，直接推门。

里面灯光昏暗，几个穿着短裙的女人环绕着坐在沙发上，而沙发的中间，坐着几个年轻的男人。

矮玻璃几上放着几十瓶洋酒，在昏暗灯光下折射着刺眼潋滟的光。

旁边有个女孩在被灌酒。

"唔……云先生……"

"怎么，才五瓶酒，就喝不下了？"

那人阴晴不定，将酒瓶往茶几上一掼。

"对不起，我还能行……"

那女孩不敢哭，又颤巍巍地去拿酒瓶，男人不耐烦，抢过来一把摔出去："晚了，滚！"

"砰——"

玻璃酒瓶砸在地上,正好在江鹊脚边停住,要是再往前走一步,这酒瓶就要砸到她腿上了。

"哟,江鹊来了?"

宋泽贤一抬头,看到站在门口的人。

"来,过来坐。"

宋泽贤脸上带笑,拍了拍旁边的沙发,他身旁一个女人站起来走到另一边去。

江鹊不敢反对,慢慢挪过去。

梁子硕一进来就说迟到了自罚三杯,但是桌上没人搭理他,他讪笑着只能坐下。

"宋先生。"

江鹊怯生生的,浑身都紧绷着。

"你紧张什么?小江鹊,今天明懿不在,你是胆子变大了?"

宋泽贤调笑着,斜斜地往沙发靠背上一倚,身子朝着她,手也往沙发背上一搭。

"我……我没有……"

江鹊惶恐起来,她是从心底害怕沈明懿,宋泽贤是沈明懿从小到大的玩伴,两人一样顽劣。

宋泽贤懒散地端了一杯威士忌晃在手边:"我刚才跟云少打了个赌,说我们小江鹊可不敢迟到,但你偏偏迟到了,还迟到了足足一小时。"

"……"

江鹊手心发冷,昏暗的灯掩下煞白的脸。

"明懿临走前跟我们说不许欺负你,但是你让我打赌输了,可得承担责任。小江鹊,你说是不是?"

江鹊浑身冷,她不信沈明懿这么好心。

宋泽贤拍拍手,房门被人推开。

侍应生推着推车进来,推车三层,是满满三层的战斧牛排,数一数，足足有三十多个盘子。

江鹊坐在那里，一动不敢动。

"瞧瞧我们小江鹊这么瘦，得多吃点才好，"宋泽贤将一个盘子端到了江鹊面前，"这些都是你的。"

江鹊看到那满满一车牛排，人瑟缩起来，又不敢不从，她知道自己恐惧也没用。

牛排很大一块，前面两盘还好，第三盘，牛排已经凉了，油腻腻的。她恶心。

宋泽贤拿起手机打开视频录着："怎么吃这么慢？"

江鹊的吞咽已经有些机械了，第四盘，牛肉已经彻底冷掉，牛油糊在嗓子里，吞咽时想干呕。

云北谦靠坐在沙发上，戏谑问："不会把小江鹊吃坏吧？"

"怎么会？"宋泽贤不以为意。

"你适可而止，江鹊可是明懿的人。"

宋泽贤把视频发送给沈明懿的微信，讥诮说道："明懿要看上她了，早把她睡了，除了这张脸，真是让人没兴趣。"

话是这么说。

宋泽贤可不敢闹什么祸端。

照理说，沈明懿一举一动都是厌恶江鹊的，但旁人可没资格欺负。

上回，还是大冬天，沈明懿让江鹊在雪地里拍写真，宋泽贤开了句玩笑："这么看不惯，扔湖里泡着算了。"

谁知下一秒，沈明懿一脚踹过来，宋泽贤差点掉水里。

沈明懿对江鹊，矛盾得很。

宋泽贤只当是"打狗还得看主人"，娇纵坏了的沈明懿得到一个称心的玩具，自然霸占着不许旁人觊觎。

江鹊吃得麻木了，纵然万般想吐，还是强忍着。她这样低贱的命，反抗还不如顺受着。

也不是没有反抗过，可反抗换来的是更加痛苦的折磨。

她不明白沈明懿为什么留自己一条命，也许对他们来说，折磨她，看她拼死挣扎又不敢死，才是乐趣。

她不明白的事情，有很多。

江鹊天真地以为，自己才二十岁，以后还有大把的时光，她总不能……被折磨一辈子吧？

熬一熬，熬一熬就好了。

江鹊咀嚼的动作已经麻木了，宋泽贤和云北谦玩了一把骰子，回头一看，江鹊还板板正正地坐在沙发上吃。

旁边空了六个盘子。

她的小腹已经圆起来，脸色发白，动作慢了许多。

"啧，江鹊这么乖，明懿还是教女有方。"

"她倒是敢不听。上回江志杰……"

"江志杰"三个字，一下砸在了江鹊的神经上。

这盘牛排是三分熟，已经冷了，咬下去，略腥而甜腻的血水在口中爆开，江鹊只觉得胃胀得发痛，几乎下一秒就要吐出来。

"哕——"

江鹊在吐出来的前一秒，冲出了包间。

宋泽贤"哧"地笑了。

"她再敢不听，江志杰可不止断一根手指那么简单了。"

沈清徽送那只喜鹊到了宠物医院，还是院长周彦亲自接待的。

"什么时候养的鸟？"周彦检查了一番，肉眼看，似乎情况不太好。

"今天捡的，"沈清徽拉开椅子随意一坐，"怎么样？"

"得检查下，估计骨折是有的。就一只喜鹊，怎么还麻烦你送来？你助理放假了？"

周彦将喜鹊给了助手带去拍片。

"总不能见死不救。"沈清徽说，"顺道送了个人。"

"哟，这么闲，"周彦给他泡茶，"打算怎么着，养着这喜鹊？"

"院子里空，也不缺鸟住的地儿。"

"也是，你那儿挺空，喜鹊叫喜，听着图一乐呵。"

沈清徽笑笑，但捧着茶杯，就在这会儿想到了昨天晚上江鹊唱的歌。

——确实，他的生活平淡至极，多只鸟，也不显得那么孤寂。

不一会儿，助手带着喜鹊回来，拿回来几张片子和单子。

周彦看了看，说是脚和左翼骨折，还失了不少血，情况不太乐观。

"尽力救吧。"

"得了，你那卡上还有几万块呢，肯定花不完。"周彦刚想叫哆哆的名字，话到了口边还是及时刹车了。

哆哆是沈清徽先前养的猫，养在身边七八年了，沈清徽照顾得好，这年龄也身体健康。

但就有一回，哆哆在院子里抓鸟，头回从篱笆墙中钻了出去。

再被沈清徽找回来，已经浑身受伤了，调了监控，是被一辆车撞了。

哆哆在医院里住了半个多月，沈清徽天天来，什么都不做，就坐在哆哆的保温箱旁边看着。

后来哆哆还是走了，沈清徽再没养过猫。

周彦也就那会儿才觉得，不管外面那些流言蜚语，沈清徽是个重情义的人。

骨子里，也有善良与谦和。

只是他的善良与温柔，可不是人人都能见到。

沈清徽把喜鹊留在这儿也放心，今天没事做，准备回的时候，接到了助理程黎的电话。

"沈先生，您现在有空吗？"程黎小心翼翼。

"什么事？"

"是沈总场子的事……"

沈清徽是不太想掺和进沈明懿的事情里。

但他父亲自打有了这个孙子后，分外溺爱娇纵，若不是因为这个"沈"姓，沈清徽是真想择得干干净净。

那巴黎皇宫，在他眼里跟笑话似的。

三天两头上新闻，虽说谁年轻没有狂的时候，但沈明懿狂得过分。

依照沈清徽的理解，狂妄过头早晚要出事。

沈清徽从宠物医院出来，上了车，拐个弯就到了地方。

事儿闹得不算大，就是两个公子哥为了一个女人大打出手。

这女人是沈明懿公司名下的模特，一副清纯脸，吊着俩男人不想今天被人撞见了。

沈清徽到之前，大厅经理已经调解得差不多了。

"合着就一高级卖的，"一男的情绪激动，一巴掌甩过去，"我还真以为你是什么清纯大学生。骗几个了？老子上个月还给你过生日送你包送你车。"

"行了，我有你这火，不如去医院好好查查，在沈明懿公司的，有几个干净的？"

另一男的不露脏字嘲讽。

大厅经理见了沈清徽，忙过来招呼："哎呀，这点小事还惊扰了沈先生。"

两公子哥立即换了恭敬嘴脸，大厅经理也给那个被打的女孩使了个眼色，女孩赶紧收拾了散落一地的东西，朝楼上跑去。

沈清徽脸色清冷，那两个公子哥儿也不敢自讨没趣，找了借口走了。

"公司里的，没几个干净的？"

沈清徽不多管别的，只问了大厅经理这一句。

经理还想辩驳几句，但沈清徽可不是旁的人，就算传闻有说沈清徽在沈家的地位一般，也不是他能惹的。

经理只好低声说："沈总公司里的模特都是一顶一的，低级的那套肯定没有，来这儿的都是有钱人，有时候……你情我愿的事……"

沈清徽脸色冷："你记住一句话。"

"哎，沈先生您说。"

"沈明懿不要脸，沈家还要，"沈清徽说，"你以为沈邺成还能给他兜几年？"

经理点头哈腰，但额上沁出了一层冷汗。

他语气云淡风轻，好像只是说一件多平常的事，但这话听在别人耳中，更像是风暴前的宁静，周围的气压都骤降。

"是、是，以后我一定看紧点。"

沈清徽"嗯"了一声，抬脚上楼，本来不想管这通闲事，但来都来了，以前总听人说沈明懿顶楼上不干净，正好这会儿沈明懿不在，他倒是来好好查查。

顶楼很大，足足几百平方米，还有个套房，沈清徽扫了一圈，没看见什么太显眼的，大厅经理就跟在后面，一直说违法那套不碰的，都是良好市民。

沈清徽冷笑，置之不理。

空气里飘着一股酒味。

某扇门没关。

沈清徽本来只是随意地扫了一眼，却不想目光顿住。

他看见，一个瘦弱的女孩换了一身衣服，沉默机械地吃面前的食物，她似乎已经不舒服了，吞咽的动作变慢，却仍然麻木地、一盘接一盘地吃。

"那个也是这儿的？"沈清徽声音沉了沉。

"啊？"经理往里头一看，"哦，那是江鹊。"

"……"

见沈清徽不说话，经理继续说："命挺苦的，她哥哥给人骗了，欠了沈总不少钱，沈总把她抓去娱乐公司做内衣模特抵债，长得挺漂亮的，不少公子哥喜欢，但是沈总去哪儿就把她带到哪儿，没看见她陪过别人酒。"

"……"

"说起来也是，有人点过江鹊陪酒，就上个月，结果沈总把人揍进了医院，差点闹出人命……不过肯定不可能是争风吃醋，沈总对她挺差的，江鹊这种也不是沈总的菜。"

沈清徽只听了几句，心下当时有种异样感觉。

沈清徽可不是什么年轻男人，他已经三十五岁了，大风大浪、人情世故哪个没见过？又出生在沈家这样的豪门里，算计与人性，早就看得透彻。

他当下便以为，这江鹊也不是什么省油的灯。

正大好年纪，书都没读多少，即便非自愿，但泡在这样的环境中，也很难跟"单纯"挂上钩。

沈清徽素来厌烦因女人扯上不清不楚的事端，昨夜本来也只是他一时好心，更准确些，是沈邺成喊他给沈明懿处理烂摊子不是一次两次了，昨夜那暴雨，又逢阮佳思刚在沈家跳楼，要是再闹出一桩人命，沈家怕是要炸锅。

江鹊冲进了洗手间的隔间里，扶着马桶一通呕吐，喉咙发呛，痛得厉害。

隔壁也传来了冲水声。

江鹊扯了纸巾擦了擦嘴，胃里灼烧得难受。

哪承想，身旁传来了熟悉的声音。

"你还好吧？"

江鹊蹲着难受，索性靠坐在地上，回头一看，祁婷脸上那么鲜亮一个巴掌印子，她惊诧紧张："祁婷，你怎么了？"

"翻车了，"祁婷一脸无所谓，又看向她，"你今天怎么了？宋泽贤和云北谦还整你？"

"嗯……你没事吧？"

江鹊摇摇头，还是更关切祁婷——

江鹊这二十年的人生里，很少有朋友。

但真切关心她的人，她更会加倍地回报。

除却上学时认识的阮佳思，步入了社会，她只算跟祁婷关系好。

进沈明懿公司的，大多数都是怀揣着爆火明星模特梦的女孩，只有江鹊和祁婷不一样，家庭出身差，也没有像她们一样有名牌傍身。

江鹊鲜少问她人的私事，但江鹊有时也很羡慕祁婷，她远比自己勇敢。

祁婷明确知道自己想要什么。

"能有什么，我只想早点自由，"祁婷笑一笑，那个巴掌印却很显眼，她说，"江鹊，我和你不同，我陪过那些人一次，再多几次都无所谓。"

话题有点沉重，江鹊不知道怎么宽慰她。

她扶着墙壁站起来，去洗手池边洗了洗脸。

"江鹊，有句话我也不知道该不该跟你说。"

"什么？"江鹊摇摇头，抹了把脸。

祁婷倚靠在墙上，明明是一张年轻的脸，但浓妆艳抹，眼线上挑，看起来倒像是二十六七岁。

祁婷看着江鹊，江鹊的五官很好看，柔和，天生的柳叶眉，一双杏目，脸很白净，颇符合幼瘦审美，江鹊从来都不化妆，也是好看的。

有种从内而外的干净，也是别的女人欠缺的纯净。

"沈明懿头回对人有这么久的兴趣，如果你想低头……"祁婷好像有些放空，但话说到这儿，及时停住了，"算了，你当我没说，你和我，也不是一种人。保护好自己。"

祁婷补了补妆，先走一步。

江鹊却站在洗手间里。

这里一片死寂。

说到底，江鹊也才二十岁，她离开学校那年也才刚满十八岁。

曾经在青春年少时的幻想，都被突如其来的现实打得粉碎。

但她还一如既往地相信一些东西，比如，她还相信世界上总有好人、一切也会越来越好。

生命再苦，也总能苦中作乐。

江鹊从洗手间出来再回包间的时候，宋泽贤和云北谦已经走了，经理正带人打扫。

江鹊一时不知道自己该走还是该留。

但是也就在这会儿,经理的手机响了,然后看向旁边的江鹊。

"江小姐,是白姐的电话。"

江鹊抿唇接过来。

"你回沈家老宅一趟,说是警察来了,你去录个口供。"白蕊似乎在看文件,纸张翻动,不重不轻说一句,"你照实说,但不该说的……管好自己的嘴。"

"我知道了,白姐。"

江鹊小声应道,白蕊挂断,她重新将手机递给经理。

经理头也没抬:"我上来的时候看见了梁先生,梁先生在楼下等你了。"

江鹊挺不愿意坐梁子硕的车,但是眼下自己身上一分钱没有,这是个高科技时代了,付钱只需要扫一下二维码,但她手机也不在身上。

江鹊犹豫再三,还是下了楼,梁子硕已经把车开到了大厅门前,他正倚靠着车抽烟,保安同他说着话。

眼看来人,梁子硕把烟头扔在地上,用皮鞋踩了踩。

江鹊默默地上了车,这回先上了后面落座。

梁子硕一顿,没说什么。

但江鹊这种下意识避开的动作……其实挺让他心里不舒服。

沈家老宅位置极好,听说沈邺成早年经商,多少有点信风水,专门请了人设计。这么大一片庭院,还位于半山腰上,周围有一湖泊环绕,向阳,绿植更茂密。

昨夜一场雨,道路被冲刷得很干净,空气里也是湿润清新的味道。

梁子硕沉默了一路,余光从后视镜瞥向江鹊。

身段好,一张脸纯,感情经历一纸空白。

很难说他没什么别的心思——

在这种场子里,好看的雏儿可不好找。

到地方停车之后,江鹊抢先下了车。

"等等。"

梁子硕跟着下来,叫住了江鹊。

"我走了。"

江鹊出声提醒,又不敢太大声。

梁子硕把车锁上,江鹊站在前面,停下,他抬起视线看她。

他没说话,像在思考。

静默蔓延了一会儿,梁子硕别开视线,语气有点飘忽:"五万元,够吗?"

江鹊一惊,像愣住:"什么?"

"都进了这场子还装什么纯?"梁子硕目光落在她脸上,江鹊这双眼睛不染杂质,很清澈,却偏偏让人有种想玷污的错觉。

江鹊在沈明懿的公司里有三个年头,他也在这儿多年,沈明懿这公司里,什么内衣模特、私房模特,无非谈妥了钱就行,他是摄影师,也有的是女人巴结他,以求博得沈明懿那些人的注意。

还没他拿不下的女人。

于是梁子硕心气更直:"你家欠了那人几百万元,凭你当模特一个月三千块钱,要还到猴年马月?我帮你一把,早点还清了,不好吗?"

"……"

"沈明懿还没带你陪过别的,第一次,十万元之内,你开个价。"

梁子硕自认为有足够自信的资本。

江鹊脸色瞬间煞白,垂在身体两侧的手冰凉,其实这样冒犯的话是很让人生气的,但是江鹊没有生气的资格,也没有撕破脸皮的资本。

在江鹊的认知里,弱者是没有尊严的,也是可以被人羞辱的。

尊严,也要掂量自己的身份。

要是梁子硕跟沈明懿泼一通脏水,指不定又给沈明懿留了把柄。

"我不做的。"

话在唇舌间啜嚅半天,最终细如蚊呐。

正巧这时,沈家的管家容叔拎着水壶出来浇花,他往这边看了一眼,梁子硕顿时如芒在背,头回在女人身上吃瘪,偏偏又不是什么他配不上的女人。

就是一个出身十八线村子里的"负豪女",当自己女朋友都不配。

被她这样拒绝,又恐被容叔听到,梁子硕多少有点恼羞成怒的成分。

梁子硕冷笑:"江鹊,别以为自己对沈总多特殊,哪天你这清纯人设翻了车,你求我我都不会理你。"

"谢谢。"

"……"

这女人好像都不知道什么叫羞辱。

说再难听的,也能安安静静站在那儿,一言不发。

这种女人,能让人有什么兴趣?

沈明懿留这样的女人在公司,也是倒胃口!

江鹊终于松了一口气,抬脚走向洋楼。

容叔看了她一眼:"警察在客厅等了,你去吧。"

"谢谢容叔。"

梁子硕正要走回车上,结果一拐角,看到一抹身影正坐在庭院一树下的石桌旁喝茶。

刚才都没看到这里有人。

梁子硕又看了一眼,身上泛起冷汗。

竟然是沈清徽。

距离实在不算远,梁子硕脑海里第一反应:他在这儿多久了?刚才那些话……听进去多少?

人在不远处,不打招呼是不行的。

他端坐在一处树荫下,茶杯里热气袅袅,山上的夏天凉爽,举手投足随意却斯文。

恰好这时候,沈清徽端着茶杯往这儿看了一眼。

那眼神明明只是平静地一扫,却突兀得让人心口发颤。

关于沈清徽的消息不少,梁子硕也听说了一些,沈邺成长子早逝,留下两个儿子，但至现在耄耋之年也没有放权，也侧面说明对这两个儿子不信任。

沈邺成对沈明懿宠爱有加，自然有外人以为沈明懿才是未来的掌权者，就算他不学无术，但身上有个"沈"姓，又是沈邺成的独孙，跟他总不会错。

据传，沈清徽虽鲜少插手沈家公司的事情，但他也有足够让沈家翻了天的能力。

只是这豪门的消息，半真半假，都是旁人传来的。

外人，参不透，还是放尊敬些为好。

梁子硕头上的薄汗更冷，硬着头皮打招呼："沈先生。"

沈清徽只点了点头。

梁子硕想去寒暄几句，结果才刚抬腿走过去，沈清徽搁在桌上的手机响了。

他拿起来接听，梁子硕干咳，然后佯装看风景。

"在我这儿，犯错没有第二次。如果有第二次，我只能让他跟那些破事一起消失，"沈清徽执起茶壶倒了杯水，茶水声清脆，他声音温和却带着寒意，"既往不咎不是我的风格。在我这儿，说错话，做错事，要付出代价，不是吗？"

偏偏这时一阵风吹来。

梁子硕汗毛倒立，余光悄悄看了一眼，这话不是跟自己说的。

可是却让他有种诡异的错觉，这话，像意有所指，可梁子硕转瞬又想，怎么可能。

肯定是自己多虑了。

沈清徽挂了电话，客气一笑："见笑了。"

"没事没事，我是过来送个朋友。"

"是吗？"沈清徽倒了一杯茶，"要不要尝尝？"

梁子硕受宠若惊，赶忙在旁边坐下，品了一口，装模作样地奉承："这茶，茶水清透，一看就是好茶。"

"茶倒是不贵,友人送的,贵的是这杯子。"沈清徽轻描淡写一句。

梁子硕又端详,就是一玉瓷色的直口杯,花纹都没有,看起来平平无奇。

梁子硕干笑,插不上话。

沈清徽似闲来无事,又倒了杯茶,慢悠悠说。

"这杯子,是我在欧洲旅游时淘来的,别看它普通,材质却是上好的,有人说这杯子也就是个地摊货,其实我拍来时有六位数。"

梁子硕心下一震,拿杯子的手稳了稳。

沈清徽又说:"我倒是想起一句话。"

"您说。"梁子硕鼻尖上冒了点汗。

"不悔自家无见识,却将丑语抵他人,"沈清徽笑了笑,如清风朗月,"不打扰你去工作了。"

江鹊到了大厅,就看到两个便衣坐在沙发上,跟阿姨招呼着,说是沈邺成今天身体不适。

该有的监控早就调取了,但是后面的询问工作该做还是要做。

江鹊慢慢走过去,便衣给她看了警官证。

"王警官,您好。"

江鹊怯生生叫人,自己站在红木沙发一角。

前几天佳思在别墅的顶楼跳下,其实四楼高度中规中矩,骨折的可能性更大,但奈何她跳下的地面上有一堆废弃的砖头,是前几日修缮花园的废料,佳思一头撞在了砖角上。

当时来了好多人,也拉了警戒条。

现在勘查工作基本都结束了,沈家庄园不止这一栋别墅,沈家人都去别的洋楼住了几天。

这儿显得更安静。

"坐,我们也只问你几个问题,不用紧张。"

是两个警官,一个中年男人,约三十岁出头,另一个是个年轻女人,看起来比她大不了多少。

江鹊只好在沙发一角上坐下。

"你和阮佳思是什么关系?"王警官问,旁边的女孩打开了录音笔。

"阮佳思是我高中同学,我们从高一起就住在一个宿舍,是淮川二中。"江鹊低着头,眼神悲伤。

"事发那天,阮佳思在这里,你也在这儿?"

"是,佳思是沈明懿的未婚妻,我……我在沈明懿的公司做模特,也在沈家做些杂事,在这儿三年了。"

"你跟阮佳思年纪相仿,你没上学?"

"没有……高考前一天,家里出了意外。"

江鹊小声地说。

王警官不多问她的个人事情:"那你知道,阮佳思在此之前有没有什么异常?"

江鹊张了张嘴,视线下意识往旁边极快地看了一圈。

"你说就是了,说实话就好。"那个女人安抚她,"不用担心。"

"佳思……抑郁症很久了。我们上高中的时候,佳思就已经抑郁了。佳思告诉过我,她的父母对她要求一直很严苛,佳思应该今年毕业的……可是……"

"可是什么?"

"佳思在大学的时候交了个男朋友,感情很好,但是她的父母想让她嫁给沈明懿,佳思不同意,跟男友意外怀孕了,想毕业后跟男朋友结婚的,就在三个月前,佳思被她妈妈带去医院做了人流,然后被关进了一家疗养院,我也联系不上她,我也是在佳思出事前三天才见到她的。"

警察听到这儿,心下也明白了些。

当时勘查的时候阮佳思写了遗书,但奈何阮家人根本不信,在警局门前闹了好几天。

"这个是我的名片,你想到什么的话再给我打电话。"

警官说着,递过来一张名片。

江鹊点点头收下。

警官也没有再多留。

江鹊也站起来,犹豫良久,因为出了命案,这栋主楼暂且没人住了,江鹊去了二楼的小杂物间。

区区七平方米,自己的东西少之又少。

换洗的衣物,也只有那么几件。

江鹊思来想去,什么都没拿,只从抽屉里拿上了自己的手机。

她开机,看到熟悉的号码发来的短信,突然也没心思打开查看。

这个房间,江鹊住了有三年。

即便都充斥着不愉快的回忆,可是要走的时候,也有那么几分留恋。

江鹊突然想到什么,她从口袋里摸出那张名片,深蓝色的卡片,浅色的字,江鹊看到了上面的公司名称,是在国内很有名的投资产业,以往在新闻上看到过多次。

下面那行数字,江鹊慢慢地输入手机里,她的手机还是多年前的老款式,用久了,很卡顿,但也舍不得买新的。

她鲜少上网,也不打游戏,手机的功能只要能打电话发短信就够用了。

输入到最后两位数,手机卡顿了好半天,摁键总好半天没反应。

她小心备注:沈先生。

江鹊站在房间里,静默了好一会儿。

这张床下面是储物抽屉,空荡荡走也不太现实,但很多东西确实没法带走。

江鹊拿了两件换洗的薄衣,然后视线落在一角的红色塑料袋上。

她蹲在地上,慢慢打开。

里面是两双鞋垫,在这个物欲横流、飞速发展的年代里,手工刺绣的鞋垫已经被时代淘汰,江鹊将两双鞋垫拿在手里,轻轻地摸了摸。

每逢看到这鞋垫,就会想到外婆坐在家院门口的吊灯下,将自己纺的厚布裁开,用面浆粘好,然后喊来江鹊量一量尺寸。

一层层粘好后的厚布，剪成合适的尺寸，又用棉布包边，然后绣上花。

年幼时，江鹊最喜欢看外婆绣花。

离开镇子也有好多年了，只记得临走的时候，外婆叫住她，给了她一个手提袋。

里面是外婆织的手套、纳的鞋垫。

外婆，是世界上唯一真正爱她的亲人。

江鹊目光暗淡，又将鞋垫装回塑料袋，仔细地收入布袋子里。

还有一个要拿走的，是高三那年阮佳思送她的生日礼物。

一个跳舞娃娃八音盒，拧一下，娃娃就会翩翩起舞。

仍记得阮佳思送她时笑着说，江鹊，你一定会实现你的梦想。

旧物有神奇的魔力，让一切回忆鲜活。

江鹊将东西收好，再回头看了一眼这狭小的房间。

希望再也不回来。

江鹊走了。

楼下容叔在浇花，看了挎着小布袋的江鹊，只点了点头。

"容叔，再见。"

"江小姐，再见。"

江鹊笑一笑，转身朝着路上走去。

容叔抬头看了一眼，江鹊年纪还小，也就二十岁出头。

细细一道身影，像一棵坚挺的小白杨，什么挫折都不会倒下。

沈明懿也算是容叔看着长大的，他不明白沈明懿怎么老欺负这个女孩。

一想，这江小姐也留在沈家有三年了。

容叔的视线晃了晃，总有种错觉，好像江小姐这回走了，就再也不回来了。

江鹊才走了没十分钟——沈家庄园大，走到出口怎么也得个把小时。

一辆车子从后面驶来,她下意识靠边,却不想那车喇叭响起。

江鹊一惊,回头看,却不想驾驶座的车窗落下,男人清矜斯文的脸露了出来。

熟悉的黑色越野车。

"沈先生。"江鹊语气有点惊讶,似乎没想到会在这儿遇见他。

"要上车吗?"他停下,却没熄火。

"我……我还有点事情要做。"江鹊嗫嚅,视线低下去,不敢与人对视。

"我正好要去看看小喜鹊,送你一程。"沈清徽按下中控,示意她上车。

江鹊没立刻上车,她像是思考了一会儿,然后小心问:"我要去市中心的时代商场,沈先生顺路吗?"

"嗯。"他应了一声。

其实不顺路,但顺路不顺路在他。他想,那就顺路。

沈清徽也有点讶异,自己并不算是一个好心肠的人。

江鹊这才松口气,然后默默绕到车右侧,拉开了后面的车门上车。

沈清徽没多说什么,抬手在导航上更换路线。

车窗半落,沈清徽不说话,江鹊也不会觉得不自在。

这有点神奇。

人与人之间应该有一种微妙的气场。有些人,靠近了就要万分小心翼翼,诸如沈明懿、宋泽贤、梁子硕。

有些人,单单只坐在一起也不会觉得拘谨可怕,诸如沈清徽、祁婷、阮佳思。

江鹊有种久违的放松——或许是因为沈清徽在昨天雨夜中救了她,收留她,让她打心底觉得沈先生是个善良的人。

这样想着,江鹊渐渐放松了些,竟然也能头一次去看窗外的景色。

沈清徽送她到时代商场,在附近的停车处停下车。

"购物?"

"嗯……只买点东西。"

"我一小时回来，你需要接吗？"

"我、我……我自己打车吧，我可能要久一点。"

江鹊视线低下，仍然不太敢跟他对视。

沈清徽笑了一下，看她这低头的模样，倒像一只鸟，一只羞怯的鸟。

见她过分客气，沈清徽也不勉强，恐惹得鸟儿飞得更远。

江鹊拉开车门下车，跟他告别："谢谢沈先生。"

还跟小学生似的，一手挎着包带，另一手举到脸旁挥了挥。

沈清徽一只手仍扶着方向盘，身子往副驾的窗口倾过去，问："你还记得小区名字吗？"

江鹊站在原地，回想了片刻："春江玺樾！"

沈清徽笑了，收回身子："八号别墅。"

"记住了。"

江鹊小心点点头，一张小脸写满了认真。

沈清徽倒是难能见这么有趣的人，他笑一笑，启动了车子掉头。

江鹊在马路上站了一会儿，眯眼回想了一下方向——江鹊很少闲逛，她在淮川也有几年了，十六岁的时候从小镇搬到了淮川，路都认得，但也不是那么熟悉。

时代商场下面那条路直走，有个中药房。

江鹊常去的地方，这儿算一个，虽然这个"常"的频率是一个月一次。

是因为外婆常年咳嗽，小镇上只有一个卫生室，拿不了中药，西药又贵，外婆舍不得买，江鹊每个月只给自己留一点钱，剩余拿来给外婆买些中药。

在老年人的眼里，中药比西药好。

但见不见效，江鹊并不是那么清楚——她一年才回小镇上一次，外婆家还是老式的拨号电话，也没有视频可以打。

有时候邻居家婶婶在，或许能打上一通视频，但江鹊也不好打扰人家。

只能说，每月的一通电话里，外婆咳得不是那么厉害了。

"还是十五服清肺止咳的吗？"

因为她常来，药师已经熟络。

"不是不是，"江鹊摆摆手，然后小心地问，"失眠的人……泡茶，可以喝点什么呀？"

"挺多的，莲子，红枣，酸枣仁，"医师问，"你睡不着吗？"

"嗯……是朋友，"江鹊牢记着沈清徽昨夜随口一句的话，"他爱喝茶，长期失眠。"

"那买点酸枣仁吧，养肝安神的，对虚烦不眠还是挺有用的，这个加在茶叶里味道也不错。"

"好。"

江鹊应允，又让药师称了点其他的煲汤用。

然后江鹊去了时代商场，买了点时蔬，在手机上搜了下，打车到春江玺樾要五十多块钱，一个半小时到，而坐公交，转车三趟，两小时到，六块钱。

江鹊果断提着东西去了公交站。

夏天的公交挤得难受，人多是一，车子里虽开了冷气，但也耐不住挤，她手上又是两个大包，攥得紧紧的，勒得手心发红。二是司机开车猛，一个急刹，一个急拐，她要用力地攥着栏杆。

下车的时候，江鹊额头一层薄汗，一张脸也绯红起来。

然而这公交站可不在春江玺樾附近，还得走半小时。

江鹊提着袋子慢慢走，这附近是一条大马路，两旁没什么阴凉，走在路上，影子被拉得很长。

江鹊吸口气，在这一条路上想到很多。

想到跟佳思走在校园里，不说话也很开心。

但这些天想到佳思，心里就很哀伤。

她只有两个朋友，一个已经走了，江鹊只哀伤再也见不到她，不能同她说话。

但也有一点,或许佳思是解脱了。

佳思说,活着已经很不容易,要做一个善良的人,死后才不会那么痛苦。

那时江鹊说,活着呀,活着才有希望。

佳思笑她单纯,又常常怅然看着远处,说生活是个挣脱不开的牢笼。

明明都是二十岁,佳思身上却有种沉暮死气。

江鹊也没法改变什么,只能在小事上逗她开心,佳思说她真好,容易满足。

江鹊那时不知如何回答,生活确实是个挣脱不开的牢笼,但只有努力地活着,才能有一天离开牢笼,去看看外面的世界。

还有很多美好的事情要去见证与欣赏……尽管,江鹊也不知道自己什么时候才能挣脱牢笼。

这样想着,不知不觉就到了八号别墅。

江鹊瞬间想起来一件事。

她没有这里的钥匙。

江鹊将袋子放在门口,弯腰看了看,按了门铃,没人,细听一听,也没有什么声音。

从口袋里摸出手机看了看,也才下午,时间还早,沈先生说去看小喜鹊,应该用不了多久就会回来了。

打电话好像有点叨扰了。

江鹊这么想着,也就放松了点,她把自己的包放在门口垫着坐下。

7月,阳光正盛。

院子里的花香被一点风吹着阵阵飘来。

江鹊倚靠着门坐着,把那两袋东西挪到树荫下,悄悄往门缝里看了一眼,院子不算小,但布置得格外上心,两侧篱笆墙,月季蔷薇缠绕而上,整两面是花墙,院中摆放着许多层叠木架,搁着不少花盆。

这些花花草草江鹊也不认识,但看这茂盛的势头,就能看出来被人养得很精心。

右侧的一隅，有一个小小的用青石垒成的池子，水流汩汩而下。

江鹊想起早上看到的场景，只觉得沈先生是一个如清风霁月一般的人。

有学识，有涵养，善良似琇莹。

午后的阳光暖洋洋的，江鹊有点犯困，靠着门前打瞌睡，像一只流浪路过的鸟。

沈清徽在宠物医院等了三四个小时。

周彦是院长，还是骨科专家，医助说动物管理局送来了几只骨折的鸟，都是因为昨夜那场大雨受了伤。

又做了几场手术，电梯门开了，一身手术服，脚趿拖鞋的周彦才下来。

"等很久了吗？"

周彦带着他去特护诊区，小喜鹊躺在恒温箱里，细细的腿上缠着纱布，用薄竹板固定着。

"还好，就等了三个半小时。"沈清徽淡淡回了一句。

"那我改天请你吃顿饭得了。这喜鹊都是外伤，伤口处理好了，腿骨骨折，已经加了骨钉，目前看倒是没什么生命危险了，你看让它在我这儿观察几天还是你带回去？"

沈清徽照顾得肯定更精细，但就怕他忙没时间。

"没生命危险是吧？"

"做完有几个小时了，现在看还挺平稳，我明天要去开个研讨会，还是看你。"

主要是这宠物医院里，目前能给鸟类做手术的只有周彦。

鸟类的骨头脆弱，有些骨头还连接着呼吸系统，是要万般小心，医院里还有两个医生能做，但鸟骨折也不常见，估计处理起来没有那么得心应手。

周彦做宠物医生也有十年了，去年才出来自己单干，医院规模也不算太大。

"那还是我带回去吧。"

"行，我医院是二十四小时的，有事你打电话。"

"嗯。"

沈清徽应了一声，周彦干脆让他将恒温箱也带回去，再观察两天换到笼子里。

沈清徽将恒温箱放到了副驾上，开车时看了一眼，喜鹊眯着眼睛，但是因为麻药还没过，卧在垫子上，一双黑眼睛湿漉漉的。

也不知道怎的，沈清徽就想到了江鹊的一双眼睛，怯懦的，好像从不敢与人对视。

江鹊，喜鹊，还真是有缘分。

从宠物医院出来，沈清徽突然想到什么，一看医院右手边就是一家药房，沈清徽推门走进去。

"先生您好，需要什么？"打瞌睡的店员看到这样一个气质斐然的男人走进来，忙站起来说。

"红花油和云南白药喷剂。"

"好的。"

沈清徽开车回春江玺樾，只是还差一个路口到家的时候突然想起来江鹊没有别墅的钥匙和密码，但是转念一想，她毕竟也不是小孩子了，要是看到家里没人，肯定会知道给他打电话。

再不济，也会发一条短信。

想是这样想，然而等车子到家时，隐约看到门前一抹小小的身影。

沈清徽愣了半秒。

江鹊就坐在门前，门内有一棵梧桐树，不知道哪一年在这儿生根发芽的，过了很久，这棵树也不断成长，如今已撑起了一片小小的阴凉。

江鹊就坐在那点阴凉下，蜷着腿，盛夏的微风浮动，树影晃着，在她的脸上落下一些浅浅的光斑。

才二十岁出头的小姑娘，肌肤白皙似雪，一张小巴掌脸，五官柔和，耐看。

沈清徽去停了车，似乎在想怎么叫醒她不显得突兀——脑中莫名想到她前几次的不自然与惶张，像一只受了惊的鸟儿。

沈清徽半蹲在她的面前，江鹊好像很累了，长长的睫毛下叠，倦容安静。

"江鹊。"

——他与她的距离近，近到可以看到她白皙肌肤下颜色浅浅的血管，耳边的发丝透过阳光，被镀上一层薄薄的金色。

让沈清徽有点不忍叫醒她。

江鹊迷迷糊糊听到有人叫她的名字，以为是错觉，她慢慢睁开眼睛，看到沈先生站在他的面前。

他半蹲在她面前，与她平视。

沈清徽依旧是早上的浅色衬衫，笔挺而规整，眉眼之间的淡漠疏离，好像就在午后的这点阳光下被暖意融化，他眼角那颗小小的茶褐色的泪痣，像一丁点多情的春雨，温柔坠落在心口。

江鹊睁大眼睛，好像一时间没有反应过来，直直地看着他的眼睛。

沈先生的眼睛很好看，是深邃的，或许是因为光影，瞳仁是浅浅的咖色，如澄澈的茶水，微微的苦涩，可是却有着清爽的回甘。

"沈……沈先生……"

江鹊一慌，猛然反应过来自己是靠在门口睡着了，她慌慌张张要站起来，但是腿有些麻了，使不上什么力气。

江鹊心口一涩，一瞬间的惶恐涌上来，就在这一刻，她想到的第一件事是：会不会让沈先生生气？会不会被赶出去？

"怎么在这儿睡了？"沈清徽没有责怪的意思，他对她伸出一只手，声音清淡，"这是密码门，你可以给我打电话的。"

江鹊愕然，没有预料的指责，没有预料的恼火。

这话原以为像责怪，可是语气却淡淡的，声音也轻柔，听不出半分责怪。

"我……我怕您在忙。"

江鹊鼻子蓦地一酸，他递过来的这只手，干净修长，手腕上有一只银质的手表，看起来矜雅又斯文。

"来。"

他的手晃了晃,示意江鹊抓住。

江鹊鼻尖更酸,她咬了咬唇,攥住了沈清徽递过来的手,他握着她的手,将她轻轻一带,江鹊站了起来。

沈先生的掌心,温暖、干燥。

"怎么买了这么多东西?"

江鹊垂下视线:"我只是买了点食材,煲汤用。"

"有心了,"沈清徽扬了扬视线,"密码是860826。"

"……"

"还有一把备用钥匙,等下我给你找找,"沈清徽输入密码开了门,回头示意她,"进来吧。"

江鹊提着那一袋东西走进来,馥郁的花香随风扑鼻,江鹊也是这回才看到,沈清徽折返回去,一个恒温箱搁在门口。

他单手拎着恒温箱走进来,关上了院门。

"它……小喜鹊,还好吗?"江鹊小声问了一句。

"还要再观察一下。"

"那……希望它健健康康。"

沈清徽无声笑笑,为她拉开门,江鹊赶忙提着东西进去。

沈清徽直接去了二楼,打算将小喜鹊的恒温箱先放在书房中观察几日,至少等安全过了这几天,再转移到笼子里。

江鹊安安静静在一楼的厨房里收纳买来的食材,许是因为从小干活,江鹊手脚格外麻利。

购物袋里的东西都拿出来之后,江鹊看到了底下的小圆盒。

木质的圆盒,上面雕着篆书小字:"酸枣仁茶"。

江鹊麻利地处理了食材煲上汤——

这其实要归功于沈家老宅的礼数,沈明懿回回都刻意整她,让她跟着沈家的厨师学做饭,但她做的那些,他从不肯吃。

江鹊很会苦中作乐,当时心想自己还清了债能去个餐馆里当厨师,又或者攒一笔钱回老家开个小饭店。

江鹊忙活完,犹豫了一会儿,决定上楼把这酸枣仁茶送给他。

江鹊是第一回上二楼,浅米黄色的墙壁上挂着水墨画,下面的木质摆架上放着青瓷瓶摆件。

她本不知道沈先生在哪儿,就试探着小声叫了一句:"沈先生?"

"这边。"

声音从右手边的房间传来。

江鹊小心开门。

是一个很大很宽敞的书房——真的是书房。

两旁都是书架,罗列着许多书,落地窗,光线明亮。

而落地窗前是一张原木色的长桌,有一个挂着毛笔的毛笔架,右侧的桌案上还压着半幅没写完的字。

那个恒温箱,就在桌子的中央。

沈清徽半弯着腰,用小针管给喜鹊喂水。

他的动作很缓慢轻柔,对待一只受了伤的鸟儿,都是万般的小心谨慎,江鹊就站在桌旁,一时间看得屏息凝神。

只是在微微晃神的瞬间,江鹊更加深了对沈清徽的初步印象——

他温柔,谦和,有学识与涵养,连带对一只鸟儿都这样上心。

沈先生是真的善良。

"怎么了?"沈清徽小心将喜鹊重新放回,转而用毛巾擦了擦手,这才看向了江鹊。

"啊……就是……我想到沈先生说睡不着,今天路过的时候买了酸枣仁茶,大概对失眠有用的。"江鹊很不好意思,其实是有点窘迫的。

酸枣仁茶也不是多贵重的东西,恐怕是沈先生这个家里最便宜的一样了。

沈清徽短暂愣滞一秒。

倒不是因为别的,那夜说失眠也只是随口一句,看了很多医生,但久治不愈,久而久之沈清徽已经习惯了失眠。

以往刘阿姨还惦念了几次，沈清徽也总说一句："不碍事，您忙您的。"

所以刘阿姨也是看在眼里，爱莫能助。

反倒是这江鹊，才到这儿第一天，就把这件事放在了心上。

在他静默的这一秒里，江鹊的心跳得有点乱，肯定是有担心的，这样便宜的小东西，怕是也入不了沈先生的眼。

也许是她做得太过了，关心过了界——沈先生本来也是留她在这里做些阿姨的活，她竟然妄自干涉主人私事。

江鹊很小心敏感，其实起初也并非天生如此，但在她最脆弱的青春期里，经历的所有事与人，都在教她藏起善意，世界不是纯洁干净的。

可江鹊也不愿否认，世界上还有善良的人，有光。

——也是很久后，江鹊才忽地明白过来，沈清徽教会她的其中一件事，是不要用别人犯下的错误来惩罚自己，永远都不要因为别人的恶意而丢失了自己的善良。

"辛苦你了，正巧我这几天想去买的，只是前天刚出差回来，把这事忘了。"

沈清徽温和笑笑，接过了她手里的小木盒，他能看出来江鹊敏感小心的心思。

"啊，那就好。药房的人说，酸枣仁是安神的。沈先生以后早点休息，一定可以安睡一夜的！"

是头一回有人这样温和地跟她讲话，江鹊的脑中好像没有预设过这样应该如何反应，她到底也是年轻，所有的情绪都摆在眼底，大概也有几分紧张，小脸都微微绯红。

这样的欢喜，是装不出来的。

沈清徽这年纪，也是见惯了人与人之间的冷暖善恶。起初他以为江鹊与别的女人别无二致，而现在看，江鹊是不同的。她身上有一种纯粹，好像还会单纯地相信很多事情。

这双眼睛，平日里不敢与人对视，但下午在她半梦半醒间，沈清徽还清晰地记得，这双眼睛，像山间未经人事的湖，纯洁、澄澈、无瑕。

也不知道是什么原因——也许是她后面那一句"一定"，又或者是她紧张兮兮的表情，沈清徽竟然意外被她逗笑。

江鹊有点不好意思了，借口说去看看煲的汤。

第二章

是她一场
美好的梦

TENDER IS THE
SPRING

沈清徽安顿好喜鹊再下楼的时候，一股香味从楼下飘来，是很浓很清香的骨汤味。

沈清徽瞧了一眼，江鹊虽然年纪小，但是做事很麻利，厨房的瓷锅咕嘟咕嘟煲着汤，浅白玉色的餐桌上被收拾得整整齐齐。

江鹊正踮着脚从橱柜上拿东西，小腿匀称，T恤也向上，露出了一小截腰，是真的很瘦，一点赘肉都没有，沈清徽别开视线，照常去了客厅的落地窗的那一隅看昨天没看完的莎士比亚。

江鹊小心将汤端下来，她在桌上放了竹垫，然后用两条毛巾端着锅，小心翼翼走出来。

沈清徽听到动静，从书中抬头，江鹊每一步都走得很慢，好容易走过去，又慢慢放下，然后手下意识极快地摸了摸耳垂。

稚嫩，天真。

江鹊做了很简单的家常菜，不过很开胃，苦瓜是被精心处理过的，冰镇过，浸了一点淡淡的蜂蜜水，入口后很清爽。

蜜汁拌苦瓜，清炒莴笋，还有一份汤，打眼一看，是莲藕红枣排骨汤。

其实单单一看可能只是普通不过的家常菜，但是想到之前刘阿姨念叨的，这些都是安神助眠的食物，苦瓜清心降火，莴笋安神镇静，适宜失眠者服用。

莲藕与红枣前者是清心养神，后者养血安神。

——这姑娘，是真记到了心里去。

只是这桌上的碗筷只有一人份,沈清徽问她:"你要出去吃?"

"啊?"江鹊没反应过来,"我……我,我晚点吃。"

"一起吃吧,"沈清徽说,"再去拿一副碗筷,我自己吃多无聊。"

江鹊有点不好意思,再推托好像显得有点奇怪。

……只是,这餐桌也不大,长方形的六人桌,跟他面对面吃饭,显得好像有些……

"多吃一些,太瘦了。"

沈清徽也看出了江鹊的拘谨,也不知道怎的,总觉得江鹊更像是一个小孩子,如果不是她先前说了年龄,单看这张脸,说是十七八岁也不过分。

这样一想,沈清徽忽地有种异样的错觉——被照顾的那人,本应该是江鹊。

沈清徽给她盛了一碗排骨汤,小心地放到了她面前:"当心烫。"

声音是温存的,胜似春雨,落在心口,浸染一小片细微的潮湿。

江鹊敛下视线,低声道谢。

沈清徽尝了口排骨汤,出乎他的意料,汤底加了几片薄薄的苹果,让乳白色的汤汁更爽口。

"怎么还加了苹果?"这倒是稀奇,只是这薄薄的苹果片入了口,浸润了骨汤的醇香,还保留了原有的清甜,软软糯糯的,味道不错。

"是我做之前在网上查的,苹果鲜藕排骨汤,加了一点百合,"江鹊忙问,"是不合沈先生口味吗?"

"挺好喝的。"沈清徽夸赞了一句。

江鹊抿抿唇,有点不好意思。

"你在这里不用这么拘谨,倒也可以把这儿当成你的家,你年纪太小,做不了的可以上楼叫我。"

"可我在这儿……"只是个阿姨,后半截,江鹊不知道怎么说,她低下目光,慢慢说,"沈先生能收留我,我已经很感激了。"

"江鹊。"沈清徽突然叫她的名字,语气严肃了几分。

江鹊茫然抬头,那种惶恐袭来,让她的眼神都多了一种可怜——是真可怜,沈清徽上回见这样的眼神,还是在狩猎场上,那只受了伤垂死的鹿,眼神里流露出一种极致的恐惧。那鹿怕死是动物本性,江鹊又在怕什么?

总是惶恐的,害怕的。

"你做错事情了吗?"他也察觉到江鹊的这份惶恐,语气又软了几分。

"……"

"没有做错事情,就要挺直腰板说话,"沈清徽说,"为什么要放低姿态?就算你做错了什么,承担你要承担的责任就好,没有人可以轻视你,包括你自己。江鹊,你要尊重你自己。"

说到后面,沈清徽微不可察地叹了口气,江鹊好像半天都没有反应过来,人呆呆地坐在那儿,他心中大抵也明了——这姑娘,怕是已经在歪曲的环境里生活太久了。

就像树木歪斜的枝干,要纠正很久才能顺直过来。

沈清徽本身是个话不多的人,也几乎不会去管别人的闲事,但看这姑娘总是小心翼翼的,心里多了些同情。

是单纯的同情吗?

同样出现在他脑海中的,还有今天这一碗加了薄苹果片的排骨汤,还有她似夜莺的歌儿,还有呢?

沈清徽别开视线,那纯洁无瑕的眼神在脑海中一闪而逝。

让沈清徽突然有了那么一点奇异。

"是哪里人?"他终于换了话题,像随意的闲聊。

江鹊眼睛酸酸的,过了这一会儿才后知后觉,他语气里没有半分责怪,如同谆谆教诲的长辈,也顾及了她的敏感,连同语气都放软了不少。

"我家很远,是在岱省下的小城市,叫春新市,我家就是在春新镇……我是被我外婆带大的,十六岁我爸妈才把我接到了淮川。"

因为提到了外婆,江鹊终于放松了一些。

岱省是北方省份,春新市其实也并不出名,但胜在那里有一个牡丹园很大。4月初的时候，各色牡丹花开得艳丽。

让沈清徽最有印象的，便也是那里的牡丹园，早些年还被朋友邀去赏过几次花。

除却春新市的牡丹园，沈清徽回想起来，已经很久很久没去岱省了。

江鹊有点小开心，但是也怕自己话多了惹人烦，她悄悄抬头看了一眼，却没料到沈清徽是认真地在听她讲话，他就端坐在她的对面。

因为长久的不自信，江鹊从来都不敢直视别人。

可是就在这一刹那，江鹊跟他短暂地对视了几秒，沈清徽的眼睛很好看，瞳仁是深棕色，平静得像一湾清寂的湖，眼角下的那一颗浅茶褐色的泪痣，好像更温柔。

他的眼神也很温和，至少在这一刻，他是在专注地听她说话的。

也不知道怎的，江鹊突然鼻子发酸，会这样耐心听她说话的人，以前只有外婆和阮佳思。

而现在，或许又可以多一个沈先生。

"谢谢您，沈先生，"江鹊眼眶也酸胀起来，小声说，"肯听我说这些。"

"不用担心，在我这里，你想说什么就说什么，"他开了个玩笑，说，"要不是你在这儿，我自己住在这房子里多安静，怕是更要失眠了。"

江鹊抿抿唇笑了。

饭后江鹊收拾了餐桌和厨房，沈清徽去了院中浇花。院子里有一个吊灯，暖光将这一隅小院拢了起来。沈清徽就在那儿摆弄几株兰草，然后泡了壶茶，就在院中看他昨天没看完的书。

这画面太安静了，安静到江鹊站在玻璃门内，竟然开始多想他的生活，总是这样寂静的，像没有风的湖面。

江鹊在这儿没有事情可以做了，沈清徽恰好看到她，对她招了招手。

江鹊推开门出来，空气很清新，沈清徽放下了书，让她在藤椅对面坐下。

"等我去拿个东西。"

下午只顾着看坐在门口的江鹊,倒是忘了买来的药。

沈清徽出去了一趟,再进来的时候,江鹊就坐在藤椅上,目光好奇地打量着院子里的花花草草。

这些花草都很喜水,夜晚的时候有几分潮湿。

沈清徽将袋子放到玻璃桌上。

江鹊看了一眼,只看到了几个小字"跌打损伤"。

"可以自己处理吗?"他问,然后拿出了一瓶碘伏递过去。

"啊?"江鹊愣了一下。

沈清徽将碘伏拆开,用棉签蘸了递给她。

江鹊这才反应过来……低头一看,自己的膝盖伤口已经结痂,一大片发红的伤口,连带着周围的皮肤都发紫了,小腿上还有几条红痕。

"都不疼的吗?"沈清徽看她这副反应,轻声问了一句,江鹊在怔忡的片刻,还没来得及接过来他手上的棉签,便看到沈清徽半蹲在了她的面前。

"习、习惯了……"江鹊嗫嚅,忙想弯腰自己去擦拭。

可沈清徽已经单手托起了她的脚踝,然后另一手捏着棉签给她擦拭膝盖的伤口。

——确实是习惯了。

江鹊低着头没动,在她幼年的记忆里,其实没有多少关于父母的记忆。

只记得在她十六岁之前,父母会在每年的春节时回来,有时候江志杰也会一起跟着回来——江志杰是江鹊的哥哥,比江鹊大四岁,但同样地,江鹊对他的记忆也并不深刻。

外婆以前告诉过她,她的父母南下去了淮川打工,当时淮川这个南方城市已经很发达了,从北方的偏远小镇到南方的一线大城市,为此还引得邻里羡慕。

别人都说大城市好,好像在那个年代去了南方的大城市就可以遍地捞金。

外婆说,她父母去了淮川也是为了多赚钱,要给江鹊更好的生活条件。

　　她的父母只过年的时候回来看看，对江志杰，江鹊心里其实也是有点怕的，因为每次回来的时候，江志杰都在外婆家的客厅沙发上坐着玩手机，对她也爱搭不理。

　　至于父母，也就只有一年给她买一次新衣服，但回回买的尺寸也不对。

　　再后来，江鹊十六岁那年，江振达和陈盼又一次回来过年，只不过这年江振达买了一辆小皮卡车，还逢人炫耀说是当了"包工头"。

　　外婆跟她父母在里面说话，说着说着吵了起来，江鹊就坐在院子里拨弄语文书。

　　外婆说："江鹊成绩很好的，你们两口子把她带去淮川上学吧。在这个小镇子里有什么出路哦？"

　　江振达不乐意，说："女孩子读那么多书做什么？以后还不是要结婚嫁人的？"

　　外婆一人护着她："志杰这小子还不如江鹊，志杰就上了个技校，你们两口子把他惯得不思进取，以后也就那样了，江鹊在咱们春新镇上回回考第一，让她去上学吧，多个出路。"

　　江鹊妈妈陈盼也不说话，后来咕哝了几句，大意就说江鹊是个丫头，江志杰是儿子。

　　天渐渐黑了，江鹊在院子里坐着，后来外婆把她带到屋里，小老太太态度强硬，质问江振达："江鹊怎么不如江志杰了？我就是吃了没文化的亏，我不许江鹊不读书！"

　　江鹊是渴望的，总听人说淮川很发达，说那里有985、211学校，江鹊的梦想就是好好读书，考进去，以后就能赚钱带外婆去大城市住。

　　但是对于岱省这个人口大省来说，分数线是相当高的，小镇的教育资源肯定不如淮川这个一线大城市。

　　后来这场争吵持续了五天，最终陈盼答应把江鹊带到淮川。

　　临行那一天，外婆叫住江鹊，这个身材矮小并有眼疾的老太太，熬着夜给江鹊做了鞋垫，织了几件毛衣，让江鹊一定要好好学习，要比江志杰更有出息。

江振达在淮川是个小包工头,他没什么文化,隔三岔五不回家,回家也无话可聊,陈盼就在一个商场打工,早八晚九,与江鹊相处的时间更少。

也算是再普通不过的家庭了,住在一栋老居民楼里,江志杰一周也不见一次。

江鹊在春新镇时学习很好,回回是第一,但到了淮川三中后,班里四十人,江鹊才考二十多名,她格外努力,但最好的时候也才考到第十名。

来淮川的时候,身边一个朋友都没有,班上的女孩子都是大城市女孩,她的吃喝穿戴像个异类,课业压力相当重,小镇的老师知识有限,教的东西也有限,江鹊处处吃力却也咬牙撑着,就像外婆说的那样——

读书不是唯一的出路,但读书一定会让出路更容易一些。

每到这时候,江振达就打击她,说什么"浪费老子的钱""成绩上不去就要认清现实""农村出来的就要有自知之明"云云。

再后来,江振达的工地不顺,有时候会跟陈盼吵架,头一回往江鹊身上扔了一本书,江鹊愣愣站在那儿没躲,或者说根本躲闪不及,后来江振达就把江鹊当作出气的工具。

也许对江振达来说,江鹊是他的孩子,所以理所应当不会反抗,理所应当忍受着所有的火气。

并美其名曰,"棍棒之下出孝子"。

江鹊被江振达打的时候,她是恐慌的,可陈盼视而不见,江鹊越哭,江振达就越是打她。

她也是在这个时候开始学会了隐忍。

那些小时候遭受过暴力的孩子,虽然长大后或许依然会相信世界美好,但他们的内心早变了一副模样,会很容易活在自我否定和胆小不自信的阴影中。

江鹊一动不动的,沈清徽给她清理了伤口,而后说:"我要给你喷一下云南白药，痛的话，告诉我。"

江鹊没说话，沈清徽一抬头，看见小姑娘眼眶有点发红，一言不发的，好像受了莫大的委屈——应当是回忆起了什么不好的事情。

沈清徽给她喷了云南白药，冰冰凉凉的，他托着她的脚踝，她的腿太细了，肌肤又白，那些伤疤在上面显得更加触目惊心。

他有意转移她的注意，便也随意地说："你刚才看的花是龙沙宝石，喜欢的话，摘几朵放在你的床头。"

这花都是他精心照顾的，平日里连浇水施肥都格外精细，但也可以随意地送给她——只想在这一刻，哄一哄这个小姑娘开心而已。

"好……"

江鹊突然不知道可以说些什么，头一次被人这样关切，原本一直在坚持的坚强，也好像在这一刻开始一点点溃散。

腿上的伤口有些胀痛，冰冰凉凉的，沈清徽托着她的脚踝，他的手指温暖干燥，也并不希望江鹊一定要说点什么。

在这样片刻的安静中，沈清徽打开了红花油，涂了一点在指尖，然后轻轻地打圈儿涂抹在她膝盖的瘀青上，动作万分轻柔。

很难想象，像沈先生这样身份的人，会在这样一个寂静的夜晚，在这方萦着馥郁花香的小院中，半蹲在她的面前，只为她涂着药油，他的目光专注，像是在做什么重要的事情。

江鹊眼眶酸楚更甚，连眼睛都不敢眨，生怕这样一幕，眼睛眨一下就消失了。

"痛不痛？"

这么大一块伤，他看着都痛，小姑娘安安静静地一言不发，沈清徽笑说："别逞强，你是小朋友，要是痛得厉害，告诉我，我明早带你去医院看看。"

这语气与声音，过分温柔，江鹊很久很久都不曾听过有人用这样的口吻跟她说话，让她有一种自己也被人捧在心尖的错觉。

是夜风太温柔，是他的声音太好听，像一片花瓣被风拥着落入一片无人区的湖泊，泛起的涟漪漾满整片湖面，那是少女私藏的敏感心动，浩大却沉寂。

沈清徵没听到她说话，一抬头，却看到江鹊低垂着视线，极快地眨了下眼睛，一滴滚烫的泪珠落在他的虎口上。

沈清徵有一瞬间的愕然，江鹊很快抬手擦了擦眼泪，也就在这一秒，沈清徵突然觉得，这还是个稚嫩的女孩子。

江鹊的世界，还是一片未经开发过的净土，他不知道她过去过的是怎样的生活，但就是在这一刻，沈清徵寂寥已久的生活里，好像多了那么一点点动容。

"不痛了，谢谢沈先生。"江鹊的声音有一点点发颤，她坐在椅子上，摇了摇头，有些话哽咽在喉间，犹豫着该不该说。

直到她的视线抬起来，撞上沈清徵的视线，他就这样半蹲在她的面前，一双眸子平视着她，是在耐心地等待着她说点什么。

"沈先生……您不用对我这么好的，我只不过……"

小姑娘又一次低下了视线，她吸了吸鼻子，那句"是个帮工"就这样哽咽在喉间，突然有点难以说出口——是因为下午的时候，沈先生才鼓励了她。

要是又说出这样的话，会不会让沈先生失望？

"江鹊。"沈清徵叫她的名字，她抬起视线，是有想与他对视的，他的那双眼睛那么好看。

江鹊跟着沈明懿那拨人这么久，也算是见过了不少好看的皮囊，可是没有人像沈先生这样，不仅仅是外表好看，他身上这种矜雅的风骨，也是独一无二的，又或者是因为沈先生会温柔地教导她，所以他在她的心中，更有了不一般的位置。

"你是独一无二的江鹊，永远都不要对别人低姿态。"沈清徵笑了笑，像是宽慰，"我不要求你立刻改变，可至少在我面前，自信一些，挺直腰板跟我说话。"

"那……如果我说错了话……"江鹊眼眶酸涩，喏嚅地问。

"错了又能怎样？"沈清徽站起来，活动了下手腕，在她身旁的藤椅上坐下，"就算说错了话，你也是独一无二的江鹊，依然要堂堂正正地生活。"

江鹊似懂非懂，默然片刻，撞上沈清徽的视线，她点了点头。

沈清徽笑一笑，抬起手从茶壶里倒了杯茶，推给了江鹊。

小姑娘谨小慎微的，是有点亏欠感的，好像自己什么都没给他做，反倒受了他这么多好。

"沈先生，您睡不着，要不然我今晚给您唱首歌吧？"

江鹊捧着茶杯，小声地问了一句。

沈清徽答应下来。

江鹊平日里听歌也不多，还真是思考了几秒钟要唱什么。

脑子里空空的，能想起来的，竟然是很久以前跟佳思一起在某天晚自习结束后听的歌，王菲的歌。

江鹊回想了一下歌词。如果说爱好，唱歌应该是江鹊唯一喜欢做的事情了，可是从来没有这样的机会。

唱出来后，江鹊发现歌词竟然也莫名地应景。

"是你给了我一把伞，撑住倾盆洒落的孤单，所以好想送你一湾河岸，洗涤腐蚀心灵的遗憾，给你我所有的温暖，脱下唯一挡风的衣衫。"

江鹊的声音很好听，清灵甜美，沈清徽泡了茶，是西湖龙井，加了几颗酸枣仁，很清醇的味道，多了一点点酸甘。

沈清徽靠坐在藤椅上，很难想象自己在三十五岁的某一天，会同一个二十岁的小姑娘坐在庭院中，哪怕什么都不做，似乎也没有那么枯燥了。

原本平静如水的生活，被添上了一抹清甜的底色。

沈清徽偏头看了江鹊一眼，是她稚嫩，还是他阅人无数，原本以为泡在沈明懿那圈子里的女孩没几个是单纯的，如果说是装的，也没几个人能装得这样自然流畅。

他摩挲了下小瓷杯，二十岁的年纪。

是脆弱的，也是纯粹的。

他很少有这样平心静气的时刻,又或者说,很少有这样愿意相信一个人的时刻。

至少现在,沈清徽愿意相信江鹊。

江鹊唱完了一首歌,后面已经忘了不少词,偷偷看了一眼沈先生,他只坐在这儿喝茶,哪怕一言不发,也让她打心底觉得美好。

"时间不早了,你去睡吧。"沈清徽说,"喝完这壶茶,我也去睡了。"

"好,沈先生晚安。"

"晚安。"

"对了,明天有时间吗?"沈清徽突然叫住她。

"应该是有的。"江鹊想了想自己的腿都这样了,估计什么都拍不了了,正好沈明懿不在,白姐这几天是不会找她了。

"好,别墅里也没有你的洗漱用品,如果你方便,我明天带你去买点你要用的东西。"

"好,谢谢沈先生。"

江鹊正扶着门要进去,听到沈清徽的话,弯唇笑了笑。

沈清徽正端着茶杯,目光交会,小姑娘的视线跟他的相撞,她还特意站直了身子,眼神里藏着稚嫩的青涩,那眼角弯着的一点笑意,若半藏在云后的皎月。

江鹊进了别墅。

沈清徽喝了口茶,一句海子的诗没头没脑地冒出来。

我们把在黑暗中跳舞的心脏叫作月亮,这月亮主要由你构成。

今夜的月亮没在跳舞,却让沈清徽清晰地感知到一抹亮色,在一点点地沁入他寡淡的生活,像一束光,毫无征兆地闯进枯寂已久的森林。

江鹊躺在床上的时候都觉得像一场梦,她格外虔诚小心,枕头上也有着淡淡的檀木香,是安神静心的。

她翻了个身把脸埋在枕头里,想到沈先生刚才托着她的脚踝,用那样温柔的语气跟她说,"你是小朋友",只是一想,眼眶就酸酸胀胀。

江鹊抹了把眼睛,有点不争气地想哭,心口藏了一颗种子,在这片无人之地破土而生。

只是到了后半夜,在江鹊半梦半醒的时候,隐约听到了房门开,她困得厉害,眼皮沉重,只感觉有什么被放到了自己的床头。

沈清徽摘了几株龙沙宝石,插进了小玻璃瓶里,然后放到了小姑娘的床头。

龙沙宝石开得正艳,花瓣儿上还沾着一点晶莹的露水。

沈清徽又将药放在了床头柜上,江鹊侧躺在床上睡着,及胸的黑长发散在枕头上,露出半张小脸,其实是说不清楚为什么会对这样一个才认识不久的小姑娘心存善意的,但在静下来的片刻回想,是她身上这样纯净的天真,让他恍惚想起一些往事。

但唯一可以承认的,是他想要保护江鹊的天真世界。

想不明白的事情索性不去想,他叹了口气,弯身将江鹊的被子拉了拉。

"沈先生……?"半梦半醒的呢喃。

"睡吧。"沈清徽低声说了一句。

沈清徽在她的床边驻足了片刻,最终还是放轻脚步关灯关门出去了。

沈清徽回了房间,忽地像想起什么,拿起手机给程黎拨了个电话。

"前几年搁置的慈善项目,现在重开了吧,下周,你去走走程序。"沈清徽靠坐在床头,下意识地想去摸烟,但转而又放下了。

"您是说,那个教育慈善?"

"嗯。"

"好。"

程黎答应下来,关于这事儿,程黎是不敢多问的,几年前的那个事件,对沈先生的打击极大,沈先生素来是个善良的人,也就是那个事后,沈先生变了副模样,那善意,再不是寻常人能见到的了。

这重开,让程黎有点惊喜。

程黎顺带问:"前不久陆总说邀您去他的马厩看看,昨天陆总又给我打了电话问您有没有时间来着,沈先生您看?"

"什么时候?"

"说是下周来着,陆总和宋泽贤、云北谦那些人组了个局,说是赛马来着。"

"再说吧。"

沈清徽有点倦了。

"行,那到时候我再问问您吧。"

沈清徽放下了电话,夜色浓,他靠坐在床头,有点失眠,每逢夜幕降临,总没有丝毫的睡意,越是清醒,越是想抽烟喝茶解躁,然而越是喝茶抽烟,越是清醒。

似恶性循环。

但今夜不同,不知是那几颗酸枣仁,还是那小姑娘认真做的汤,又或者是小姑娘给他唱的一首歌,沈清徽头回觉得静下心来。

都说喜鹊儿叫喜,这喜鹊进门头两天,倒是让他不再焦躁。

是好事一桩。

沈清徽无声笑笑,也不知自己的决定是对是错,反正这一会儿,他不后悔。

江鹊第二天早早起了,只是这一睁眼,先看到的,是床头的药和几朵插在玻璃小花瓶里的龙沙宝石。

花芯儿是嫩粉色,娇滴滴的,外面的花瓣逐圈变浅,很清新漂亮的爬藤月季。

江鹊有点受宠若惊,沈先生那整整一面墙的龙沙宝石,开得异常茂盛,一朵朵花小包子似的,紧密地挨在一起,像极了童话里的美好画面。

她不太懂花,但知道这花很难养,在沈家老宅的时候,容叔在院子里养了月季和玫瑰,但这花对土壤和光照要求极其严格,还要定期修枝,容叔养的那些花,开得稀稀疏疏不说,还没几天几乎就死光了。

沈先生送她这珍贵的龙沙宝石，江鹊只觉得一大早起来，心情都变好了。

她更是觉得，沈先生是她遇见过的最好的人。

想到昨天沈先生起那么早，她有点愧疚，结果今天定了六点的闹钟起来，洗漱完出来后，还是看到了沈清徽正在院子里浇花。

只是那只喜鹊已经脱离了恒温箱，正卧在一个宽敞的金丝笼里，发出咕咕叽的细小声音。

"沈先生，早。"江鹊跟他打招呼，有点惊喜地说，"它还好吗？"

"嗯，恢复得不错，今早已经能自己吃些食物了。"

沈清徽放下了洒水壶，过来看了一眼，昨天晚上临睡前看了一眼，喜鹊还一动不动地躺在恒温箱里，今早看了一眼，喜鹊恢复了一点生气，至少能扑棱一下未受伤的翅膀了。

是好兆头。

"等养好身子，就可以放它走了。"

沈清徽一早还给喜鹊用针管喂了点吃的，看起来势头不错。

"喜鹊不能家养吗？"江鹊弯腰看着小鸟问。

"倒也可以，只是喜鹊算是群居鸟，是北方留鸟，关在笼子里会没了自由，不过喜鹊不怕人，也容易驯熟，"沈清徽用长嘴壶给喜鹊笼里的水碗加了点水，说，"还是养好后放它自由吧。"

江鹊没说话，养好后放它自由，听起来是很淡然的语气，只是莫名让她心里有一点点奇怪的感觉。

好像心里发芽的种子，顶破了一点土，然后心口莫名空了一下。

"走吧，去吃饭，等会带你去买点东西。"沈清徽站起了身子，将金丝笼放在了避阳的一处阴凉处。

江鹊点点头，临进餐厅之前，回头看了一眼小喜鹊。

这只小小的北方留鸟……在某些方面，还真像她。这喜鹊在一个暴雨夜，被沈先生捡回家精心地照顾着。

说不清为什么，江鹊有点希望，这只可怜的小喜鹊，最好的归宿，还是留在沈先生的这一隅庭院里。

进了餐厅，桌上又是摆了早早买好的早餐。

"沈先生，您昨晚睡得好不好？"小姑娘有点忐忑。

"嗯，起码睡了，"沈清徽拉开椅子坐下，"以前可是一整夜都睡不着的，失眠也不是一朝一夕能改好的。"

"嗯！"江鹊点点头，心里有点小小的喜悦，她抿了抿唇，要是以往，她肯定又要瑟缩得不知所措，但奇妙的是，在沈清徽面前，至少她可以一点点地，试着去做自己。

今天买来的早餐是蟹粉包，江鹊没吃过的，不过看包装袋，有听过这家店名字，只知道很难买，因为老板一天只做几十笼，卖完就关店。

薄薄的皮，鲜嫩的蟹肉，鲜而不腥，翻底不漏，夹起不破，一口咬下是满满的蟹黄汁。

这家店并不是淮川本地的特色，只知道老板是沪上那边的人。

接连两天，沈清徽买的早餐都不是淮川的风味。

"沈先生不是淮川人吗？"江鹊咬了一口，小心地问。

"我是，我母亲不是，我随她那边的口味，"沈清徽说得云淡风轻，"也有一段日子没在淮川。"

有些不好的回忆，总会随着时间一点点磨去棱角，而最难挨的那段日子，只有他自己度过，所以再提起来，也能如此轻易。

沈清徽在饭后接了个电话，是陆景洲打来的，倒是闲聊，正巧沈清徽想到了昨天程黎打的电话，也就应下来了。

陆景洲新开了个茶馆，约着他去尝尝茶，沈清徽想了一下位置，正巧旁边有个商场。

倒是也顺路送江鹊过去。

车子停好后，沈清徽拿了一张卡递过去，知道江鹊不会收，所以特意换了一种说法："正巧我的沐浴露也快用完了，你一起买了吧，卡的密码是家门的密码，还记得吗？"

860826。

江鹊是记得的,她点了点头。

沈清徽想起别墅钥匙的事儿,这茬又被他抛到了脑后,也是为了个保险,怕有什么意外,诸如刘阿姨突然回来,每隔几月改回密码,他从口袋里将自己的钥匙递给她。

只不过他的钥匙,一串上有四把,平日里用的概率极低,其他几把都是开别墅房门的,给江鹊也无妨,家里还有一套备用的。

"这钥匙你拿着,最大的那一把是大门的钥匙,剩下一些都是杂物间和花房的。"

江鹊伸手接过,银色的金属钥匙上,还带着他的体温,温温的,甚至还有几丝淡淡的檀木香气。

"好。"

"我就在那边的茶馆,你买完了直接过来找我,不用着急。"

沈清徽扬了扬下巴,茶馆开的位置好,就在这个大型商场的旁边,古色古香。

"好。"

江鹊点点头。

其实江鹊要买的东西很少,也就只有一些最常用的沐浴露和洗发水,但是想到了沈先生的嘱托,江鹊去了专门的货区。跟在沈明懿那帮人身边也有个好处,起码了解了名牌,江鹊专门去了专柜,一眼看中的,是一支蔚蓝沐浴液。

木质的琥珀香,有着若隐若现的不经意的性感。

江鹊站在柜台前,柜姐给她试香,也不知怎的,出现在江鹊眼前的,就是那天的暴雨夜,沈清徽立在雨中,撑一把黑色的伞,为她遮风挡雨,那线条利落的手形,有一种斯文隐约的性感。

"就这个吧。"

江鹊从口袋里摸出了自己的卡递过去,没有刷沈清徽给她的那张——又或者,就当个礼物送给沈先生,谢谢他昨天放在她床头的龙沙宝石。

江鹊付完款的时候其实有一点点开心,但是手机振动起来,她看到上面的号码,整个人都僵住了。

手机铃声在响,江鹊握着手机,突然觉得手机异常沉重。

她美好的梦,好像要破碎了。

因为那上面的来电,是沈明懿。

第一通电话,一直打到自动挂断。

然后第二通电话继续打进来。

放在以前,江鹊肯定会第一时间接起来,唯恐接慢了会惹沈明懿发怒。

但是这会儿,江鹊的手有点不听使唤,她就那样看着手机上跳动的号码,深吸了口气,将音量调到最小。

她脑中想到的,是沈清徽半蹲在她的面前,告诉她,勇敢一点。

江鹊深吸了口气,将手机重新塞回了口袋里。

——这是江鹊三年以来,头一次没有在十秒内接沈明懿的电话。

江鹊买完东西出来,一楼的大厅有个直通茶馆的偏门,江鹊抄了个近道。

茶馆的风格很有氛围,苏式的园林风,原木色的茶桌与座椅。

穿着茶服的侍应生来询问江鹊是否有预订。

江鹊说:"是沈先生。"

"跟我来,在二楼。"

侍应生带着江鹊去二楼。

江鹊跟着沿着木质楼梯向上。

二楼都是用仿古屏风式的推拉门隔开,后面还有一个包间。

而在路过某一个屏风隔间的时候,江鹊听到了几声女人的惊叫,紧接着就是几个男人的声音响起。

听到这熟悉的声音,江鹊哆嗦了一下。

屏风半掩,她看到祁婷的身影。

祁婷毫无尊严地捂着脸跪坐在地上,头发散乱。

旁边的软塌座椅上，坐着一个年轻的男人。对面，宋泽贤端着青瓷茶杯啜了一口。

年轻男人的脸色有点涨红，语速很快："宋总，您怎么来了……？"

"这不就是路过，碰见祁小姐了，怎么，你俩这是在一块的？"

宋泽贤喝着茶，今天难得穿了身休闲衬衫长裤。听说陆景洲的茶馆近期要开业，他本身鲜少碰陆景洲圈子里的事儿，奈何宋家跟陆家早有相识，他父亲总念叨着让他跟陆家打好关系，以后接手了公司也容易些。

宋泽贤跟着沈明懿玩惯了，压根就没收心，况且陆景洲跟沈明懿的三叔沈清徽关系好，凡是沾着沈清徽的，圈子里的人都很忌讳，宋泽贤也一样。

但听着父亲催得烦，也就过来恭喜一句，过两天过来送个大礼。

"那肯定不是……我和祁小姐没关系，就是以前老同学，老同学，今儿在这碰见了……"

毕竟屏风门半掩，江鹊站在门外看得不是特别清楚，没看到那男人的正脸，只看到一张侧脸，戴个窄边眼镜，紧张得满脸涨红。

也不知道是不是江鹊的错觉，她看到祁婷跪坐在地上捂着脸冷笑了一声。

宋泽贤还没来得及说话，祁婷慢慢站了起来，那男人有点惊慌，不敢看祁婷的脸。

祁婷眼神发狠地看着那男人，漠然，几秒后，她一字一字地说："刘东凯，我今天才看清你。"

年轻男人不说话，包间里一片静默。

"在这个世界上，谁都可以骂我，看不起我，刘东凯，只有你没资格。"

祁婷今天是打扮过的——都不是平日里妖艳成熟的风格，她穿了一条白色的连衣裙，脚上的白色平底鞋干干净净，一看就是新买的。

她弯下腰，将地上散落的东西一一捡起来。

男人可能觉得有点不耐烦，局促地看了看手表，眼神都没往祁婷身上留，谄媚地对着宋泽贤笑了笑："宋总，让您见笑了，我等会儿还有点事,先去了。"

宋泽贤爱搭不理,男人见状赶紧开溜。

他拉门的动作很急,江鹊下意识往旁边躲了一下,这才看到男人脸上有几道隐隐的巴掌印。

看到这正脸,江鹊有了点印象——她在祁婷的手机锁屏上看到过这个男人,照片上他们两人依偎在一起。

之前有听过几个女孩闲聊,大家似乎很是羡慕,说祁婷有个谈了六七年的男朋友在创业,两人从高中到大学毕业,肯定不久后能帮祁婷把钱还完,当时祁婷只是笑笑不语。

祁婷很少聊起自己的私事,但是有时候江鹊被沈明懿命令把巴黎皇宫顶楼打扫干净的时候,往往那会儿已经是凌晨了。这个时间她撞见了祁婷几次,祁婷打着电话耐着性子问对方想吃什么,说这个点了不好买,能不能买别的,也不知道那人说了什么,大概是态度不好,祁婷回回挂了电话都坐在露台上抽半天烟。

但祁婷从来都不哭。

宋泽贤也对祁婷不感兴趣,不过没他的吩咐,祁婷不敢走,就站在那儿看着宋泽贤喝茶。

"小姐?"

这个时候,侍应生去沈清徽的包间那里知会了一声,半天不见人进来,再出来一看,见江鹊站在某扇屏风门旁边发呆。

她叫了一声。

江鹊如梦初醒,但显然来不及了,宋泽贤往这边看了一眼,一下就看到了站在门外的江鹊。

"哟,小江鹊。"

宋泽贤跷着腿看了她一眼。

江鹊的呼吸停滞了一秒,下意识地往前面看了一眼,前面有一个毛玻璃的玻璃门,沈先生可能在那里。

她能跑过去吗?

跑过去了，宋泽贤会不会追过来，然后在沈先生面前给她难堪？

江鹊觉得，好不容易坚强一点的心，又在一点点碎掉，也不知道是为什么，此刻她突然有一点鼻酸，一种深切的自卑。

宋泽贤把她打回了现实，她只是误入了那座童话庄园。

活在鸭群的丑小鸭误入了王子的花园，漂亮的风景让她短暂地迷失，因为王子的温柔，让她错以为自己真的可以变成美丽的天鹅。

这时的江鹊还不懂，丑小鸭的故事美好，因为丑小鸭本就是天鹅，有错的不是丑小鸭，而是她原本活在与她格格不入的鸭群。

最终，江鹊还是慢腾腾地抬起了脚步，一步一步地走向宋泽贤。

宋泽贤看了祁婷一眼："还不走？"

祁婷看着江鹊，其实是想说点什么的，但是她连自保都做不到，又凭什么多管别人的闲事？

最终，祁婷只是看了江鹊一眼，用唇形无声地跟她说保护自己。

江鹊苦涩地摇了摇头，她也不想因为自己牵连祁婷被打骂。

祁婷走了。

宋泽贤坐在椅子上问："今天怎么不接明懿的电话？"

"手机……手机静音了……"每一个字，都说得艰难。

江鹊下意识地把手里的东西往后面放了放，额头上一层虚汗，多亏了外面还有一个不透明的环保袋。

宋泽贤拿了手机，给沈明懿拨了个视频电话。

他伸腿钩过来一把椅子让江鹊坐。

江鹊如坐针毡。

沈明懿接得很快。

国内的上午，是西雅图的傍晚。

沈明懿的脸出现在屏幕上，男人利落的黑色短发，有一点潮湿凌乱，穿着白色的睡袍，闲散地坐在一张藏蓝色的欧式老虎椅上。

不得不承认，沈明懿的骨相极好，但为人阴郁狠戾，就算他在笑，也莫名让人后背发凉。

江鹊确实很怕沈明懿,因为见过他打人。

是不要命地往死里踹,像一只发疯的狼。

缘由其实记不清了,大概是一个醉汉把她往怀里拽,被沈明懿看见了,后来别人还扯着她,让她谢谢沈明懿英雄救美。

她颤巍巍的,被吓得话都说不利落,只觉得很恐怖。

尤其是因为小时候的遭遇,让她想到喝醉酒的江振达,躺在沙发上叫骂,抓过身边的东西往江鹊身上砸——她对沈明懿,也有一种发自心底的恐惧。

这大概就是其阴影,很害怕男人对她大声说话,害怕看到男人发怒的模样。

"我才不在几天,胆子大了?"沈明懿站起来,从酒架上拿了一瓶洋酒,取了个方口水晶杯。

"没、没有……"她连直视都不敢,生怕沈明懿下一秒就要开始骂她。

沈明懿往视频里看了一眼,看到坐在椅子上瑟缩成一团的江鹊,他笑了:"爷离你八千多公里,你抖成筛子,怕成这样?"

沈明懿的语气还像是开玩笑,心想的是那两只藏獒还真把小江鹊给吓到了,看起来那两只狗真是有震慑力。

"我心情好,就不跟你计较了。"

沈明懿惬意地喝了一口酒,然后突然凑近屏幕,那张俊脸一下被放大,江鹊视线低垂着不敢看他。

沈明懿盯着屏幕里的江鹊,眯了眯眼睛,越看越觉得还是江鹊最顺眼。

这么回想起来,江鹊跟在他身边也足足三年了。

对于第一回怎么见的她,已经记不太清楚了。

只隐约记得是江志杰好赌,欠了一大笔钱,赌博和暴力,只有零和无数次的区别。

后来有一回江志杰欠了一笔巨债,被人拎到了巴黎皇宫给暴揍了一顿,那天沈明懿正跟一群人喝酒吹牛,有人开玩笑说:"还不上啊?还不上家里有姐姐妹妹吗？弄来巴黎皇宫打工呗。"

没想到这江志杰愣了几秒，然后颤巍巍说有个妹妹，今年才十八岁。

几个人嗤笑，骂他窝囊废，让他拿照片看看。

江志杰又哆嗦着手找出照片来，递过去给一群人看，也不知道是谁"哟呵"了一声，然后说这个妞纯。

"这是我妹妹，学习很好的……"江志杰跪在地上，毫无尊严，被人揍了一顿，身上的衣服破烂、脏兮兮的，他吭哧了半天，说，"她才十八岁……"

沈明懿觉得聒噪，抢过来看了一眼，就一眼，看见了照片上的女孩。

年纪真的不大，齐肩的头发扎起来，穿着校服，校服可真是丑死了，很宽松的运动服，但是这小姑娘穿着，个子很小，眼神怯生生的，也不知道是被人抓拍的还是什么。

沈明懿头回见这么干净的小姑娘——在他烂泥一样的人生里，从来没见过什么叫纯洁无瑕。

"叫来看看。"

在众人起哄的声音里，沈明懿不咸不淡说了一句。

没人听见，只有宋泽贤听见了。

"是个雏？"

"现在十八岁了还能是雏啊？"

"江志杰，你妹妹还是吗？"

"砰——"

沈明懿一脚踹在茶几上，桌子上的空酒瓶叮叮当当倒了一堆。

"我说，叫来看看。"

——从来没有人质疑沈明懿，他是沈家最受宠的小孙子，不然也不能年纪轻轻，沈邺成就给了他一大笔钱，这金额多大，谁都不知道，只知道沈明懿拿着这笔钱开了公司和夜总会，还能每天肆无忌惮地挥霍。

他声音平，却透着一股狠戾的邪劲。

江志杰连滚带爬，当天从学校里把江鹊拽了出来。

小姑娘嫩生生的，像发育不良，瘦小，那一双眼睛低敛着，偶尔抬起来看一眼人，是惶恐害怕的。

沈明懿好像找到了乐子。

但他明确地知道一点——因为江鹊说一不二，因为江鹊就算被他欺负也会对生活保留着希望。

她是真的单纯地相信，世界上还有好人。

她也是真的单纯地相信，生活还有希望。

有一回沈明懿折磨着让江鹊学做饭，她做一盘他挑刺倒一盘，折磨到深夜，沈明懿气笑了，问她："你还真挺乐意？"——就看不出来，他是故意的？

江鹊低着头，慢吞吞地说："能学学也是好的。"

"怎么好？"

"还、还清了钱……我能去餐馆里打工，或者……或者回老家开个饭店。"

她那样单纯的、怀有希望的眼神，让沈明懿短暂地想起了以前的自己。

可惜沈明懿不是江鹊，他早就没了希望。

沈明懿的生活就是一摊烂泥，他把江鹊也拉入泥中，却不料江鹊不是泥，是光。

让他漆黑的生活里，多了那么一点点，算是明亮的光。

宋泽贤手机没电了，屏幕黑了，宋泽贤骂了句脏话，拨弄了一会儿，让人送来了充电线，再给沈明懿打过去，沈明懿说乏了，晚点再说，末了，还说了一句——

"谁碰她，手剁了。"

"你认真的？"宋泽贤开了个玩笑。

"我不像？"沈明懿冷笑一声，眼睛盯着宋泽贤，像一只疯狼，"你也别给我打她主意。"

不知是沈明懿眼神太狠，还是这一点都不像玩笑，宋泽贤打了个哆嗦，然后打哈哈带过去，让沈明懿早点睡。

沈明懿冷哼一声挂了视频，刚挂了电话，他就从口袋里摸出来一根链子。

细细的银链子，缀着几颗钻石，泛着冰冷的光。

像项圈，要是贴在江鹊纤细的脖子上多好看。

他是恨不得把江鹊拴在身边的，可惜没人知道，他在沈家的地位，并没有那外人看来那么光鲜。

沈邺成那么注重沈家的名头，连老宅的布置都仔仔细细请了人来看风水说旺财的，能看得上自己这出身？

想拴住江鹊，怕是现在也没资格。

他不是江鹊，但他想把江鹊留在身旁，让她做他烂泥里唯一的光。

沈明懿冷笑一声。

宋泽贤倒是愣了好一会儿，似乎在回味着沈明懿那句话有几分认真。

但这肯定不能细想，因为每回细细一想，都想到沈明懿不要命一样的模样，回回不都是因为谁看了江鹊一眼，谁碰了江鹊一下？

与其说是得了个凑手的玩具，不如说是一种偏执疯狂的占有。

宋泽贤被自己这个想法吓得不轻。

江鹊就低着头坐在那儿，宋泽贤可不敢再乱欺负江鹊，胡乱说了句沈明懿应该就在西雅图待半个月，让她这些日子把巴黎皇宫的顶层打扫干净一些，省得沈明懿回来了不高兴。

江鹊应了一声。

也就是在这个时候，屏风门突然被人推开。

宋泽贤有点不耐烦，一抬头，没想到进来的人是陆景洲和沈清徽。

宋泽贤怵了一下。

陆景洲和沈清徽的圈子，跟沈明懿的小圈子差了十万八千里，换句话说，后者跟前者根本没法比。

后者都是些年轻气盛的富二代，拉出来能担事儿的没几个，前者可都是商界的神话。

这两年,宋家与陆家算是有不少合作往来,加之宋父身体每况愈下,总想在退位前给宋泽贤安排好后路。

宋家是够不到沈清徽的,只能勉勉强强仰仗一下陆家。

宋泽贤忙起来打招呼,这也算是他头一回见沈明懿这个三叔,先前有听沈明懿说他三十五岁,但是看他矜然优雅,黑色长裤,浅米白色的竖纹休闲衬衫,袖子半挽至肘间,露出的手臂隐着青色的脉络,线条结实而利落的模样,说二十六七岁也信。

一双眼睛,平静,看不出喜怒,有那么一刹那,给人一种他很好说话的错觉,但他绝非善类,那种骨子里的冷寂,仿佛是沈家人的遗传。

更何况,这是一个三十五岁的男人,可不是什么年轻人,那目光深邃,好像只看一眼,就能将人的心思看穿。

宋泽贤的笑有点僵:"陆总,沈先生。"

江鹊更低着头,不敢去看来的人,那空气中萦浮的檀木香,惹得眼眶酸胀,好像刚才沈明懿那一通视频电话,瞬间将她打回了原形。

沈清徽是一缕春风,可活在隆冬的人,雪融了,是会怕露出原本的赤裸的身体的。

"早些日子听家父说陆总开了这个茶楼,今天顺路一来,陆总真有眼光。"

宋泽贤还不会怎么奉承,尤其是在这两个不苟言笑的男人面前,笑都是干巴巴的。

"闲来没事图个乐子罢了,"陆景洲淡然一笑,"这位是?"

"哦,是沈明懿的朋友。"宋泽贤有种错觉,一束锋利而冷的视线落在自己身上,抬眼一看,是沈清徽看了自己一眼,他吸了口气,只当是错觉。

但心下思来想去两次——自己压根没见过沈清徽,何谈得罪?况且今天也是头一回见。

"陆总,改日开业我再来送上大礼,先不多打扰了。"

宋泽贤只觉待在这屋里都让人压抑,赶紧找了个借口走人。

只是走之前,他回头看了一眼,沈清徽的视线落在江鹊身上,那眼神分明少了冷意,但也说不上多柔软,宋泽贤只当自己被沈明懿那一句恐吓吓的,怎么看谁都觉得对江鹊有意思了?

宋泽贤走后,沈清徽站在原处,静默,一言不发。

陆景洲讶异了一秒,很有眼色地说:"茶水还温着,我去下洗手间。"

沈清徽嗯了一声,等人走了,抬步走到了江鹊身旁。

才这一会儿不见,小姑娘又萎了下去,就像一朵娇嫩的花,经不起什么折辱。

好不容易试探着绽放了些许,又被一阵风吹折了。

沈清徽微不可察地叹了口气,似乎想说点什么,可是话到了喉间,好像怎么说都不对。

最终,什么都没说。

他只站在她的身旁,抬起手,犹豫了片刻,像安抚一样,摸了摸江鹊的发顶。

从他的角度,只看到小姑娘低着头,睫毛颤了颤。想要逃离他的视线,但房间就这么大,距离就这样近,一点萌生的小退缩,都被他捕捉到了。

"沈先生,"江鹊声音有点哽咽,想起沈清徽微弱的叹息,她用很小的声音问,"您是不是对我失望了?"

细如蚊呐的声音,让人只剩心疼。

"失望什么?"

沈清徽的手停在她的发顶,轻轻摸了摸,江鹊本来可以绷住不哭的,但是对这样温柔的安抚动作,眼眶一下就酸涩得厉害,只是一个眨眼,眼泪瞬间滚了出来。

沈清徽揉了揉她的发,他站在她的身旁,她一偏头,脸颊正好贴在了沈清徽的衬衫上。

柔软布料的衬衫,有浅浅的檀木香。

沈清徽说:"你才二十岁,识人经世尚浅,遇见委屈的事,可以哭的，怕在外人面前哭了被人笑话，至少在我面前不用忍着，你本来就是小朋友。"

不说还好，一说，江鹊更想哭了，她不敢哭出声来，就小声呜咽，都不知道是因为受了委屈，还是因为沈先生在这样的时刻也没有嫌弃她。

薄薄的衬衫被眼泪氤氲湿透，衬衫下，是温热的檀香味。

沈清徽让她倚着，半分责怪的话都说不出。

是啊，才二十岁。

只是在这样静默不语的片刻里，沈清徽也并不是想看到她哭——是想，以后不要看到她哭。

这样一双清澈透亮的眼睛，哭红了也惹人心疼的。

沈清徽知道这姑娘心思向来敏感，也怕她待会儿哭完了不好意思，故意轻松地说："我不笑你哭，你也不能让人知道我晚上睡不好觉。"

"……"

"我们互相为对方守着一个秘密，好不好？"

"好。"

江鹊抬起头，睫毛濡湿，鼻音浓重。

沈清徽从桌上的木盒里抽了张纸递给她："擦擦脸，一会儿去喝杯茶，我们回家了。"

"好。"

"我去那边等你。"也是为了给她留一点个人空间。

"好。"

沈清徽先出去了。

江鹊独自坐在椅子上，用纸巾胡乱擦了擦脸，只觉这淡淡的檀木香萦绕在呼吸间。

心口有点遏制不住的酸涩——因为他似一块皎白上好的玉，她只是这人世间再普通不过的平凡人。

兴许比平凡人还要低上一些。

江鹊突然苦涩地想到了自己的家庭，想到了那巨额的债务，饶是那些道理都懂，可想跳出生活的笼子，又岂是一朝一夕能做到的。

沈清徽回了茶室，陆景洲重新给他续了一杯茶。

他瞥见了沈清徽衬衫上一点湿渍，还是没问。

一旁的木质架子上，摆着陆景洲这些年来珍藏的不少名贵茶叶，早些年陆景洲抽烟抽得厉害，后来戒了烟，嘴里乏味得很，沈清徽说不如喝喝茶，还能修身养性。

陆景洲遂买了不少好茶，初喝的时候只觉得苦涩，尤其睡前喝了，更容易让人失眠，陆景洲又转而想到了沈清徽，这人现在还没戒烟，抽的是自己卷的烟丝，更呛更辛辣，偶尔还抽一些雪茄，茶水也不离手，怕是晚上更睡不好了。

沈清徽睡不好这事，陆景洲也不好多说，有些事，到了三十多岁这个年纪，旁人说了，那些道理怎么会不懂？无非是某些伤痕在生活里烙下了印子，烙得难眠。

"茶还是白天喝最好，晚上喝了容易失眠。"陆景洲有意无意。

"加几粒酸枣仁试试。"沈清徽坐在木质贵妃椅上，随意说了一句。

"酸枣仁？"

陆景洲有点兴致，抬眼往茶架上看了看，还真看到了一瓶珍藏的陈年酸枣仁。

"这玩意儿，也不怎么值钱。"陆景洲拿起来看了看，茶架上的茶叶是按照珍贵程度摆放的，这瓶酸枣仁是陈年的珍藏，但也在最下面的位置，看起来价格也不高。

"管用不就行了？"

"这单独泡？"

"泡茶里也行。"

陆景洲一听，真捏了几粒加进了龙井茶里。

然后又托茶艺师换了一副杯子，静泡了几分钟，再倒了一杯递给沈清徽。

沈清徽尝了尝,也不知是环境的问题,抑或是江鹊买来的那份特殊,再喝这一份,只觉得少了那一分微微的酸口。

其实并不影响,但多了那一丝酸,让茶叶更清口。

沈清徽只喝了一口就放下了杯子:"你这茶该换了。"

"我平日里也忙,一天一壶茶已经不错了,对了,我听周彦说你养了只喜鹊?你时间这么金贵,要是喜欢鸟,我给你找几只金丝雀养着。"

"你懂什么,喜鹊叫喜,"沈清徽轻笑一声,然后转而想到什么,"你下周,说是去你马厩?"

"嗯,从国外新买来几匹马,到时候跑跑看,"陆景洲笑一声说,"老宋也托了人买了匹汗血,花了老鼻子钱了,还告诉我那是他儿子宋泽贤看中的,那孩子整日跟沈明懿混在一起,还能懂马?听说这些日子老宋紧着驯那马,说要跑一圈惊艳我呢。"

沈清徽本对这些游戏无感,这会儿倒是想到什么,他从口袋里摸了根雪茄咬在嘴里,偏头点了:"行,到时候我给你捧个场。"

"可难为沈总抽时间了。"陆景洲哈哈笑了两声。

这会儿,毛玻璃门被人拉开,侍应生引着江鹊进来,陆景洲往沈清徽那儿看了一眼,沈清徽倒是当他不存在,他左手指尖还夹着细雪茄,右手捞过茶杯,给江鹊倒了杯茶。

"喝了休息会儿,我们等会儿回家。"

"好。"

陆景洲不动声色打量了一眼,小姑娘年纪不大,穿着黑白条纹的针织短袖,下半身一条白色的半身裙,刚好到膝盖,平底鞋。

身材比例很好,却偏瘦,杏眼,鹅蛋脸,五官耐看有种温温柔柔的感觉。

小姑娘眼尾红红……沈清徽衬衫上那湿痕,像有了解释。

这么多年了,除却某次意外,陆景洲还没见过沈清徽身边有过什么女人。

这姑娘看着年纪小,大概是什么朋友的女儿?

然而下一句,就让陆景洲察觉不是那味了——

沈清徽给她倒了杯水后,偏头问了一句:"感冒还没好,鼻子不适,闻不惯这味告诉我,我熄了。"

江鹊摇摇头,抬眼看了看,是头回见沈清徽抽烟,那回看他深夜卷烟丝,却一次也没见他抽,这会儿指尖夹的,是一支细细的、深木色的雪茄,有暗色的金丝纹路,并不如烟的味道,反而闻了有种淡淡的木质香与茶香,细嗅,还有种上好的香料味。

江鹊头一次见人能将抽烟这种动作都做得温存诗意,教人看得心口暖,也是头回闻到好闻的雪茄味。

以往别的男人抽烟,烟味呛得人难受,吞云吐雾也跟优雅不沾边。

但沈先生,好像做什么都有春风融雪般的斯文。

江鹊鼻尖有点酸,皱了皱鼻子。

陆景洲没说话,却看到沈清徽将指尖的雪茄取了,直接折成了两截,扔在了桌上烟灰缸里。

陆景洲还是沉默,他知道,沈清徽的爱好也就那些,雪茄算其一,单看烟支上的暗金脉络,都能猜到价格不菲,静置搁那儿,自己灭了也好啊。

就因一姑娘皱了皱鼻子。

沈清徽可不是什么事事顾着别人心绪的主,他做事恣意,哪还能看别人脸色?

江鹊仔仔细细喝完了一杯水。

茶艺师来收了杯子。

"谢谢。"沈清徽道了句谢,也站起来,顺道儿将椅子推回去。

"沈先生您客气了。"茶艺师脸色微红,端了木案撤出去。

"下回见。"

陆景洲也送客。

沈清徽手机响了,看了一眼号码,打了个招呼,让江鹊在这儿等两分钟,然后折到 旁接电话。

陆景洲和小姑娘站在那儿。

打量几眼,似是犹豫,沈清徽的闲事儿也不是人人能管。

但看在这姑娘年纪小的分上——

"沈清徽,他可不是什么二十多岁的年轻人,"陆景洲淡淡说了句,"他这个圈子,比沈明懿的深得多,他待你好,不意味着他没有危险的时候。"

江鹊能看出来,这个陆总跟沈先生熟识。

要是以往,她确实可能会又一次变成鸵鸟。

但这次,江鹊咬了咬唇,头一次,抬起头来直视着一个陌生人。

因为沈先生又一次给了她一些勇气。

她慢慢说:"但我相信,沈先生是个好人。"

"……"

"我也不知道他的圈子,"江鹊还想说点什么,唇动了动,"我只想沈先生晚安。"

想说希望沈先生每天睡个好觉的,但转念想到那是他们的"秘密"。

——陆景洲不是没在心里想这小姑娘说什么。

结果后面这一句,还差点把陆景洲逗乐了。

沈清徽打完电话,对着江鹊招了招手,江鹊回过头来,认认真真说:"陆总,再见。"

陆景洲倚靠着门,就看着那小姑娘拎着一环保袋朝着沈清徽小跑,也不知说了句什么,沈清徽靠向她偏头听,唇角勾一点笑意。

陆景洲突然就想起来之前沈清徽说的:喜鹊叫喜。

叫不叫喜不知道,是知道沈清徽终于又笑了。

江鹊跟着沈清徽出来,外面太阳烈,沈清徽让她在阴凉里等他把车开过来。

江鹊点点头,就站在茶楼门口等他。

这回手机振动,是白蕊给她发的信息,让她这两天去打扫巴黎皇宫顶楼。

说是沈明懿可能会提前回。

江鹊回了一句好，遂又将手机收了起来。

这会儿熟悉的黑色越野也开了过来，沈清徽探身，将副驾的门打开。

江鹊上车，凉爽的空调瞬间驱散了不少的热意。

沈清徽在开车的时候顺道看了一眼手机，给江鹊的那张卡也是他常用的卡，回回消费都发来短信，这回却没收到短信。

"都买齐了？"沈清徽问了一句。

"买齐了，"江鹊从购物袋里拿出一个纸质的购物袋，黑白的，上面那个logo（标志）很显眼，"也不知道沈先生用什么牌子的，我……我买了这个。"

然后江鹊又从口袋里摸到了那张银行卡递给他："还有这个。"

"没用？"

"没……"江鹊咬咬唇说，"就当……就当送您的礼物了。"

投桃报李的道理，还是很早前外婆一直告诉她的。

江鹊深深地记得，尤其是身边待她好的人不多，那些对她好的，她更万般珍惜。

尽管在某些片刻里，江鹊也有想过沈先生其实也不单单是只对她好，或许更像是他骨子里的风度与温柔，刚才在茶室，哪怕是对一个侍应生，他都会礼貌道谢，还会将椅子推回原位。

在她眼中，沈先生本身就是谦谦君子。

她也只是渺小而平凡的一个，能被他这样对待，其实已经很心满意足。

"你这礼物可比那几枝龙沙宝石珍贵多了，"沈清徽没接那卡，"你先收着吧，我平时闲散惯了，有什么东西，还要托你去买，家里缺些什么，我也不一定能发现，你直接一起买了，这任务就交给你了。"

这样说，江鹊这才松口气，不然直接给她这卡，可真是收得不安心。

下午的时候，江鹊做好了饭，琢磨着晚上的时候去巴黎皇宫一次，白姐也没说沈明懿具体什么时候回来，但是那么大的顶楼，一天两天可打扫不出来。

这几天每天都去一次，多活分次做，也不会那么累。

饭桌上，江鹊刚说了，沈清徽讶异："刚想说我要去那附近跟朋友叙叙旧，正巧把你送过去，晚上没车回这里，我再把你捎回来。"

这让江鹊有点不好意思，说好像把您当司机了。

沈清徽也不甚在意，给她盛了碗汤，说："那也总比你一个小姑娘深夜独自走夜路安全多了。"

饭后时间也早，沈清徽开车把人送过去。

而后似不太放心，主要是沈明懿这个地方鱼龙混杂，但也好在是沈家的产业，沈清徽虽不插手但起码在这儿也没人敢乱来。

保个江鹊还是小事一桩。

沈清徽停了车说："我就在附近跟朋友喝茶，你有事情给我打电话，晚上九点，我在这儿等你。"

"好。"

"不要自己一个人待着，不放心叫个保安跟着，就说我说的。"

江鹊抿抿唇笑了。

上回这样被人叮嘱，还是外婆。

沈清徽是坐在车上看着江鹊进去的，停车场上没有什么人，很寂静，在车上多坐了一会儿，偶尔也看到有几人从里面走出来，穿着性感暴露的女人挽扶着喝醉的男人，搂抱暧昧，肥胖的男人还借着酒意揩油。

夜幕下掩藏的污浊，又或者是在这个物欲横流的社会下，藏起的欲望，都在深夜更加肆意张扬，成了默认的潜规则。

只是在这一刻，沈清徽很不想看到有一天，江鹊也步入这堆污浊。

在他三十五年的人生里，意外的事情只有那么寥寥几件，而前面的几次意外，他都受到了极大的伤害。

可人生从来都不是一帆风顺、风平浪静的。

沈清徽拿着手机，在给程黎拨电话之前，又犹豫了那么几秒。

是否选择拨出一通电话、是否在某一刻突然悲悯下了车、是否在某日任由小姑娘倚靠在自己衬衫上落泪，其实都是命运的巨变。

只是当时在思考选择的那几秒，谁都不会想到故事会朝着哪个方向发展。

这一日或许普通，却是生命里最浓墨重彩的一笔。只是当时，以为只是自己做得最随意的一个决定。

沈清徽给程黎拨了一通电话，让他查查沈明懿身边的江鹊。

他只回忆起那天经理说的，是江鹊的哥哥被人骗了欠了不少钱。

程黎的答复很快。

江鹊是岱省春新市春新镇人，这个镇子算是北方的偏远镇，她是跟着外婆的留守儿童，父母南下淮川做生意，还有个哥哥江志杰。这显然是个重男轻女的家庭，江志杰打小就跟着父母生活在淮川。

江志杰成绩不好，只上了个技校，但谈了个家境尚且不错的女友，早几年南下澳门打工，结果没赚多少钱，反倒染上了赌。

后来据说听了什么亲戚的话，开始四处借钱，欠的钱越滚越多，那阵子有不少债主催债上门，一个再普通不过的家庭，偿还不上这么高额的债务。

变故就是在这一年发生的。高考前夕，江鹊被办理退学。江家东躲西藏，但江志杰越是没钱越想赌，幻想一夜暴富，于是还是被人顺藤摸瓜找到，江鹊也正是在这一年被沈明懿拉了去。

好像很寻常的故事，但沈清徽听完，一言不发。

"沈先生，你要管这事？"

程黎见沈先生好半天不说话，小心地问了一句，但也是有点为难，毕竟程黎还没见过江鹊，但是跟沈明懿挨着的，能有几个纯洁善良的。

程黎跟在沈清徽身边也有数十年了，他深知沈清徽的心疾，让他夜不能寐的，归根结底，就是前些年他太善良。

"沈先生，我多说一句您可能不太喜欢……我觉得这事，您还是别插手……"

"我不插手，"沈清徽淡声说，"但我不想看江鹊以后……"

后半句，没说出口，他从口袋里又摸了一根雪茄，索性不再多说："你去忙吧，有什么事以后再说。"

"好。"程黎不多言，沈先生是有分寸的。

恰好这会儿电话来催，沈清徽应了一声，说马上就到。

江鹊到巴黎皇宫的时候难得心情不错，尤其是沈明懿不在。

顶楼是沈明懿的私人地盘，其实平日里根本不会有什么人来，只有几个侍应生偶尔上来一趟。

顶楼开着灯，灯光映衬得走廊金碧辉煌，不知道沈明懿之前从哪里搞来了油画，希腊罗马柱旁边挂着油画，只让人觉得像暴发户。

现在空无一人，安静到有点瘆得慌，江鹊却觉得难得悠闲，说不定早点打扫完了还能去那露台上看一会儿星星。

江鹊从杂物间拿了清洁工具，顶楼的房间不少，二十多间应该是有的，江鹊简单分了个区，仔仔细细地扫地擦地擦拭摆件。

拎着拖把出来的时候，电梯门正好打开。

江鹊一抬头，对上一双哭红的眼。

是祁婷。

她头发有点乱，又换上了性感的裙子。

祁婷本身的长相其实很有气质美人的感觉，但是总是浓妆艳抹，像高冷御姐。

白蕊鲜少给祁婷安排拍摄的活，偶尔只拍一些性感系的写真，有个微博账号专门运营——当然不是祁婷本人用。

白蕊给祁婷安排了很多陪酒的话，江鹊有听说过，这个来钱最快，但是也要看档次，比如有些男人纯属出来显摆，压根不会给多少小费，但祁婷来者不拒，大大小小的酒局通通接。

所以有女孩笑她，说祁婷真是想钱想疯了，上回有个变态老头，让她脱光了学狗叫,桌上厚厚好几沓钱,叫一声给一沓,别的女孩都不肯,祁婷面无表情地去了。

江鹊虽然心疼,但总不好多说什么。

江鹊静默了一会儿,祁婷也看见她了。

祁婷手里拎着几瓶啤酒,朝着露台走去,路过江鹊的时候,问她来不来。

死一样平静的语气,像极了佳思跳楼前,两只眼睛死寂。

江鹊怕祁婷想不开,点了点头,然后将拖布放在了墙角。

沈明懿顶楼的露台很漂亮,没有封,皮沙发、躺椅、秋千,一应俱全。

祁婷拎着啤酒靠在窗台上。

窗台下面,是几十层楼。

可以看到巴黎皇宫亮着灯的喷泉汩汩流动,还有外面繁华长明的马路。

"我这一辈子,就亏在了两个字上,"祁婷面无表情地看着下面,"就是因为我签了个名字,摁了个手印,欠了三百万元。"

祁婷从来没跟任何人说过她的事情。

她觉得,都是出来赚钱的,赚钱才是最重要的,知道你我的童年经历感情经历,什么用都没有。

"我和刘东凯在一起八年多了,大学毕业后他想创业没有钱,贷遍了所有的银行公司终于开了,"祁婷说,"他说以后跟我结婚,公司是送我的礼物,法人是我,他和他哥们儿负责公司的事情,我特别开心,你知道吗?

"我以为我们再过两年就可以结婚了,他的名字却失信了,让我帮他贷款,后来公司出了事,我才知道背后欠了那么多钱,名字都是我的,他抽得干干净净,说实话,我那会儿刚毕业,挺不甘愿,可是他真会哄啊,哄得我那样都不想分手。怎么可能舍得啊!八年,他常常跟我说,除了他,谁还能跟我在一起。对啊,除了他还能有谁?"

"我也是今天才知道,他早就跟一个女的领证了。女的是老师,不知道他有个谈了八年、为他放弃尊严的女朋友,"祁婷扯扯嘴角,笑说,"他还找了份体面工作,买好了婚房,年底结婚。"

"我其实挺想从这儿跳下去。"

三百万元,在淮川这个大城市,说多不多,说少不少——

是淮川半套房,也是普通人穷尽一生都赚不到的天文数字。

"我爸妈早早离婚,我妈改嫁,我爸另娶,我从小就希望有人爱我,有人愿意爱我,我什么都愿意给他做,"祁婷喝了一口酒,捏着啤酒瓶说,"以前老笑有些女人被渣男PUA①了,现在我才明白,都是女人自我感动,以为拙劣的情话就是天大的好。"

江鹊从来没有安慰过人——也不能说没有,至少以前安慰过佳思,但是她的安慰好像太微不足道了,她不知道佳思在决定跳楼的时候想的是什么,只知道,在那一刻,她看不到希望了。

希望,是个很虚无缥缈的东西,但是也能撑着人一点点坚持。

"祁婷,你要好好活下去,"江鹊慢慢说,"你才二十三岁,你以后能有更好的人生,会遇见更好的人……遇不到也没关系,我想到书本上有句话。"

江鹊记忆深刻。

"自己一个人也要活成一支军队,"江鹊问,"你一个月可以赚多少?"

"抽完是三万元。"

"三百万元,一个月你攒两万元,十二年可以还清,"江鹊算了算,"到时候你才三十多岁。"

祁婷愣了一下,下意识问:"我出来还能干什么?"

"看你喜欢什么啊。"

"你想做什么?"

---

① 原意是指"搭讪艺术家",是指男性接受过系统化学习、实践并不断更新提升、自我完善情商的行为,后来泛指很会吸引异性、让异性着迷的人和其相关行为。

江鹊有点不好意思，抿了抿唇说："我也不知道行不行……我想当配音师，要是当不了，我还能当服务员，当厨师……"

祁婷听着听着，突然笑了。

说到底她们两个人年纪相仿，可到底是祁婷抛弃了尊严，然而在某些脆弱的时刻，沉重的现实与过往压上来，压得人夜不能寐，有时还会在梦里一次次哭醒。

活着没意思，死又不敢死。

但好在当下，就是这样绝望的片刻，熄灭的火光又燃起来，微弱地晃动。

"可我们这样的人……"祁婷瘫坐在沙发上，迷茫地呢喃。

江鹊把她手里的空易拉罐拿过来丢进了垃圾桶，她突然想到沈先生说的话——

"为什么要放低姿态？就算你做错了什么，承担你要承担的责任就好，没有人可以轻视你，包括你自己。你要尊重你自己，"江鹊说，"你是独一无二的，要堂堂正正生活。"

祁婷愣了一下，江鹊是认认真真说的，她眼底依然澄澈——突然想起来，从没见过这个瘦小的女孩抱怨或屈服生活。

她总是在默默地做自己的事情，每一天都像一棵坚韧的草，摧折下去，第二天依旧茂盛生长，哪怕知道环境恶劣，但依然保留着一丝希望。

"你去忙你的吧，我喝完这两瓶就走了。"

"你不会……"江鹊迟疑。

"不会，你说的，再还十二年，我就解脱了。"

"那就好。"

江鹊松了口气，念着沈先生说晚点来接自己的事情，索性要去早点，继续打扫了。

祁婷坐在沙发上看着江鹊的背影，记得这姑娘比自己还小，回回都被欺负得让人看不下去，但是也不哭，也不抱怨，好像生活再苦都能作一点乐。

江鹊早早去打扫完了自己原本想的几个房间。

下楼的时候,正撞见了大厅经理。

大厅经理是认得江鹊的,她回回都跟在沈明懿身边,一次两次的就算了,这可是三年。

怎么说,经理都猜测这是沈明懿身边的红人。

"咱们这儿来了新的董事,听说是从国外留学回来,得了沈邺成指派的,今天刚落地就来交接手续来着,好像过几天才正式入职,怎么说,都应该得等沈总回来。"经理跟江鹊一块坐电梯下去,似乎想缓解点尴尬,"真年轻的小伙子,才不到三十岁。"

"你也能升职的。"

江鹊干巴巴,不知道说点什么。

经理也笑笑:"托您吉言了。"

恰好这会儿电梯门开了,经理跟江鹊道了别。

江鹊也没地儿去了,一看时间,这才晚上八点多,沈先生说九点,她就在这儿等半小时好了。

是记得沈先生的叮嘱的,要注意安全。

所以江鹊去了大厅一角的休闲沙发上坐着,旁边不远处就是保安。

她手机太老了,也没什么好玩的,干脆就在这儿坐着看人来人往。

外面一辆黑色的奥迪停下来,江鹊胡思乱想,不知道能不能看到什么名模或者小演员下来。

但是下来的不是女人,而是一个男人。

商务西装,拎着商务皮质公文包,像个成功人士。

有人从里面小跑着出来迎接他,门口的旋转玻璃门恰好反光,江鹊当时还没看到那人的脸,还在心里猜测,大概就是经理刚才在电梯里说的,沈邺成指派过来的留学精英吧。

她还心想,沈明懿确实没什么管理天赋,指派个人来也好。

但是下一秒,旋转门被推开。

那人走进来。

江鹊端坐在沙发上,只看到那人一个侧脸,忽然感觉时间像停顿在这一秒。

她汗毛倒立,刚才原本惬意的温度就在这一刻开始变冷。

男人与人握手谈笑,听不清楚说的是什么。

可却让江鹊的身子有点控制不住地发抖,原本封存在记忆里,多年都没有出现过的噩梦,就随着这一抹身影,被唤醒了过来。

江鹊一动不敢动,僵硬地把脸转过去,可是某些破碎的画面如同一闪而过的刀,无形中给她致命一击,割得她喘不过气。

其实只有短短的几秒钟。

视线慢慢转过去,那身影早走了。

突然一杯柠檬水被放到了江鹊的面前,她惊恐地抬头,发现是经理。

"吓到您了?"

"没、没有……"江鹊的手心一片冷汗,有点控制不住地颤抖。

"看您在这儿坐了一会儿,给您送杯柠檬水,要是饿了,我让人给您送点糕点。"

经理很会做人,识眼色,在巴黎皇宫这个圈子里待久了,熟面孔也就这几个,他还是很会攀附的。

且说现在沈明懿折磨江鹊,指不定以后哪天转了想法,自己多维护好关系也不会出错。

江鹊僵硬点头。

经理要走。

江鹊声音颤了颤:"您说……新来的那个,那个董事……叫什么?"

"封远弘,"经理问,"怎么啦江小姐?"

"没、没事……"

江鹊摇摇头,经理说那他就先去忙了。

江鹊点头,想端起水杯喝一口,是加了冰块的柠檬水,入了口,又酸又苦,杯子冰冰凉凉。这苦酸的冰水一下灌进去,江鹊被呛到。

封远弘,还真是封远弘。

江鹊的脑子空白了一瞬,手里的柠檬水也再喝不下,只想快点走,快点离开这里。

江鹊从巴黎皇宫出来,沿着那条马路走了几步,也不敢走远,看了一眼手机的时间,晚上八点四十五分。

犹豫良久,想提前告诉沈先生自己的位置。

那串号码,就躺在自己的手机通讯录中。

这还是江鹊头一回,这样想拨打这个号码——哪怕只是单单听一听沈先生的声音,好像都能抚平惊慌不安的情绪。

江鹊思考,这个时间打过去会不会吵到他?会不会影响沈先生跟人叙旧?

江鹊从来都是谨慎敏感的,很少有这样算是冲动的时刻。

那几声"嘟"的提示音,都仿佛将时间拉长。

终于,电话接了。

"沈先生。"江鹊小声叫。

"是……江小姐?"电话里传来了一道陌生的男音。

江鹊呆了呆,重新看了一眼号码,没有拨错,那十一位号码,一眼就记在了心里。

她存入通讯录的时候,一遍遍确认过。

"你没有打错,我是沈先生的助理程黎,沈先生在这边喝了点酒,喊我来开车的,您在哪边?我过去接一下您。"

那边的男人解释了一句。

"我……我在城市大厦门口。"

已经走了一小段路了,江鹊抬眼看了一眼标志牌。

"好,我大概五分钟就能开车过来,您在原地稍等一下。"

江鹊应了一声,挂了电话之后默默站在原地,像放学后等家长来接的小朋友。

熟悉的越野车很快开过来,车窗半落,只是这回开车的人不是沈先生。

车子在路边停下，江鹊自觉想去后面——开门之前，是有一点点小小的希望，希望哪怕能在后座看到沈先生。

但并没有。

江鹊乖乖上了车。

"沈先生那边临时组了个局，也多喝了几杯，沈先生平日不喝酒的。"

程黎往后视镜里看了一眼，小姑娘就瑟缩着坐在后面，坐姿也是规规矩矩的，有点小沉默，但是看这张脸以及给人的直觉，的确不太像什么坏女孩。

——程黎今年也三十出头了，尤其是跟在沈清徽身边这么多年，什么样的人没见过，脸上的笑是真是假，一眼就能看出来。

这姑娘，难怪让沈先生"特殊对待"。

程黎想多说点什么活跃下气氛，但是小姑娘话并不多，偶尔也理会不到程黎说的笑话，就一双眼睛茫然地看着。

得了。

程黎不说了。

只是到了地方，江鹊有那么一瞬间的恍然。

是本地高档的温泉酒店——其实并不是天然温泉，是人工加热，但池中铺了鹅卵石，跟天然的一样，难辨真假。

尤其是这酒店装修也是中式园林风，假山景、人工溪、木质桥栏，偶有茂盛的绿萝与紫藤垂下，如梦似幻，倒也更像古时候达官显贵的私家度假山庄。

能在市中心有这么一个地方，背后的老板实力可见一斑。

——上回听说这儿，是云北谦跟人开玩笑，说这酒店真厉害，不接待散客，只接会员，怎么入会呢？竟然还得看资产证明，当时桌上的人哄笑。

程黎停了车带着江鹊过去，就在这短暂的一秒，她突然有那么一点意识到——

就在今天，陆景洲说的那一句："他这个圈子，比沈明懿的深得多。"

后面还有半句,沉沉敲在她心口。

——他待你好,不代表他没有危险的时候。

这应该是江鹊第一次进入沈清徽的世界。

程黎带着江鹊往前走,左拐右拐,这里像与世隔绝,每一处都是曲径通幽,最终在一扇木门前停下脚步。

程黎先敲了敲门,里面一道男声说了声"进",程黎这才推开门进去。

里面确实别有洞天。

青石砖墙,木质围栏,人工溪,溪里还有几尾红白相间的锦鲤,墙上也有书法挂画,分外贵气。落地玻璃窗外是一方花园,外面亮着暖色灯笼光,能看到假山造景和茂密的绿植。

房间内,中间一张矮木方桌,桌上有茶杯和一些精美的小食,桌边的中式太师椅上坐着几人,三男一女,显然这是饭局后消遣的地方。

江鹊只认出了陆景洲,但没有看到沈清徽。

那些人见到江鹊,打量了几秒——

其实说不清楚这是一种怎样的目光,只觉得冷而利,像一把锋利的刀刃,只要看一眼,就能将人从内至外看个通透。

依照江鹊的感觉,这些人应该都是一些大人物,跟去巴黎皇宫的根本不是一个档次。

江鹊有点无所适从,那个女人倒是看了她一眼,然后弯唇笑了笑,但是笑容也并不是出自心底。

她一头长鬈发,知性优雅,身上着一件裁剪得体设计简约的裙子。

"过来坐。"她朝着江鹊示意了一下。

江鹊有点怯,桌上另外三个男人似乎也没太在意,只有陆景洲简单介绍了一句,说是沈清徽的人。

"沈总是破例了?"其中一人笑了一声,视线游离在江鹊脸上。

像是在看一个物件,然后衡量着这个物件的价值和能带来的利益。

"跟沈总多久了?"另一人似乎有点兴趣,一只手夹着烟,在水晶烟灰缸上敲了敲。

"才几天……"江鹊其实想纠正并不是"跟",自己也只是在别墅里照料沈先生。

"高中生?还是被沈总资助的大学生?"头个说话的那人眼神盎然,有点惹江鹊不舒服。

"是有点意思,刚才头回见沈总发火,那个女的叫什么来着?"另一人眯眼想了想,"嗨呀,都想不起来了,只记得姓于,也是特清纯那挂……"

陆景洲看到江鹊无措的样子,打断了那两人:"行了,这么八卦干什么?看不见人家小姑娘胆子小?"

"这不是有点意思吗?这么多年,沈总身边多个女人,也没想到还是好这口啊?"

这个"还是",说得意味很深。

"你早晚折嘴上。"陆景洲笑一声。

话题后面带过去,那几人又聊了些投资和股票的事情,太高深,江鹊听不懂,又觉得坐在这儿很干涩,那女人没掺和这些话题,伸手将桌上一个荷花模样的糕点递过来让江鹊尝尝。

"谢谢。"江鹊小声说了一句。

"这是陈总特意找的师傅现做的,说送沈先生尝尝,师傅先前是做国宴的,可真是难求。"

女人接了一句,寥寥一句话,把登天难的事情说得很轻松。

江鹊只觉得小碟里的荷花酥像一块咽不下去的金子——

千层酥皮,比纸薄,嫩生生的粉白相间。

原来,沈先生的生活,是这样,而她那几天做的那些菜……

心口有一点酸酸的。

这会,侧房的推拉门开了。

江鹊捧着一块荷花酥,才咬了一口,含在口中,干干的,一点淡淡的甜,她只能用好吃来形容。

一回头,看到沈清徽从侧房出来。

浅蓝白色的条纹衬衫，黑色的休闲西裤，那种矜冷的气质，却分外轻熟斯文。

大概是她的滤镜——明明桌上这几个男人的容貌也都很好看，却比不过沈先生，总有一种春风一般的暖意。

要不是程黎说他喝了酒，江鹊都没有看出来。

沈清徵视线落在江鹊脸上，小姑娘眼神都亮了亮，像看见了救星。

刚才那点火气，总归是消下去了。

然后他弯身拿起了搭在一椅子上的外套，走到江鹊身边，手搭在她肩上拍了拍："你们继续，我们先走了。"

"行，这回好不容易托陆总请到了沈先生，倒也没想到遇上那下三烂的女人，让沈先生不悦了，下回我再请客，到时候做好检查工作，"先前打趣江鹊的那两人站起来，然后示意站在一角的侍应生把东西拿过来，"早些时候就听说沈先生爱喝茶，这是我从顶级茶庄订来的龙井，那树一年才产几十斤，一点小心意不成敬意，以后生意上还要多仰仗沈先生了。"

一番话，说得极圆滑。

沈清徵略敷衍不耐烦："给陆总吧，我家还有不少茶。"

"那我看这小姐挺愿意吃荷花酥，下回我叫师傅做了送过去。"

"再说吧，先走了。"

沈清徵没再听这些奉承话，眼神落在江鹊身上，示意了一下，江鹊赶忙走到了沈清徵身旁。

二人脸色稍稍一僵，还是奉承着笑意送他们出去。

程黎已经去了车上等着，看起来是要充当司机了。

江鹊跟在沈清徵身边，想到那几个大人物对沈清徵的恭敬和用词，心下这会大抵也能猜到沈先生的地位，心里也是有那样一点空空的。

他们之间，好像云泥之别。

只是又想到刚才那人说的什么沈先生发火，于小姐……

江鹊是没法猜的，出去的路上悄悄看了一眼，沈清徵的脸色没太变，看着挺正常的。

"喜欢吃那荷花酥?"沈清徽偏头问了她一句。

"还……还好……"想到是什么国宴师傅，江鹊只觉得那应该更像金坨子。

"喜欢的话改天我找了来给你做，"他哼笑一声，"别人找的，总归是不放心。"

只是很随意的一句话，却好像是说出一些平日不会说的话。

江鹊根本不知道沈清徽的生活是怎样的，在她的眼里，沈先生儒雅、有学识，待人礼貌温和，从来不知道沈先生发火是什么样子，也不知道这一句话，是否又意味着他很难相信别人？

出来的时候，程黎给他们拉开车门，自觉一句不多问。

沈清徽在上车前想，晚上的时候江鹊好像只惦记着要去巴黎皇宫打扫卫生，饭都没怎么吃好，于是在上车前，沈清徽问了她一句："饿不饿？"

"还好……"

"回了家，可没零食给你垫肚子。"沈清徽故意笑着说了这么一句。

江鹊一抬头，对上沈清徽含笑的一双眼，有点不好意思，然后小声问："不耽误您时间吧……"

"耽误什么，一晚上的时间。"沈清徽笑着说，"想吃什么，我带你去。"

江鹊还真有点犹豫……在吃上，她从来都不挑。

还不到晚上十点，沈清徽倒也不太急着回去，问江鹊明天要不要上班来着，江鹊摇摇头，说自己腿受伤没好，短期应该不会有什么安排。

沈清徽看她有点选不出来。

他平日去的酒店和馆子估计这姑娘也吃不惯，不过想起某回饭桌上，一老总说自己那二十多岁的女儿就喜欢吃乱七八糟的东西，那些花里胡哨的小吃，还说起了一条街。

年轻的小姑娘应该会喜欢，沈清徽想到了那条街在附近，倒是也不远，正好走着过去，就当茶后消食了。

沈清徽跟程黎说了一声，去那边街口附近等着。

程黎答应下来。

"走吧，带你去走走。"沈清徽对江鹊侧了侧头。

江鹊赶紧跟上去。

晚上十点多，人行道上的行人依然不少，尤其是附近有个地铁站，可能是刚停一站，出口那边拥出来不少人。

淮川是个一线大城市，外来人口占了三分之二。

迎面来了一拨人，江鹊只垂着视线胡思乱想，冷不丁手腕被捉住，然后往旁边带了一下。

江鹊还没反应过来，脸颊蹭在了沈清徽的衬衫上。这才看到，是有人拖着行李箱匆匆赶路。

"当心点，看路，"他拉着她的手腕看了看，"没撞到吧？"

"没……"

清冽好闻的檀木香一下钻进鼻腔，融合一点淡淡的酒味，成了另一种诱惑的禁欲系高雅。

江鹊撞上沈清徽的视线，那样一双深邃的深琥珀色的眸子，像皎洁神圣的月光。

人间的情欲，好像与他不沾分毫。

也正是与他短暂对视的这一秒，江鹊心里忽然更难过。

他的生活、他的阅历，她连几百分之一都不能与之比拟，可他却偏偏用那样温柔的语调跟她说话，那样小心地照顾着她的心绪。

有时候，也让江鹊以为，他对所有人都是这样的，自己只不过离他近一些，就妄想这种温柔是仅仅对她。

这样冒出来的一点妄念，让江鹊无地自容。

人潮散去。

马路两侧的路灯温暖地落下一束束光，前面是一个红灯，车流停住，可纷乱的声音没停住。

沈清徽静默了几秒，低头看着江鹊。

细细一截手腕，见到他时，眼睛里也有了一点清亮的光。

沈清徽这三十五年，泡在沈家这个大染缸里，跟单纯沾不上一点关系，与其说他儒雅谦逊，倒不如说是他事不关己高高挂起，圆滑淡然的态度，让谁都抓不住把柄。

人生已经过了近三分之一，他见惯的是丑恶与算计，从没有过什么想守护的人与事。

至少在前面这些年，他的耐心与温和，是给了猫儿与院子里的龙沙宝石。

就在这样酒后失神的几秒里——他突然很想守住江鹊这片净土。

他仍然拉着她的手腕。他不松开，江鹊就低着头，一言不发，内心却在期盼着，时间要是停留在这一刻，该多好。

他的手也是那么温暖。

江鹊很贪恋。

但沈清徽还是松开了，像是怕惊到她，然后换了种轻快一些的语调说："地方在前面，一条小吃街，也是淮川一景了，托你的福，我也能年轻一下来看看年轻人的生活。"

江鹊笑了笑。

来淮川也有四五年了，但从来都没有逛过这个大城市。

上高中的时候住校，只有周日回家，陈盼一个月只给她三百块钱，省着点花，才只够吃饭，还要精打细算，更何谈出来闲逛？

江家重男轻女，陈盼一个月给江鹊三百元，却可以纵容江志杰拿了她的卡刷一台最新款手机，知道后也只是哭几句赚钱不容易。

江鹊觉得自己挺无力改变现实的——那会儿，也是外婆跟她说，你好好学习，考出去，考远一点，远离他们。

也是在那个艰难的时候认识了佳思，佳思跟她不一样，她总是恹恹的，阮家的保姆每周都来送吃的用的，佳思拿回来就直接给江鹊。

每回想到佳思，江鹊心里就一阵难受。

江鹊有点头疼，她想去祭奠一下佳思，但是听说阮家闹了这么多天，甚至不知道佳思有没有顺利下葬。

胡思乱想的时候就到了地方，这条街附近有个大学，晚上十点多了还有不少人。

尤其是年轻人，还有一些游客，来来往往，各类小馆子都灯火通明。

这条街其实并不算太长，江鹊看得眼花缭乱，尤其是一些吃的就搁在露天，夏天又热，进来之后只觉得被食物的香气和热气裹挟。

在喧闹的市井中，江鹊越发觉得沈先生不属于这里，但是侧头看了一眼，他对这种地方好像也没有半分嫌弃。

倒是路边上有几个女生，眼神和视线惊羡地落在他身上。

江鹊看了一眼两旁，都是什么炸鸡米粉煲仔饭之类的快餐，也有一些各地的特色，江鹊没吃过。有时候看一眼店铺的环境，她自己倒是没什么感觉，但是看一眼沈先生身上的浅色衬衫，总觉得他跟这里格格不入。

又回想起他们刚离开的那地方，那女人随口一句荷花酥与国宴师傅，而现在，他陪她走在这烟火气息的市井小路上，青石的地板也并没有多干净，一角落里还有一些被人丢弃的垃圾。

江鹊有点不知所措，还有一种莫名从心底升腾起来的惶惑。

而刚才对于那一丝温暖的贪恋，让她感受更多的，是羞耻。

江鹊和他沿着这条路从头走到尾，大概是因为心里敏感的想法，走到了出口，也没一家想吃的。

出口那外面是一个大广场，通着一条宽敞的路，对面就是高楼大厦。路南是烟火市井，小吃街与老旧小区；路北是纸醉金迷，金融区的玻璃大楼。

好像两个截然不同的世界，融合在一起看起来分外违和。

江鹊眨了眨眼睛，看到旁边有一家便利店，里面在煮关东煮。

"就……那个吧。"

沈清徽跟她一起进来，江鹊站在店里选了几串鱼丸放在纸杯里，回头看了一眼，沈先生从旁边的冷藏那里拿了一瓶枇杷汁。

"一起结了。"

"三十六元。"

沈清徽从口袋里拿出手机扫了个码，付完了钱，从便利店出来。

江鹊咬唇站在他身后，也不是没看到那个同龄收银员女孩想看又羞怯的目光。

外面这个广场很大，旁边有不少坐的地方，江鹊就跟在他身后，随他去了广场边上一处木椅旁坐着。

"在这儿坐会儿，等你吃完我们再回去。"

沈清徽就在她旁边，他探手拧开了枇杷汁的盖子，喝了一口。

广场上倒也还算热闹，这个点了，跳广场舞的大爷大妈还没散，几人在那儿指导动作，也有老人抱着孩子在看。

另一边儿，有年轻人踩着滑板，飞一样地滑出去，然后腾空，滑板就在半空中翻了个圈儿，动作行云流水，几个穿短裤短裙的少男少女惊呼雀跃，看起来应当是跟江鹊差不多的年纪。

江鹊咬了一口鱼丸，默默看着那边。

沈清徽看向她，明明和那些人都是一样的青春年华，江鹊却远远没有这个年纪应有的快乐，在纸醉金迷与朽烂颓败的两重天里，她好像一个从没真正生活过一次的婴儿。

仍保留着最初的天真，还能看得到人性本善。

沈清徽捏着枇杷汁的瓶子，瓶壁上存着一小圈潮湿的雾气。

见江鹊视线还停留在那儿，沈清徽问了一句："玩过吗？"

"没有。"江鹊摇摇头，咽下鱼丸，自己从小到大是连玩具都没有过的，更别谈什么喜好。

遥远的春新镇，大型商场都没有，那时江鹊的一方世界，就是外婆家的小院子，还有南山和北山。

南山上有桃林，有水库，一大片山上种了不少的蔬菜瓜果，外婆在那有一块园子，江鹊不上学的时候就跟着外婆去，外婆可舍不得让她干活,她就坐在桃树下面拨弄几本书。

北山上,起得早可以捡拾蘑菇,有那么几回外婆带她去过,然后在院子里晒干了可以拿出去卖。

所以在她十六岁随着父母进入淮川这个一线大城市的时候,她很久很久都不能适应。

沈清徽不是没看到她眼里的那点小羡慕。

"在这儿等我几分钟。"

沈清徽站起身来。

"好。"

江鹊不知道他要去做什么,还是点点头。

她看着沈先生朝着那边的商场走去,只以为是他临时有什么要买。

视线一时间不知道往哪里放,只能看到那边的少年站在滑板上,沿着一截没扶手的石梯,石梯是大理石光面,他翘着滑板,旁边的人给他加油。

少年吹了声口哨,翘起的滑板压下去,像一阵自由的风,然后腾空,滑板漂亮地落地,可人没那么幸运,跟跄几步,摔了一跤。

但那个少年没哭,反倒大笑了出来,好像受伤都是快乐的。

江鹊捏着纸杯,很羡慕这样自由的少年——分明,她今年也才刚满二十岁。

就在这一会儿,江鹊一抬起眼皮,就看到沈先生从商场里走出来,依然是长身玉立,手上却拎着一个崭新的滑板。

江鹊惊异到说不出话来。

沈清徽走到了她面前,将滑板放在地上,脸上终于有了点笑意:"来,试试。"

"我?"江鹊的脸瞬间涨红发烫,回想那几个少年意气风发,各种夸张的动作,连带着刚才摔的那一跤,连连摆手,"我……我不会,不行不行……"

沈清徽不以为意,对她伸出一只手:"试试,我扶着你。"

"不行，我会摔倒的……"江鹊还是摇头，"我真的不会……"

沈清徽仍然是笑，眼神多了点鼓励："我带着你，不会让你摔倒。"

江鹊视线转一圈儿，那几个滑板少年已经在收拾东西要走了，另一边，跳广场舞的老太太们也要收工回家。

只是这样短短的几分钟，广场安静了不少。

一声细碎响声。

十点半了，商场也要关门了。

在他的眼神鼓励下，江鹊终于多了一点点的勇气。

她握住了他递过来的手，小心踩在了滑板上，滑板晃动了一下，但他稳稳地扶着她。

江鹊额头上沁出来一层薄汗，风一吹凉凉的，几缕碎发贴在脸颊上，刚才心里的害怕和恐慌，好像在这一刻消失了大半——

并没有摔倒，也没有人嘲笑她，因为有沈先生扶着她。

广场上只有偶尔几个路人了，沈清徽松开她的手，让她保持平衡，试着自己滑一下。

江鹊鼓起勇气，想起刚才那几个男孩子的动作，试着滑了一下，滑板冲出去，风吹起了耳边的头发，她从来没有呼吸过这样的空气，热烈，汹涌，像高中时参加的运动会，跑起来，只能听到风声呼啸，什么烦心的事情都被通通抛在脑后。

——那个时候运动会也不是她主动报名的，是因为佳思报了接力，江鹊陪着她，然后被体育委员抓去替补800米了。

她一向是怯懦、自卑的，什么都不敢轻易尝试，所以也不知道，这风有多自由，跑起来又有多用力。那种奔赴终点的渴望，她从来都不曾体会过。

因为觉得自己太平凡，太普通，所以连开始都没开始，就以为自己会失败。

滑板停下，江鹊没有摔倒。

她从滑板上下来，看到沈先生就站在不远处，似乎在对着她笑。

江鹊拎着滑板小跑回去,一颗心脏跳动得剧烈,一滴汗水滑落进眼睛,她胡乱擦了擦。

沈清徽方才折去广场边的小摊上买了一瓶水和一包纸巾。

沈清徽从口袋里拿出纸巾,帮她擦了擦额头上的汗。

小姑娘一张小脸,热得发红,一双眼睛,像被水洗过,澄澈透亮。

"歇会儿。"沈清徽让她在木椅上坐着。

江鹊点点头,胸膛起伏,喝了一口冰水,只觉得整个人似乎都鲜活起来。

沈清徽偏头看了一眼,夜色下,江鹊那些藏起的心思,就在潮湿的心里,万千涌动。

"江鹊。"沈清徽转过头看着她,几句话,在喉间百转千回。

沈清徽其实也没喝多少酒,饭桌上实在推诿不开的时候,也只喝了半杯。

他从来没有过酒后失态或者冲动的时候,只是在这无人的片刻,沈清徽忽然再不想回到枯寂如死水的生活,其实在某种层面上,他也是一个退缩的、太容易杯弓蛇影的人。

江鹊静静坐在他身边,等着他继续说。

"我希望你做一个勇敢自由的女孩,永远不怕失败,但是在我身边,你不勇敢也没什么,"沈清徽的声音像今天的晚风一样温柔,"我也希望你永远快乐。"

江鹊安静地坐在他身边,重重地点了点头。

他的视线,落在她的脸上。

夜风很静,偶尔吹动树叶与杂草。

沈清徽微不可闻地叹了口气,声音很慢,却像一种坚定的承诺。

"江鹊,我不会让这个世界弄丢了你。"

第三章

有你在,
我就不怕黑了

TENDER IS THE
SPRING

江鹊跟沈清徵回来的时候，意外看到别墅亮着灯。

程黎停好了车直接回去了。

江鹊也有点茫然，沈清徵像是思考了片刻——这是他的地方，沈邺成必然不会来的。

能来的，怕是也只有刘阿姨了。

沈清徵输了密码开门，院子里的花依然开得艳，别墅里亮了灯，他和江鹊进去，果不其然，是刘阿姨回来了。

刘阿姨正拿着抹布，擦一个花瓶。

似乎也没想到后面跟着人，还说："沈先生您回来啦？我看我那房间里好像有女孩的衣服？之前来客人啦？"

话音才落，刘阿姨回头一看，沈先生手里拎着一个滑板，后面跟着一个小姑娘。

小姑娘是长发，长得倒是嫩生，一双眼睛有点露怯。

"这位是？"刘阿姨一愣。

"江鹊，"沈清徵回头，跟江鹊说："这是刘阿姨，之前一直在这儿做事。"

江鹊在这一刻其实愣了一下，因为没想到这里之前就有别的做事的人，那现在人家回来了，她又该何去何从？

"别胡思乱想，上楼睡吧。"

沈清徵摸了摸她的头发，似乎觉得这话说得也不太妥当，又说："楼上还有客房。"

· 108 ·

之前以为只是捡了个小姑娘，住一天就要送回去，二楼是他的私人区域。

刘阿姨倒也不多管闲事，道了句晚安，就先回房了，临去之前将小姑娘的东西都拿出来，悉数放到了二楼的客房里。

但路过江鹊的时候，这个中年妇人似乎想说点什么。

沈清徽说了一句："刘阿姨，你也早点睡吧。"

"哎，是，沈先生，江小姐也晚安。"

到底还是什么都没说出口——也对，沈先生的闲事，谁都没资格说。

江鹊跟着沈清徽上了二楼，他房间隔壁就是一间客卧，其实也是唯一一间客卧，因为其他的房间，都被他重新设计成了书房和花室温房。

淮川冬天湿冷，说不好什么时候会突然到零下，院子里大部分的花都娇嫩，冬天得专程控温。

"滑板我给你挂书房里，有时间想去了就去，"沈清徽忽地想起什么，"天气预报说晚上可能下雨，那客房多年都没住过人，晚上要是窗子沁进雨来，可以来找我。"

"好。"

江鹊跟他道了晚安，回到了客房里，客房这个"客"字，就像在提醒她，自己只是个短暂的客人。

江鹊挺踟蹰，也不知道自己在这儿还能做点什么。

偌大一个淮川市，没有落脚的地方。

江鹊洗漱了躺在床上，迷迷糊糊睡去的时候，觉得听到了外面的一点雨声，然后手上突然多了湿漉漉的一滴。

她睁开眼看了看。

这房间其实也不大，床挨着落地窗，外面是真的下起了雨，雨水沿着窗户往下落，就是一点水，顺着窗子缝隙往里沁。

床就抵着窗子，水珠滚到床上。

江鹊起初是想，能有多大雨？睡一觉起来再说吧。

结果淮川夏天雨水多密，又过了会儿，滴答滴答的声音更密集。

109

江鹊困倦得厉害,从床上坐起来看了看,这雨一时半会儿也没有要停的迹象,她摸出手机看了一眼,凌晨两点。

想起沈先生说可以去找他,但江鹊肯定不会去,因为沈先生本来就有失眠症,恐怕这个时候早睡了。

江鹊想着一夜也不会太久,就准备往床边挪一挪。

江鹊确实一开始想对了,沈清徽今天确实早早洗漱躺下了,但本来就失眠已久,好半天没睡意,好不容易合了眼,外面开始下雨。

起初想着下得不大倒也可以,但后面雨声密集,他想起隔壁客房那个窗户拖杳着一直没修理过。

也是因为长久没人住,他也不太许刘阿姨到二楼来,偶然有一回刘阿姨上来打扫客房,才说了一句窗户的事,但他也没太记在心上。

这会儿,沈清徽是越来越躺不住了。

江鹊缩在床边迷迷糊糊,一合眼,还做了个短暂的梦,梦见水冲破了窗户,把她冲走了。

"咔嗒"一声,江鹊半梦半醒,以为真把窗户冲开了。

结果一睁眼,看到了穿着睡衣进来的沈清徽。

"沈先生……"

沈清徽一眼就看到了挨着床边的江鹊。

本来这张床也没多大,再翻个身,就要掉下来了。

靠窗那边的床单,氤氲开一小圈湿痕。

"怎么不和我说?"是夜,声音都融进了雨中。

"怕打扰您休息……"

"准备这样睡一夜?"

江鹊没说话。

沈清徽大约也能猜到她这点心思。

好一会儿,她是真没说话,沈清徽说:"到我那儿去睡。"

其实说不清是因为这夜晚太昏暗静谧,还是因为好不容易熄灭下去的那点妄念开始作祟。

江鹊听到这句话的时候睫毛抖了抖,静默了一会儿,沈清徽也什么都没再说。

只有短暂的几秒,江鹊只能听见外面的雨水敲着玻璃,还有水滴答的细微声音。

很微弱,却又那样清晰。

江鹊慢慢抱着枕头站起来。

很贪恋离他近一点,哪怕明明知道不是一个世界的人。

沈清徽的房间很大,白色与浅灰色的调子,依然是落地窗,设计很简约的大床,只是有一面书柜,落地窗旁还有一张沙发一张小圆桌,上面放着几本书。

房间里常年点着檀木香。

只亮着一点暗暗的台灯。

"你先睡吧,我还要看会儿书。"

沈清徽走向沙发坐下。

江鹊抱着枕头,犹豫了一会儿,慢慢走向一角。

深蓝色的四件套,江鹊小心掀开一角,床单上还残留着一点点微弱的温度,好像距离……他的怀抱很近很近。

江鹊小声跟他说了一句晚安,沈清徽也没有答应。

本来是背对着他的,但是躺了几分钟,江鹊又悄悄转回来。假装闭着眼,又慢慢地把眼睛睁开一条小缝,却不料,正巧对上沈先生的视线。

他像是早有预料,就等着她睁开眼睛。

他就那样坐在台灯下的沙发上,手里正拿着一本书,暖光半映在他的脸上,大抵是因为时间与阅历的沉淀,他总给人一种格外沉稳的安全感。

就像踩在滑板上的那一刻,被他握着手,就突然一下子有了勇气。

他好似被逗笑。

江鹊这会儿都没什么睡意了。

她见被沈先生发现了，装睡肯定是装不下去了。

然后索性睁开眼睛，犹豫了片刻，她问："沈先生，刘阿姨回来了……我在这里，还能做点什么？"

是想问，还留她做什么。

"说说话不也是好的？"沈清徽说，"唱歌挺好听，煲的汤也不错。"

江鹊有点不好意思了。

她干脆从床上坐起来，总觉得自己这么侧躺着和他说话不太好，沙发对面还有个单人沙发，江鹊坐过去。好像有点冲动了，因为没看好距离，这张沙发和他面对面，离得很近。

就这么一刹那，江鹊是可以清晰地嗅得到他身上的清冽的木质味道，有一点点潮雾，像玻璃上的雨珠。

他手里拿着一本书，江鹊只看到了作者名字——亨利·梭罗。

"沈先生，您还有别的爱好吗？"江鹊觉得自己在这儿坐着有点不知所措，想找点话题。

沈清徽还真想了想："年轻的时候爱好很多，玩过射击、攀岩和跳伞，也去过一些地方，正好，我还留着相册，你要不要看看？"

江鹊点点头。

沈清徽起身，还真去书架上找了找，然后拿下来一本相册，相册的封皮已经很老了，在这个时代，人们都是随便用手机拍几张，相册这种东西可太古板了。

沈清徽递给她，翻到后面几页。

那照片上，沈清徽同另外几个人站在一起，很普通不过的留影照，在一些欧式建筑前。

相片框外写着地点：贝加尔湖畔、阿尔卑斯山脉、布拉格广场、伦敦大桥……

沈清徽跟她讲了一些路上的事情。

其实江鹊没太听清楚，因为她的视线落在照片上，能看得出来，照片上的他那时还年轻——虽然现在也不老，但总归比以前沉淀得更淡然、稳重,而那时的他,眼神里仍是意气风发。

这样的沈先生,又会是谁的青春?

这一夜好像很漫长,沈清徽跟她说这些经历,像讲故事似的,江鹊听得入迷,这类话题她插不上话,只能笑着夸赞几句。

后来江鹊问他,那您现在还有这些爱好吗?

沈清徽摇摇头,用一句亨利·梭罗的话回她:"这个世界上,闭上眼睛,转个向,人就会迷路。"

"那您迷过路没有?"

江鹊托着腮看他,只觉得他眼神好像淡了一些。

她更由衷地敬佩他,这样一个随着时间与阅历沉淀下来的男人,做什么都有一种春水煎茶的温礼。

"现实出去旅游没有,但在某个时候,"他拿着书,靠在椅背上,目光看过来,她忙低下头,假意去倒茶水,"有。"

遇到江鹊后,他认知内的什么东西开始出现裂痕。这也应当算是"迷路"了吧。

手指碰到紫砂壶,被烫了几秒,那点热从指尖烧到心里去,下一秒她便听到他的一声轻笑。

慌乱的行为与躲避的目光,赤裸地落入他眼睛,无可逃避。

还是个小姑娘。

他比她年长十几岁,她什么心绪逃得过他的眼睛?

"去睡吧,还想听,以后讲给你听。"

沈清徽也合上了书。

江鹊有点羞窘,自己小跑着回去躺下。沈清徽也在另一边上床,抬手关了台灯。

江鹊小心地躺在一侧,紧张得一动不敢动——从来不敢奢想,竟然在这一刻,跟他的距离是这样近。

江鹊只觉得自己的心跳很快,夏天的房间里有一点点闷热,雨声与心跳声混着,她忽然想到了那桌人说的什么于小姐。

她根本无从得知那个于小姐是谁,又是哪个"yu"。能让素来温和的他发怒,是不是又意味着不一般?

江鹊从不知道他的过往,就连这三年里,也没怎么听沈明懿说起过关于这个"三叔"的事情。

一想到是不是有另一个女人与他有过感情的纠葛,或者是曾经出现在他的生命中,江鹊心口就酸酸的。

她假装悄悄翻身,然后在黑夜中慢慢睁开眼睛。

这是江鹊第一次敢这样近距离地大胆地看他。

一个夜晚很短暂,却又在这一刻显得好漫长,江鹊总喜欢向前看,因为她这过往的二十年人生里几乎没有什么值得她多停留。

可遇见了沈清徽,她希望时间走得慢一点,也希望永远停留在现在。

"沈先生,晚安。"

江鹊很小声地说了一句。

这么多年来,她其实很明白"自知之明"这四个字的意思,很明白自己与他的云泥之别,也正因如此,江鹊想要藏起这一刻的心动。

沈清徽并没有睡着,他清晰地听到了身旁江鹊说的那五个字。

小姑娘那点小心思,浅得像薄冰,一眼看过去就化了。出生沈家的缘故,他从小到大接触的都是精英教育,恋爱从没时间谈,时间过得飞快,转眼也就三十五岁了。

他在沈家的身份其实很尴尬,主要还是因为他母亲,大哥在国外出了车祸早逝,母亲将希望都寄托在他的身上,头两年的时候,精神出了点问题,一度疯魔化,还要到处烧香求佛,说什么找师父作法,莫让乱七八糟的女人出现在他身边,后来听朋友提起来,传成了他母亲到处求人给他断姻缘,好让他一心继承家业。

然而沈邺成已经八十六岁了,还攥着集团里的大部分股权,说白了还是谁都信不过。

二哥的出身,还有他前几年卷入的祸端。

其实他也心知肚明,这些年就算是有女人近身,也都是图点什么,身份、权力、金钱。

唯独江鹊，他什么都不做，只是在那天出于一时的好心，她就这样信任他，觉得他是个好人。

总觉得都已经三十多岁了，当这个鲜活又单纯的女孩出现在身边时，他竟然也有点异样的情绪——多可惜他是三十五岁，没能在二十岁的时候遇见她。

他向来不太在意年龄，而这会儿，那点喜欢袭上心头的时候，才发现连同年龄都被他纳入了思考的范畴。

第二天一早，江鹊特意赶在六点整起来，结果起来的时候，身旁已经不见人了，江鹊心里暗叹，自己到现在都不知道沈先生的作息，但是能看出来，他是真的很容易睡不好。

江鹊从床上坐起来，卧室的窗帘仍然掩着，她掀开被子下床，轻轻拉开窗帘一角，看到了沈先生正站在院子里拨弄那只喜鹊。

昨夜一场雨又停，天空仿佛被洗刷过，湛蓝明亮，几朵云压低，天气很好。

江鹊站在窗边，只觉得像画。

她洗漱了一番下楼，本以为刘阿姨也在，但是出来之后只看到了桌上的早餐，没见到其他人。

早餐还是沈先生买的，已经眼熟的店。

昨晚的一夜，他的神色如常，江鹊心口却微微悸动。

"刘阿姨出门了，应该一会儿会回来，"沈清徵说着，口袋里的手机响起来，看到上面的号码，皱了皱眉头，"你先吃。"

"好。"

江鹊有点刻意等他，视线晃荡了好一会儿，沈清徵去外面接了电话，过了几分钟才进来，但他没坐下，而是拿着手机去取外套，说："你先吃吧，我要出去一趟，等会儿程黎会过来，你要出去的话让他送你。"

"好。"江鹊有点讷讷，没反应过来。

沈清徽也察觉到小姑娘情绪低落了一瞬，他拿起外套的时候停了停脚步，说："晚点回来见。"

"好。"心情终于又雀跃了一瞬。

早餐是买了两人份的，但江鹊只吃了自己的那份，想等着刘阿姨回来吃，但是没一会儿刘阿姨回来，说自己早上已经吃过了，还客气地让江鹊多吃一些。

江鹊有点不好意思，饭后想去收拾一下桌上，结果又被刘阿姨制止，说这些活交给她做就好，但大概也是看出来她有点无措，刘阿姨笑着说不介意的话做饭的时候来打打下手就好。

江鹊这才松了口气。

江鹊正在跟刘阿姨说着话，手机响了一声，她拿出来看了看，白蕊给她发了一条微信，说上午九点到工作室拍几组照片。

江鹊回了一条消息，看了一眼时间，已经早上七点半了，估计这个时候赶过去也差不多了。

刘阿姨来院子里浇花，也算是送江鹊出来。

刘阿姨笑说，院子里这些花，都被沈先生宝贝得很，谁都碰不得，自己也只能给这些兰花浇浇水而已。

说着，外面有车子停下，是程黎开车过来，沈清徽考虑到这里出行不便，也是担心江鹊还要出门。

反正程黎身为他的助理，工作也并不算太忙。

沈清徽一大早接到了父亲沈邺成的电话，说挺长时间没见了，来一起吃个早饭。

单纯吃个早饭是假，估计又有什么事情要说。

沈清徽还是开车过来了。

早些年，沈邺成起家其实一直成后人的谈资，奈何沈家现在家大业大，最早八卦的那几家杂志都赔了一大笔钱，也算是杀鸡儆猴，后来一直没人敢谈。

但没人谈不代表没发生。

大意就是沈邺成本来只是个海归穷小子,父母也只是在闽粤那边做点小生意,后来沈邺成学成归国,在某个酒会上追求了沈清徽的母亲庄景月。

而彼时庄景月是名门庄家的千金,她父亲是港澳的房地产之王,母亲又在知名大学教书。

很难说沈邺成对庄景月的追求是出于一见钟情抑或早有预谋,但也正因沈邺成幽默的谈吐和猛烈的追求,加之长相英俊,很快就让庄景月动心。

也是因为沈邺成那段海归经历,庄家父母对他也很满意,最初庄父还让沈邺成做了一段时间自己的助理。

后来二人在一起后,有了庄家的帮衬和提拔,沈邺成也从房地产业起家,后来逐步扩大了自己的商业版图,涉及投资、控股等一系列产业。

或许是因为沈邺成出身和庄家的身份,他们对一些东西多少都宁可信其有,所以当初费尽了麻烦在一处半山上建了庄园,还专门请了人设计。

风景倒是极好,树木郁郁葱葱一大片,连冬天都有灰绿的松柏,说是万古长青。

沈清徽将车停在别墅前,老宅的管家容叔早早就来等着。

老宅是全中式的装潢,格外庄重。

一进来,看到唐吉玲正在厨房忙活。她五十多岁,保养得当,还显得很年轻,但是或许是因为最近操劳,脸色也不似之前了。

见沈清徽进来,她想笑着打招呼,奈何沈清徽一个眼神都没给,她讪笑,说:"你爸爸还在楼上歇着。"

沈清徽也没理,径自抬步上楼,容叔开门进来,也只是同唐吉玲淡漠颔首。

这个家,淡漠得要死。

沈清徽去了二楼的茶室,沈邺成坐在一把太师椅上,一边看一本书,另一只拿着茶杯的手颤了颤。

沈清徽在他面前站定,回来这些日子,还是头一回来这儿。

好像也是很久没见,一向身体硬朗的老头子终于还是熬不过岁月,今年初,隆冬天,沈邺成刚过完了八十六岁大寿。

本来身体确实一向很好,但到底扛不住自然衰老,几年前中风了一次,虽然后续保养得当,但也是几日几日睡不好,为此找遍了有名的医生,也喝遍了中药,就是不见好,后来又因前不久,阮佳思从沈家小楼上跳下去,那天后沈邺成睡眠更差,沈清徽刚回来的时候还听容叔说了。

"来了?"沈邺成咳嗽了一声,让沈清徽坐。

"不用,我一会儿要走。"

"还怨我呢?"沈邺成看得也淡然,自己颤巍巍倒了茶,又接连咳嗽几声。

"什么?"沈清徽平淡问了一句,假意没听清,又或者是不知他指的哪一件。

怨可是怨太多了,但人又不能活在怨气里。

"你妈,你去看过没有?"

"嗯,还是那样,"沈清徽终于坐下,但是没喝茶,"阿尔茨海默病越来越严重了,上回去已经认不出我了。"

"我总觉得,我也就这几年了。"

"不会,您会长命百岁。"沈清徽讥笑一声,说得云淡风轻,有句话怎么说,祸害遗千年。

"清徽。"沈邺成没计较,他视线看着茶室中间的发财木。

沈邺成这茶室别有讲究。

极为宽敞,最中间的位置,更是种了一棵顶着天花板的发财木,发财木粗壮,但外面生了点藤蔓类植物,也不知道是人为还是怎么。

"你看那儿,只有那棵发财木生得粗壮有力,因为所有的养分都在那儿,这发财木和你年岁差不多,你出生那年我栽的,三十多年越来越粗,倒是也长了点歪枝,我亲手砍的,周围那些藤蔓估计是吹进来的种子,虽然待了这么多年,又怎么跟发财木比?等哪天我走了,你亲手把它拔了。"

这话意有所指,听着好像在形容发财木,其实呢?

发财木是他,藤蔓是唐吉玲、沈睿言。

沈邺成和庄景月的长子沈容信早年过世,老二沈睿言是唐吉玲的儿子。

"这藤蔓在这儿少说也有几十年,你真当说拔就拔?"沈清徽冷笑,"拔了,房子都要塌。话说回来,你不撒下种子,这藤蔓能长出来?"

"那你以为,我这么多年,让你处理沈明懿的烂摊子,就只拿你当手纸,擦完就丢?"沈邺成看着他,似笑非笑。

那双眼睛,其实已经因为年龄而有几分浑浊,但这样讥笑看人的时候,让人后背生凉。

沈清徽突然想到一句话,并不是每一个老人都是和蔼善良的。沈邺成八十六岁了,依然精明算计,他即便再厌恶反感,骨子里也流着沈邺成的血——可他们不同。

沈清徽没有沈邺成那么残忍。

"你直说吧。"沈清徽突然很不想跟他拐弯抹角。

"这藤蔓早晚得除去,我的发财树,我死了,也得看着它生长茂盛,看它枝繁叶茂,就算是活了这么多年的藤蔓,它也不能顶替我的发财木。"

沈邺成笑了,喝下一口茶,又剧烈地咳嗽起来。

"那也得看你这发财木愿不愿意在你死后还活在你这书房里。"

沈清徽站起来,再也没有继续待在这里的念头。

"清徽,"沈邺成叫住他,沈清徽脚步顿在原地几秒,沈邺成拿着手帕捂了捂嘴,又是几声枯木似的咳嗽,他说,"我还是能看得清楚沈家哪个人值得托付,晏家那边的事情,怎么说,我死前都会嘱托律师签好协议。"

"那是你的事情。"

"唐吉玲过来这几年,沈睿言在公司里已经发展了自己的势力,但他到底不是经商那块料,沈明懿更不是,沈家还没乱起来,是因为你妈妈还没过世。在你妈去世前,你跟晏婧晗定下来。"

"不劳您费心。"

沈清徽冷笑了一声,没再接上话,径直要往外走。

沈邺成坐在太师椅上,看着沈清徽出去的身影,拿着茶杯的手抖了抖,差点没拿稳。

他已经不知道自己还能不能掌控这个儿子。

如果说一个人的承受极限是一根弹簧,那曾经被压到极限后,是否会在某一天触底反弹?

更何况沈邺成从没真正了解过这个儿子。

人将死,哪怕是沈邺成强硬了一辈子,但在某些片刻回想起来,也觉得惋惜与懊悔。

比如现在,他拥有无尽的钱财和权势,但是到了这个年纪,没人跟他亲近,就算有人常来看他,也会让他怀疑其目的。

沈清徽从书房出来,结果正看到唐吉玲在门前的走廊上擦花瓶——这事本可以交给阿姨,但她亲自来做,只能说明别有用心。

但沈邺成这书房也不是什么普通房间,凑再近也听不清楚里面说什么。

唐吉玲尴尬笑笑,但沈清徽仍旧没有看她一眼。

唐吉玲捏着抹布,目送沈清徽下楼跟容叔打了招呼走了。

她心下有点恼火,这么多年在沈家一点地位都没有,就算是有了沈睿言,别人也不会把她当成沈夫人。

自打上回沈邺成又去了趟医院后,可以明显看出来身体一天不如一天,她自知不该觊觎什么,但是自己也才五十多岁,跟了沈邺成这么多年,不说功劳也有苦劳,起码后来沈邺成病了,还是自己日夜照顾,况且还有沈睿言和沈明懿。

就算他们的出身再怎么不入流,也是沈邺成的血脉。

跟在沈邺成身边这么多年,唐吉玲怎么可能不算计。她也明白,能分得多少家产,才意味着以后有什么地位。

但是，纵然她天天跟在沈邺成身边，也没有看到过他提遗嘱的事情，但她倒是猜测，或许这只老狐狸早就偷偷找了律师做好了公证……

否则，为什么这么多年，连结婚证都不跟自己领？

沈清徽从沈宅出来，也没急着开车回去。这么多年，他一直将自己置身事外，不想参与沈家那些鸡飞狗跳的事情。

沈邺成发家后，许多远房亲戚也来分一杯羹，起初沈邺成强硬拒绝，但那些人爆料给了媒体，后来沈邺成才松了口，将那些人安插在公司里，他们也仗着沈家远亲的名号，在公司里捞了不少油水。

尤其是现在，沈邺成年事已高，被几家媒体拍到去医院，所以总有些小道消息在谈论沈家的遗产分配。

乱得不行。

沈清徽有点头痛，但是身陷污浊又岂是远离就能清清白白的。

想到沈邺成最后说的那番话，到底还是有点不太忍心，至少，沈明懿今年也才二十一岁。

就算他顶着沈家的名号嚣张妄为，那也不应该被葬送后半辈子。

只是该说的话他会说，听不听就由不得他了。

沈清徽回去喝茶也是喝茶，于是想到这儿，还是设了导航，决定去一趟沈明懿的模特公司。

江鹊到的时候也才八点多，到了之后直接去了白蕊的办公室。

白蕊正忙着打电话，但挂了电话的时候还是给她简单说了说。

江鹊的日常工作其实不忙，甚至可以说在这家公司里算是工作量最小的那个，别的模特一天需要拍摄几十套或者上百套衣服，江鹊虽然只是个拍摄内衣的，但一个月才拍摄两三次。

况且这三年来，江鹊的照片都没有被商用过。

白蕊站在一个专业的角度，认为江鹊有点过分瘦，是不太符合标准的内衣模特的，但是现在也很难说是不是沈明懿故意的。

否则一切都没法解释。

白蕊领着江鹊去了化妆间，只化了个淡妆，因为只有两组照片要拍，款式也很保守。

江鹊有点担心自己腿上的伤还没好，白蕊说不碍事，不拍全身。

江鹊这才放心下来。

拍摄的工作挺顺利，至少在第一组的时候很顺利，江鹊也习以为常，因为平日里的拍摄也就只有一些简单的动作，并没有引人不适，加上沈明懿那拨人不在，江鹊的状态更好，只用了十几分钟就完成了第一组。

休息的时候摄影师被人临时喊走，化妆师帮江鹊的锁骨扫了点高光提亮。

过一会儿影棚的门又被推开，江鹊抬起头看了一眼，顿时一抖，她看见梁子硕和宋泽贤推门进来。

梁子硕手里拿着一台单反，宋泽贤单手插袋，进来的时候，笑得放浪。

江鹊只觉得呼吸一滞。

"刚才拍到哪儿了，继续。"

宋泽贤往前面的沙发上一坐，就招呼着让梁子硕继续拍。

江鹊回想起了上次梁子硕那些有侮辱性的话，脸色瞬间有点不好看，但是她从来都不知道，自己可以光明正大地说不，因为这二十年的生活里，从来没有人教过她。

梁子硕平日里拍的那些，堪称软色情写真，什么制服模特，情趣模特，动作也暴露，他还从没拍过江鹊。

"来，站过去。"

梁子硕理所当然地当作什么都没发生过，好像上次没对她说出那些话。

江鹊心里有点难受。

第二套内衣其实款式也很保守，上面的胸衣是黑白格子，边上缀着白色的蕾丝边，肩带是黑纱，内裤也是同款，黑白格，只是腰间两侧有两个纱质的蝴蝶结。

江鹊本来就纤细白皙，尤其腰细，线条很美。

　　因为拍摄的氛围，上一组的摄影师指导着造型师给她外面罩了一件灰色的羊绒开衫，只扣了最下面的两个扣子，特意露出了左边的肩膀。

　　梁子硕只觉得，看惯了那些身材丰满的女人，江鹊这样白幼瘦的格外能引起人心里骚动。

　　影棚的中间放着一把深色高脚木椅，江鹊坐上去，然后助理递给她一束用牛皮纸包着的芦苇。

　　门又吱呀一声，江鹊没有看门口，而且那边有一个补光灯挡着，看也看不清楚。

　　所以也没有看到沈清徽站在那里。

　　他的视线落在江鹊身上。

　　除却刚把她捡来的那天，这属于意外的窥见。

　　浮现在他脑海中的想法，是觉得这姑娘太瘦了，而且拍摄的时候，眼神也并不是很自然，尤其是摄影师跟她下指令的时候，她都要犹豫好一会儿，好像也不是很甘愿。

　　沈清徽视线又看过去，摄影师是梁子硕，前面坐着的人是宋泽贤。

　　"你腿抬起来一点，那个羊绒开衫脱下来吧，小张，把她胸衣的背扣也打开一下，江鹊，表情楚楚可怜，楚楚可怜懂吗？"

　　梁子硕丝毫没有察觉到后面有人，故意借着工作满足自己的变态意念。

　　江鹊不知所措，小张是摄影助理，只能听摄影师的。

　　小张是个短发女生，虽然有点看不下去，但是自己人微言轻，况且谁不知道梁子硕跟这帮公子哥关系好？她看了一眼过去，宋泽贤跷着腿低头玩手机，装作完全没有听到看到的样子。

　　小张也有点生气，宋泽贤分明就是沉默的帮凶。

　　但她到底也是什么都做不了，只能把后面的背扣打开，然后小声跟江鹊说："你的手摁着挡一挡。"

　　江鹊感激点头。

"你放开一点，动作大一点。"

梁子硕一脸不悦，正要上前，结果冷不丁后面传来一声易拉罐倒地的声音。

原来是白蕊也正好来找梁子硕，转了一圈没看到人。摄影棚的门半掩着，门口摆放了不少空掉的饮料易拉罐，还没来得及收拾，有几个东倒西歪。白蕊推门进来，手里捧着几个厚厚牛皮纸袋子，看到沈清徽正站在摄影棚一进门的地方。

"沈先生？"白蕊一惊，没想到沈清徽在这儿。

梁子硕惊异回头，额头上突然一凉，忽地就想到了那天沈清徽那句好似意有所指的话，他赶忙放下了单反，要过去打招呼。

本来在沙发上坐没坐样的宋泽贤也赶紧站起来了。

房间里的气氛一下冷凝住。

江鹊站在影棚的灯光下，冷白的灯照着她，两只手环着胸，捂着差点要坠落下来的胸衣，背后的搭扣晃了晃，轻微地刮过肌肤，微凉，羞耻更是被放大。

她几乎不敢直视沈清徽的视线——她不知道他是否在看自己，却能清楚地猜到，他肯定看到了自己。

会不会觉得很失望？会不会觉得自己是那样的女人？

分明是那样仰慕他，恨不得藏起自己所有的卑下，可还是被他窥见。

"性骚扰也是你们这儿的招工条件？"

沈清徽偏头看了白蕊一眼，面上没什么多余的表情，却叫人心里猛地一慌。

白蕊平日里也见了不少大场面，自认处理这些游刃有余，但毕竟眼前的人是沈清徽，企图打亲情牌："梁先生是沈总带过来的人……"

"哦，关系户？"沈清徽笑了，"正好明懿一时半会儿还回不来，让梁先生去办离职吧。"

梁子硕一下怔住，大脑断片几秒后忙说："沈先生，您看，这是误会，这都是误会，本来就是内衣拍摄……"

"那还真是我孤陋寡闻了，"沈清徽抬眼看他，然后并不打算跟他多费口舌，转头看白蕊："带梁先生去办离职吧。"

"要不还是等明懿回来再说？"

梁子硕朝着宋泽贤那边投去求助的眼神，宋泽贤硬着头皮。

沈清徽冷冷扫了他一眼，宋泽贤的勇气都萎下去，赶紧拉着梁子硕出去，省得等会儿让沈清徽真发火了，那可不是他能受着的。

白蕊虽愣滞一秒，但也懂事，赶紧让两人出去，把摄影棚的门关上了。

沈清徽抬步朝着江鹊那边走去。

江鹊低着头，不敢走，也不敢抬头看。

沈清徽早上出门的时候随意套了一件浅色长袖衬衫，他将衬衫脱下来，从前面披在了江鹊身上。

衬衫上还带着他的体温，檀木味道一下钻入鼻腔，江鹊甚至不知道自己为什么开口的第一句话是"对不起"。

"你知道那是错的吗？"沈清徽站在她的面前，声音很平缓。

"我也不喜欢那样……"

江鹊还是说得很小声，可是她也没有资格说不。

"面对性骚扰说不是你的权利，不喜欢的事情和东西要大声拒绝。"沈清徽也不忍用这种教训的语气告诉她，可是他不希望江鹊永远软弱。

况且，也并不是每一个女孩都知道，对待这些性骚扰的人，根本不用对他客气和礼貌。

说"不"本来就是她应该有的权利。

"如果你害怕被他们欺负，告诉我。"

"……"江鹊咬唇，每回听到他的话，她都从心底觉得有一种酸楚。

其实在这样的心情酸涩的瞬间，很想问一句为什么对她这样好。

但她也明白，这样的问题不会有答案——唯一的答案，沈先生本身就是一个很好的人。

她又怎么可能值得被这样的他特殊对待呢？

沈清徽也默默地看着她，想到影棚外面还有不少人，他说："更衣间远吗？"

"不远。就在走廊尽头。"江鹊摇摇头。

"我转过去，你把背扣扣上，衣服如果能遮住就走出去，遮不住就告诉我。"

"好。"

江鹊有些感动，沈清徽转过身去，江鹊只觉得，这个世界上可以信任的人，沈先生一定排在第一位。

江鹊反手将背扣扣上，想穿上衬衫，衬衫虽然长度到了腿根，但是走路还是有些不安全。

"好了。"

江鹊小声说了一句。

沈清徽回头一看，两条纤细笔直的腿裸露着，他的衬衣毕竟是成年男人的衣物，穿在她身上倒是松垮许多，也正是因为过分松垮，显得她整个人更娇小。

"能走吗？"

江鹊闻言反手摸了摸后面，脸颊有点发烫。

沈清徽平视着她的视线，问她："你要等我把你的衣服拿过来，还是让我把你抱到更衣室？"

江鹊睁大了眼睛，好像以为自己出现了幻听。

江鹊从来都没有奢望过有一天被人小心地抱在怀中，他让她将衣服盖好，手很绅士地放在她的腿弯，这样紧紧地挨着他的胸膛，只隔着一层薄薄的衣料，他身上的温度一寸寸沁入她的肌肤，想躲，又贪恋——

他说："江鹊，不喜欢的事情要学会说不，哪怕这个人是我。说不永远都是你的权利。"

她惶惑，好像自己二十年以来的种种观念，是错的。

她总以为书上那些观念与现实严重不符，于是回回都告诉自己这世界从来都不是那样干净纯粹，可直到她遇上了沈清徽，他好像每一次，都在用他的实际行动与言语，去鼓励她，尊重她。

哪怕她是一个再平凡不过的二十岁女孩。

哪怕他们之间差距悬殊，可她从来不曾在他的眼中看到如别人一样的轻视。

少女的心动是一场盛大却静默的盛开，像只在深夜绽放的昙花，兴许她自己都没有意识到，这样酸涩又热烈的情感，叫作喜欢。

沈清徽将她抱到更衣室门口，还为她打开了门，然后告诉她自己在门外等她。

江鹊点点头，那句谢谢，在喉间滚着。

白蕊就站在一旁，亲眼看见了这一幕，旁边的宋泽贤和梁子硕自然也看见了。

梁子硕从来都没有想过有一天自己会丢了这份工作，他已经很努力地跟沈明懿、宋泽贤混在一起，以为宋泽贤起码会尽力保下自己，可宋泽贤竟然也表示爱莫能助。

"沈先生，这是这里的财务单，但是还有一部分不在我这里。"

白蕊深谙职场的道理，不该问的话绝不多问一句。

"明天送去沈家控股的财务部，让财务检查一遍，以前没人查，不代表外面没人盯着，哪天靠山倒了，谁都保不住，"沈清徽又意有所指，"有工夫找那些品行不端的员工，倒不如好好找几个专业的财务，把账都对好了。"

沈清徽没有接白蕊那一摞牛皮纸袋，他轻描淡写一句话，却让白蕊听得后背有点发冷。

白蕊忙点头，说自己明天就去找人对接。

沈清徽"嗯"了一声。

梁子硕终于又鼓起勇气，想再去央求几句。

沈清徽抬手做了个"停"的手势，他的目光平视，却兀自让梁子硕感觉到一股压迫和冷意，他声音仍然是温和的，好像不怒也会让人觉得恐惧。

"你欺负那些女孩,无非是因为她们身后没靠山,你真当江鹊也是?"

"沈先生,我没想……"梁子硕磕磕巴巴,一句话都说不利落。

"以后滚远一点,别再出现在江鹊眼前,"沈清徽目光盯着他,一字一字说,"我不会给人第三次机会。"

已经是两次。

可第一次是什么时候?

梁子硕绞尽脑汁,蓦地想到了在沈宅那天,他对江鹊说了那一番侮辱性的话,一回头时看到了沈清徽就在不远处。

那就是第一次。

梁子硕如梦初醒,然而他意识到更恐怖的一件事——江鹊,什么时候有了沈清徽这个靠山?

宋泽贤生怕自己被连累,连个招呼都没打直接开溜了。

江鹊换好了衣服出来,发现沈清徽仍然在门口,她心下很暖,鼓起勇气将衬衫递过去:"谢谢沈先生。"

"没关系,走吧。"

沈清徽接过来,带她去了电梯那边。

只是等电梯的时候,这里没什么人,沈清徽偏头问她:"喜欢这样的工作?"

江鹊一愣,想到沈清徽说的话,她可以说不,她抿了抿唇,然后摇摇头,说:"是沈明懿把我安排进来的,平日里本来拍摄也不多……一个月才一两组。"

"还要在沈家老宅打扫卫生,还要在巴黎皇宫任他差遣?"沈清徽接了一句。

江鹊咬唇,有点没法反驳,因为就是这样。

"不喜欢就不来了,"电梯还差一层就到了,沈清徽淡声说了一句,"明懿那边,交给我。"

江鹊脑中又是空白了一瞬,他的声音不大,可是落地有声,让她可以全然信任。

可沈明懿那边……

电梯门打开，江鹊跟着他走进去，电梯里没有人，她声音有点抖："可是……沈明懿……"

她想起来那些不好的事情，想起沈明懿发疯，还有那狠戾的眼神，哪怕他远在几千公里外的西雅图，还是让江鹊从心底发凉。

沈清徽的目光看向她，一双深琥珀色的眼睛平静、淡然，却好像分外专注地看着她。

小姑娘一双眼睛睁大了，有害怕，恐慌，担心。

也是，这样的生活她过了很多年，他才出现了几天？

就像捡到的那只满身是伤的喜鹊，要养好这一身的伤，也非十天半月就能恢复如常。

"江鹊，我是不是昨天跟你说过，"沈清徽看着她，目光里有种类似承诺的坚定，他说，"我是不是跟你说过，我不会让这个世界弄丢你？"

江鹊被他直视着，一下就想到了昨天在广场上，在晚风温柔拂面的时候，他的那句话，随着晚风，被送进了她的心底。

那时，她自我安慰，兴许只是一时的酒意上头，兴许只是一句随便说说，这样的话，她只敢放在心底。

"我是认真的。"

他的声音清朗，却好像化作了一把无形的小锤子，一下敲在她的心上，颤动顺着胸膛蔓延开来。

电梯门开了，沈清徽说："走吧，我们先回去一趟。"

"然后呢，等会儿还要出去吗？"江鹊快步跟在他身后，又接着问了一句。

"嗯，带你出去散散心。"

衬衫随意地搭在他的肘间，他走在前面，江鹊小跑着跟在他身后。

沈清徽看到了地上被拉长的影子，停了脚步，回头看向江鹊，心情似乎也随着她这天真的动作而上扬。

"这么开心？"

"嗯！"

"也不问问我要把你带哪儿去，拐走怎么办？"

沈清徽平日里可不会开玩笑，但是看着她跟在自己身旁，杏眼弯弯，鲜亮的开心就写在脸上，他刚才因为沈邶成而布上阴霾的心情，好像也一下轻松起来。

他闲闲侧头看着江鹊。

小姑娘摇摇头，分外真诚地说了一句："我不信。"

"……"

江鹊看他神色一顿，更真诚地说："你不会把我拐走的。要是真把我拐走了……你对我这么好，我也愿意。"

沈清徽笑了，果然还是单纯，没懂这句"拐走"是什么意思。

但是她没懂这个点，反而让沈清徽觉得更有意思，他哼笑一声说："行，那我试试，能不能把你拐走。"

"沈先生要把我拐走吗？"江鹊一愣，想了想说，"还会把我带回来吗？"

"那肯定会。"

"那不用拐了，我跟着您吧，"江鹊在心里如数家珍，最终有点小懊恼，"我什么都不会，也不值钱。"

"乱说，独一无二的江鹊，是无价的。"

江鹊觉得心里好像藏了一条甜蜜的小溪，顺着心口一圈圈漫延。

可是心脏就这么大呀，那甜蜜汩汩地往外冒，胸腔都胀胀的，最后溢出来，嘴角的笑容更大了。

他们一起走到了沈清徽的车旁，还是那辆黑色的越野。

江鹊自觉地走到了副驾驶，上了车后，沈清徽伸手开了空调。

他的手探过来，虚虚停在她的身前，在试着空调的冷风。

刚才走出来这一小段路，外面的太阳热烈，小姑娘额上出了一圈薄汗，温度太低了，开一会儿就要感冒。

江鹊抿了抿唇,就端端正正坐在副驾驶上,见沈清徵裸露的小臂线条修长利落,隐约没着的青色筋脉都斯文性感,腕骨突兀,戴了一只休闲的腕表。

江鹊也是才发现他穿的是在家穿的那种休闲装,休闲的深色长裤,轻熟的 polo 衫。

江鹊忽地想起这些天。

初遇时裁剪精良的价值不菲的西装,他为她撑着伞,江鹊以为他高高在上,矜贵冷冽。

后来在家里,他只是着休闲长裤与亚麻质的衬衫,也常常穿一些浅色的衣物,总觉得这样的他好像短暂地走下了神坛,是斯文又清矜的沈先生。

他又常年锻炼,身材本就保养得极好,又或者是旅途的阅历与读书的知识沉淀,与他相处的每一分每一秒,都觉得是舒坦而惬意的,像春风。

江鹊忽然也发现,自己是喜欢与他在一起的每一刻。

沈清徵试了试风,不大。

然后他跟她说:"带你去的地方可能有些远,最好多带一些衣服。"

"好。"

江鹊乖顺点头,她对他只有信任,去哪儿都会跟他去。

沈清徵开车,江鹊觉得坐车都不会无聊,其实想聊点什么,又觉得好像自己没有什么话题可以开启。

索性一句话不说。

沈清徵在红灯时看出来她有点无聊。

就问她:"以后打算做点什么?"

这个问题很突然,江鹊摇摇头:"没想好。"

是因为她学历不高,只有高中毕业,又没有一技之长,能选择的少之又少。

"我以前……很想做配音来着,老师说我声音好听,但是……"江鹊有点不好意思,"其实做不了也没什么啦。这个社会,勤快一点,我应该不会饿死自己。"

她倒是还挺乐天派。

"行,想做什么跟我说一声,到时候我给你捧捧场。"

江鹊再次不好意思地笑了,还说以沈先生这个身份来是不是屈尊了。

沈清徽纠正她:"怎么叫屈尊?你自信一点。"

"嗯?"

"要做配音师,就要做最好的,到时候堂堂正正邀请我去给你加油打气。"

"好!"

江鹊坐直了身子,但又瞬间萎靡:"可是这个需要学历呀……"

"倒也不用急一时,等回来后我也帮你出出主意。"

"好。"

江鹊点了点头,好像这是从高中后,自己第一次,要开始往后规划人生了。

"沈先生,我要是找到了工作,我会请您吃饭的。"江鹊踌躇说,"可能没有什么名贵的东西,没有国宴师傅做的点心,也没有什么高档的……"

"礼物贵在心意,"沈清徽笑夸,"我看你汤做得不错,比什么国宴师傅的点心好多了。"

"真的吗?"

"骗你做什么。"

江鹊心里更甜。

江鹊和沈清徽回来的时候刘阿姨在整理家务,他只说了一声要出去几天,刘阿姨应下,还不忘了多叮嘱几句。

沈清徽倒也听着,毕竟刘阿姨也算是一早待在沈家老宅,把他看大的。

"太太那边你去看过没有?"刘阿姨跟他也藏不住话,说,"我从老家回来的时候去了趟老宅,你父亲的身体现在一天不如一天。"

沈清徽上楼把喜鹊的笼子提下来。这两天喂水喂食的，小喜鹊活泛了不少，但是毕竟骨折也不能三两天恢复如常，所以大部分时间还是卧在笼底，睁着一双乌黑的眼睛滴溜溜地看人看事儿。

沈清徽伸手逗弄了几下，刘阿姨就在旁边有一搭没一搭地说。

"你也多去看着点儿，毕竟容信过世后，你才是太太和老爷唯一的儿子，"刘阿姨擦着桌子说，"唐吉玲就算住在老宅，可也没人承认她，更何况沈家公司里的董事，也都是你妈妈庄家的人，但是这狐媚女心机太深了，我想到当年她背地儿偷偷生了沈睿言远走高飞，后来趁着你大哥刚过世，领着六岁的沈睿言回来，把你妈妈气成那样，我都来气！谁看不出来他娘儿俩那心思？"

沈清徽还是伸手逗着鸟，没接话。

"你呀，趁着现在多往你爸爸那跑跑，我看社会新闻，没少看到什么保姆哄骗独居老人扯了证，还哄骗人家找律师做了遗产公证……"

"人各有命，"沈清徽淡然道，"没有人是世界之王，权力也罢，财富也罢，都是过往云烟，生不带来死不带去，好好活着珍惜现在就够了。"

"你这孩子……"

刘阿姨有点气不过，叹口气，说抽时间去医院看看太太。

沈清徽也没接话。

没一会儿江鹊收拾了东西下来，其实她的衣服不多，一个小双肩包就可以装好了。

"刘阿姨，这几天您给院子里的花多浇浇水，这喜鹊您是养不了，我送到周彦那儿去，估计要一阵子才回来。"

沈清徽站起身来。

"行，那你们注意安全。"

沈清徽"嗯"一声，随手从茶几上拿了几块糖和袋装的小点心。

然后帮江鹊拎着手里的包出去。

江鹊跟刘阿姨道了别。

刘阿姨看着两人出去的身影，突然就想起来前不久去医院里，太太还念叨着晏家小姐。

那大概是太太患病后为数不多的清醒日子了。

阿尔茨海默病会让人逐渐地遗忘,庄景月记不得很多事情了,唯一惦念的,也就只有她这仅剩的一个儿子了。

但奈何,从不见沈先生跟人打一个电话,也不见提起一句,更不见带回来吃个饭。

刘阿姨又回想起来,也是,不论是沈邺成,又或者庄景月,还从没人能管得了沈清徽,更应该说,说与不说,沈清徽心里自有自己的一套,他铁了心不听的,谁说都没用。

更何况,身为父母,庄景月和沈邺成,都没有对沈先生上过心。

刘阿姨叹了口气,还是觉得多说也无益了。

江鹊跟沈清徽上了车,她有点讶异,不是要出去几天?怎么不见沈先生收拾行李?

沈清徽说,自己以前常去,那里有自己的套房和衣物用品。

江鹊这才了然。

沈清徽从口袋里拿出来几块糖和点心放到了副驾驶前面的储物格:"要开车几小时,饿了吃点垫垫肚子。"

"好。"

这样万分细致地照料,让江鹊心口发暖。

沈清徽开车去了趟周彦的宠物医院,恰好周彦这会儿没手术,亲自出来接的。

"准备出去?"周彦和他在门口说话,"进来坐会儿歇歇?"

"不了,准备出去待几天,"沈清徽说,"这喜鹊你给我照顾精细点。一天要多喂几次,水也不能断。最好放个安静点的地方。"

"知道了,我亲自给您照顾,"周彦笑着接过笼子,往路边看了一眼,只看到副驾驶上一个姑娘,然后就想起来前几天跟陆景洲几人吃饭的时候隐约听人说了。

说沈清徽身边跟了个姑娘，跟那于小姐倒像一个类型，清纯，看着都是小地方出来的。

当时陆景洲还使了个眼色，让这些人少说几句。

周彦跟沈清徽也认识了十几年，自然也知道那个"于小姐"。只是这于小姐可不是什么好人，做出来的祸端，害得沈清徽好几年都没走出来。

"虽然咱俩是朋友我不该多管你的闲事，"周彦敛了敛神色说，"你可别被有心人利用了，有时候知人知面不知心。"

"我有分寸，"沈清徽淡声说，然后末了来了一句，"她叫江鹊，不是那样的人。要是机会合适，也会让你见见。"

"行。"

沈清徽笑笑，看着周彦把鸟笼提进去这才回了车上。

车开在路上，时间是十点多，沈清徽在路上才说其实是去临江市，也是邻省的省会城市，坐高铁要一个半小时，但是开车就不一定，还要取决于城市里的交通路况。

"要是不堵车，兴许去了能先吃了饭再去看日落。"

"好。"江鹊还没有看过日落。

但是江鹊想起来自己手机上，还有春新镇的一些照片。

正好这会儿还没有离开淮川市中心，车子开得还很慢，江鹊在淮川几乎没有拍什么照片，因为也没去过什么旅游景点。

手机上的几百张照片都是外婆家和后面的山景。

江鹊翻找到几张，趁着红灯的时候递给他看，跟他说春新镇的事情。

比如后山的蘑菇清早刚冒出来，有时候采完了就会化成一摊水。

比如外婆的桃林，夏天的时候结满了桃子，江鹊说自己最喜欢的事情就是坐在桃树底下吃桃子，就着清澈的溪水冲一冲。

沈清徽也耐心地听她说，有时候一侧头，能看到小姑娘笑得明媚张扬，是真实的开心，眼角眉梢都上扬，明亮的眼睛，这还是他头一次见到江鹊这么雀跃。

过了一会儿，江鹊好像觉得自己说的这些东西对他来说可能也太没意思了,然后有点不好意思地笑笑。

沈清徽沉思了片刻:"我也有一段这样的时间,不过那时我还小,尽管事情的动机并不好,但也不可否认那是我人生里少有的一点快乐时光。"

"也有桃林吗?"

"没有,那里有一片苹果园。"

"那……以后要是有机会,我邀请您去春新镇。"江鹊鼓起了勇气说。

"没问题。"他也爽快应下。

车程其实有点久,江鹊后来有点困,沈清徽让她睡一觉,说不定睡醒就到了,江鹊靠着窗户,车子上了高速公路,她眼皮有点发沉。

沈清徽带她去的地方在临江市郊,那里有一片私家庄园,占地面积大,像一处避世的山庄,这里也有不少私家的俱乐部。

他们到地方的时候正好是下午三点。

沈清徽的速度放慢不少,柏油马路,两旁都是郁郁葱葱的草坪。

江鹊睁开眼的时候,还以为这是天堂。

柏油马路没有尽头,连绵到远处。

"这是我和陆景洲投资的度假山庄,这几天带你在这儿好好玩玩。"沈清徽看到她醒了,说,"快到地方了。"

"好。"江鹊看了一眼手机,他开车开了五个小时。

太辛苦了。

车子又行驶了一会儿,终于到了住的地方,是一处位于山林间的二层别墅,像是现代主义概念设计,不规则的正方体玻璃架构,四周是黑色的房顶与墙壁。

这里离市区和喧闹的地方很远,一看就像是个避世的地方。

门口站着的像是工作人员。

见他们下了车才走上来。

"沈先生,房子已经打扫好了,食物也已经备好,有什么需要给我打电话就好。"

"好的。"

那人将一把钥匙恭敬地递过来,然后才上了旁边的露天观景车离开。

江鹊跟在他身后,看他开了门进去,房子的装修风格跟别墅的其实差不多,都是浅色的简约系。

只是江鹊一眼就看到了墙上挂着的相框,这些照片江鹊在那个相册里面见到过。

虽然没有生活的气息,却更像有他住过的痕迹。

江鹊总有一种奇妙的直觉——

好像,她在一点点地走进他的生活,而最让她有些小开心的,是他允许。

沈清徽告诉她楼上有卧室和浴室,累了可以去休息一会儿。

江鹊点了点头,然后拿着自己的包上楼,她想洗个澡,因为上午在影棚里身上也被涂了一些阴影和提亮,想洗了更舒服一点。

二楼一共两间卧室,倒是跟春江玺樾的设计差不多,其他的房间都被打通,但是做成了书房,可是也并不能全说是书房,因为墙壁上还挂着不少看起来像攀岩防护的东西。

江鹊没有仔细多看,就选了对面的次卧放下了东西,然后快速地洗漱,结果吹头发的时候,隐约听到了外面有点声音,江鹊半长的头发都没来得及吹干,小跑着下楼的时候,却看到了沈清徽正从厨房里出来,端着两个白色的盘子放到长餐桌上。

"沈先生。"江鹊小惊呼,好像这更应该是自己做的事情。

"去把头发吹干,然后下来吃点东西。"

沈清徽看她头发还潮湿着,担心山上的风凉,一会儿又害她感冒了。

江鹊又跑回去,但是怕让他等太久,只用吹风机吹了个半干就跑下去。

只是下去之前,江鹊隐约看到了窗户外面,她有点不确定,跑到窗口看了一眼,外面还真是一小片苹果园,已经是7月中旬,树上结了不少果子。

江鹊回想起路上沈清徽说的,说起一片苹果园,可惜江鹊并不知道他的过往都经历过什么。

下来的时候,却见沈清徽站在落地窗前面,似乎正看着外面的风景,听到身后的声音才回身,然后朝着餐桌那边走去。

沈清徽只做了两份松饼,说晚点再带她去吃好吃的。

但江鹊看着盘子里的食物,心底有另一种温暖的感觉。

"沈先生,您以前在这儿住过吗?"江鹊拿着叉子吃,味道很清甜,上面撒了一层薄薄的枫糖浆。

"嗯,十年前,经历过一些不太好的事情,在这里住了很久,"沈清徽拿起了桌上的冷水杯给她倒了一杯水,"有机会,等以后跟你讲。"

后半句让江鹊有点开心,她点点头,还夸他手艺很棒。

沈清徽轻笑一声:"你还是头一个这样说的人。"

"为什么?明明就是很好吃呀。"江鹊不明。

沈清徽抽一张纸巾递给她,然后收走盘子说:"因为你本来就是第一个吃到的。"

江鹊一惊,随即脸上有点发烫,她慌忙用纸巾擦了擦嘴角,还好,沈先生已经去了厨房。

一想到自己是第一个吃到的,江鹊心里的雀跃像一只小鹿在跳个不停。

沈清徽带着江鹊出门,临走前说山上太阳下去后会冷,让她带一件外套。

江鹊想着7月应该也冷不到哪里去,于是只拿了一件长袖衬衫。

沈清徽停顿了几秒,想着也只是去看个日落,估计也不会待太久就回来了。

沈清徽是开车带着江鹊过去的,路上还跟她讲了讲。

说这里是他跟陆景洲投资的度假区,但是因为某些遗留问题现在还没有对外开放。

后面有一个小山,沈清徽给她指了指:"我们去那里看日落。"

"会很难走吗?"车子驶在树林中的小路上,略有一点颠簸,但越野车性能好,曲曲折折的路开得也不太费劲。

"这山只能从东、西两边上,东面陡峭,得借助攀岩设备,西面稍平,我们从西面上。"沈清徽说,"虽然要折腾一两个小时上去,但好在风景不错,以前我常来。"

江鹊对自己的体力和耐力还是挺有信心的,毕竟小时候跟着外婆没少在山上晃。

她认认真真说:"我不会拖您后腿的。"

沈清徽被她这认真的话逗得一笑,随后说:"这有什么,这里算是我的秘密据点,除了陆景洲之外,还没人知道。"

"秘密据点"这个词像一种隐晦的快乐。

让江鹊至少在这一秒,以为自己对他而言是特殊的。

至少,他与她分享了无人知道的地方,还能与他看一场日落。

江鹊心里很高兴。

这条路走到树林的一半就没了,沈清徽将车随便停在了这儿。

江鹊四下环视:"车停在这里可以吗?"

"可以,这里还没有对外开放,也没人过来,马术场和高尔夫那边可能有人,但是距离这里也有十几公里。"

沈清徽对她招招手:"走。"

周围种的这些树枝繁叶茂,高高地撑起一片天,一点细碎的阳光落下来,光影斑驳的很好看。

沈清徽就走在她的左侧,偶尔伸手帮她挡一挡错乱的枝叶。

那座山也不算太高,但看着不算多好爬,石阶很窄,凌空的石壁上还有一些架空的木质吊桥。

路上也多碎石和不知名的灌木,有点像春新镇的后山。

沈清徽走在前面,面前多了一条两步宽的溪流,溪流不深,沈清徽倒是能很轻松地跳过去,但是江鹊有点悬。

沈清徽弯身找了块算是平整的石头扔到中间,踩了一下尚且稳当。

139

他只踩着石头就轻松迈了过去,但是江鹊有点犹豫,她打小就怕水。

尽管面前这条小溪也才浅浅的十几厘米深,但是溪底有滑腻的青苔,一个不稳就容易掉下去。

尤其是小时候,镇子里的老人说,几个小孩失足落水,半米深就能把人淹死。

江鹊看着就有点害怕。

"来,我接着你。"

沈清徽站在对面,对她伸出一只手。

溪流涌动,他的眼神温和地看着她。江鹊知道,自己可以完全地信任他。

她把手递过去,沈清徽便握住了,他的手很有力,掌心干燥温暖,江鹊小心地踩着那块石头,然后往前面跳了一下,但是还是因为自己对水的恐惧,跳过来的时候,那块石头晃荡了一下,沈清徽只往前一带,便稳稳地接住了江鹊。

江鹊撞在他怀里,距离一下拉近,她能够清晰地嗅到他身上浅而淡的檀木味。

溪流汩汩清脆,偶尔有些鸟鸣。

但更剧烈的,是她的心跳。

江鹊大口喘了下气,脸颊有点发烫,是因为那短暂的惊魂一秒,还有落入他怀中时的慌乱。

沈清徽的手拍了拍她的后背,声音很是安抚。

"别怕,我接住你了。"

只是这样简单的一句话,说得很温和,又像是藏着一点笑意。

江鹊很想多贪恋一秒,沈清徽也没有催促她,他的手只是拍着她的脊背,准许她依靠。

可惜日落不能等人,江鹊也不知道登山顶还要多久。

这个并不算拥抱的拥抱,持续了短短的几秒,却让江鹊在心里悄悄地喜悦着。

也是因为沈清徽一边跟她说话一边走路，江鹊觉得很安心。

山路确实不太好走，但好在有他一起。

只是走到半山腰的时候，有一段很窄的路，左边是石壁，右边是悬崖，悬崖边上有两棵粗壮的参天大树，江鹊看了一眼，茂密的根茎半露着，牢牢地攀附着崖壁。

江鹊有一点点恐高，只看了下面一眼，就觉得有点怕，然后跟在沈清徽的身后，快步从这段小路上走了过去。

前面的路更好走了一些，有沈清徽在身旁跟她讲一些事情。

其实都不是什么大事情。

只是什么——

"8月的时候苹果园里会结不少苹果，你有空的话我带你过来。"

"这冬天的景也不错，山上可能会下雪，不过你们岱省雪应该更常见。"

江鹊也能接上话，说北方的雪很漂亮，但是这两年也没怎么下，不过也可能是自己每回回去只能待三五天。

沈清徽倒是说有空也可以带她回去，江鹊有点不好意思，说太远了。

沈清徽反而说："那就当你邀请我去看牡丹花。"

"好。"江鹊高兴，说自己家乡也不只是牡丹好看，那里还有很出名的景点。

沈清徽故意放慢脚步，听江鹊说话的时候总禁不住心神舒适，也说不清是因为什么。

这里远离市区，甚至远离淮川的林中别墅，在很长的一段时间里，都是他独自一人的避难所，他在这里远离喧嚣，远离一切。

连助理程黎都不知道这一处地方。

而现在，他将江鹊带到了这里。

小姑娘那点心绪，怎么能看不出来呢？

亮起的眼神，藏起的慌乱，还有有点闪躲的视线。

甚至是昨夜的那句小声又怯懦的晚安。

沈清徽鲜少有这样浮躁不安的时候，他的世界并非如她那样干净澄澈，他甚至不知道，如果有一天江鹊跨入了他的领域，又是否还会像现在这样。

欢喜地跟他分享，眼里是羞怯却又澄亮的光。

至少现在，他试着引她走入他从不会与人分享的秘密地方，予以她接受或拒绝的选择。

沈清澈跟江鹊走走歇歇，终于用了两个多小时才到了山顶。

山顶不算大，但这里有一块巨大的石头，沈清澈扶着江鹊将她带上来，他姿态闲散地坐在石头上。

远处是山洼，绿林的顶端没在云层中。

这会的天气尚且一般，好像有一点隐约的阴沉，一点薄云挡住了太阳，所以那亮得耀眼。

江鹊知道，沈先生说带她来看日落，就一定会有日落。

江鹊坚定地相信他。

"要是今天阴天，看不成，怎么办？"

沈清澈侧头看了一眼，小姑娘就伸着腿坐在身旁，眼睛仔仔细细地看着远处的云，好像在等着那云散开。

"那我还是相信您说的。"

——可我又不是老天爷，哪能决定云过是否有日晴？

——可我也会相信你，你说什么就是什么，黑的白的我都愿意信。

沈清澈寂静地看着她，江鹊也眨了眨眼睛，最终有点不好意思。

沈清澈只觉心口有什么在苏醒。

两人静静地坐在一旁，偶尔有点风声，吹动着下面的树枝。

沈清澈喜静，但更多的是为了逃避什么，然而越逃避越会让他心神意乱，甚至开始长久地失眠，或许只有在这样的片刻里，沈清澈才真正地享受到片刻的安静。

而这是因为——江鹊在身边。

"沈先生，太阳好像快落下了——"

江鹊语气隐隐雀跃，沈清澈抬起头，果然，遮挡的薄云散开，太阳仍然明亮，只是远处的天边渐渐暗下，是雾蓝色的云，可落日明亮，穿透了云层，像一束光。

太阳周围的云朵都被染成亮色与浅橘色的渐变。

"曾经有过一个命题，说，山林中的一抹光，你怎么知道那是光破了云，还是其实只是一缕灰？"

沈清徽静静地看着远处破开云的光。那一缕光处，隐隐有着晃动的尘埃粒子。

江鹊也没有说话，她目光专注地看着远处的天际。

总觉得，这话里有话，可江鹊猜不透。

江鹊静默了好一会儿，沈清徽也不再继续说，她转头看了一眼，沈清徽神色淡然，屈着一条腿，手搁在膝盖上。

很淡漠，像距离她很遥远的月亮。

记得也有人说，月光是光，却冰冷。

可月光也是被折射的日光。

"沈先生，您想问什么呢？"

江鹊默了几秒，还是轻轻开口。

远处的太阳在下降，在一寸寸没入深色的云层，周围的夜空也渐渐变深。

"江鹊。"

沈清徽转头看着她，发现江鹊也在看着自己，安安静静的，却又认认真真的。

他轻声问："那你觉得，我是光，还是一缕灰？"

"沈先生当然是光，"江鹊一字一字回，"也是必选题。"

听到这答案，好像意料中，又好像意料外。

他轻笑一声："怎么就是光了呢？"

"因为你善良呀，你对人对事都有风度，你还会鼓励我，还会夸我……"

"那我要是没有鼓励你夸你呢？"

"那你在那个暴风雨夜把我带回家了呀。"

"那我要是没捡到你？"

"那你也是一个善良，有风度的人，"江鹊看着他，鼻子抽了一下，"可能不是我的光了，是别人的光。"

这个答案是预料之外。

沈清徽觉得自己的心口好像猝不及防地被什么撞了一下。

他三十五年来，鲜少有这样感性的时候。

他以足够的理智面对工作、人际，乃至于所有的感情。

现今，看着这双坚定的眼睛，他忽然觉得自己过往认知的一切都坍塌了。

契诃夫有句话说，冷漠无情，就是灵魂的瘫痪，是过早的死亡。

她的出现与坚定的选择，拯救了他的死亡，又或者在死亡的半途中将他唤醒，重新将他带回了人间。

"江鹊，我今年三十五岁了，你今年才二十岁。"

这句话他说得很轻，像随风就能吹远了。

后半句其实没说，总觉得不说，还能尚且留下一点回旋的余地。

江鹊眨了眨眼睛，一颗心在胸腔里雀跃，又汹涌地跳着，一下又一下，激烈地撞着，还没开口，眼睛先酸了。

她明明只是误入了他的花园，可以将这一切当成一场绚丽又悱恻的梦。

可有一天，他对她伸出了手，邀请她进入他的孤岛。

"三十五岁怎么了……"江鹊再开口的时候，声音有点抖，像不知道该要作何反应。

"不能带你体验很多东西，错失了十五年？"

沈清徽想了想，时间最是留不住，他从不觉得三十五岁是老了，可遇到这样一个年轻鲜活的生命，当他意识到他正在为此悸动时，突然想到，他们之间相差着十五个春秋。

要是他先走一步，江鹊还要独自活数十载。

又转念一想，他想得太久远了。

"那您还是带我去滑滑板了，"江鹊诚挚地回答，"那我想做的事情，您是不是又会陪我去做呢?"

"会。"

"那三十五岁怎么了?"

听小姑娘这句反问,终于把沈清徽逗笑了,到底是应该说她太单纯还是怎么?

"江鹊,如果不喜欢,随时告诉我,"沈清徽也是仔仔细细地跟她说,"哪怕是对我。"

不喜欢他,或者不喜欢任何事物——他都给予她叫停的权力。

只因为她是江鹊,是他尊重且一点点鼓励着的、想要守护的小姑娘。

哪怕有一天她想飞走,他也会送她去最辽阔的天空。

江鹊点了点头——

明明什么都没有承诺,可是却有一种直觉,他打开了一扇门,在允许她进入。

而她为此,心花在绽放。

沈清徽跟江鹊看完了日落,天色渐深,这附近又没什么灯火,所以路有点不太好走。

上山容易下山难。

况且日落之后,这里的气温也低了不少。

江鹊裹了裹身上的衬衫,这里还是有点风,每回走到坎坷陡峭的地方,沈清徽就停下脚步特意接着她。

走回去的时候还算顺利,但是到了那处狭窄的悬崖处,沈清徽的脚步顿住了。

江鹊正在后面慢慢走,见沈先生停住脚步,她一看,也愣住了。

这边是一条极其狭窄的路,来的时候她还特意看了一眼,一侧是石壁,另一侧是陡峭的山崖,当时伸头看了一眼,下面是碎石与一茬茬的灌木,断崖上长的那棵树实在太粗、太高了,看着都让人心生害怕。

而现在,这棵树拦腰断了,狠狠地砸在了石壁上,将唯一一条窄路死死地堵住了。

断掉的那茬极高,比一人都要高,参差尖利的碎木,还有石壁上滚落的碎石。

江鹊也呆住了。

沈清徽神色一冷,一眼看过去,断层的一侧有被劈砍过的痕迹,这树就是被人为砍断的,故意横截在这儿,将他们堵在这山上。

这山只有两面可以上下,堵了这边,另一面都是悬崖峭壁,没有专业的攀岩设备根本无法下去。

而这个地方,只有陆景洲知道,但是陆景洲是他相识了多年的兄弟,肯定不会做出这样的事情,唯一的解释就是他到这儿来,被什么人看见了。

沈清徽站在树前,蓦地好像想到了什么。

"沈先生,我们怎么下去呀?"江鹊站在他身后,小声问了一句。

还是挺担心的,毕竟天越来越黑,现在还刮着风,大概也能猜到山上的晚上肯定还要降温。

况且江鹊也想起来,沈先生之前说这里还没有对外开放,来的时候也没看到几个人,这可怎么下去?

但是因为在沈清徽的身边,江鹊总归是没有那么害怕。

沈清徽从口袋中拿出手机看了看天气,今天夜里有一场大雨,眼神不由得更冷,看起来这根本就是故意的。

这里又是一片荒山与树林,更不会有摄像头这种东西。

做这事的人,不是想把他困在山上,就是想给他点教训。

沈清徽眼神越发阴冷,山上的信号也断断续续。

"能下去的,先去找个地方歇着等人来。"

沈清徽收了手机,眼下还带着江鹊,他沉思了几秒,往下是不可能走的,只能回原处等人救援。

沈清徽看了一眼手机的信号只剩两格。

能回的地方只能是山顶,尚且算是显眼一点。

只是山顶也不能待太久，毕竟晚上还有一场大雨。

重新走回山顶的时候已经是晚上八点多了，放眼望去，周围一片或深或浅的黑，连一点灯光都不见，要是把她一个人扔在这儿，她肯定要被吓坏了，但是因为沈先生也在，江鹊一点都不怕。

沈清徽让她在一处背风处坐一会儿，拿着手机看了看，信号在一格两格上来回跳。

沈清徽思索了几秒，要是打救援电话等人赶过来也有点不太及时，陆景洲肯定是在这个度假山庄里，他前几天还说弄来了几匹马，邀他过来看看。

沈清徽往边上走了走，信号终于往第三格上跳了跳。

他给陆景洲打了电话，隐约听见陆景洲那边似乎在吃饭，隐约听见点交谈声，陆景洲起初以为是沈清徽也要过来，结果听到那边断断续续几个字，不由得心生警惕。

他拿着手机从饭局出来，去了隔壁没人的房间。

"怎么回事？你在哪儿？"陆景洲听得不真切，只隐约听见几个字，什么山顶，过来。

陆景洲起初不太明白这一通断续的电话是不是沈清徽拨错了，但是转念想到沈清徽拨错号码的概率为零，正在犹豫思考这是什么意思，结果抬眼看到窗外，天气阴沉下来，似乎今天夜里有一场降雨。

陆景洲当机立断，给程黎拨了通电话，让他去查查沈清徽的位置，程黎有点纳闷，因为沈清徽的私人行程根本不会告知自己，听着陆景洲的口吻有点急切，程黎立刻去办。

没多会儿回电过来，说是车子的定位在庄园的一片银杏林那里。

陆景洲当即就明白了。但他觉得沈清徽被困在山上的可能不大，毕竟沈清徽有多年的攀岩经验，况且助理给他钥匙的时候还说了沈总带了个姑娘。不出意料是带着江鹊。

陆景洲在原地思索了片刻，跟助理说："我走了之后，你盯着点饭桌上的人，谁打了电话都记下来，还有，找个借口，后天前谁也不准走。"

"好的陆总。"

"嗯。"

沈清徽跟江鹊只能在山顶上等着人来,天色已经是一片黑沉,尤其这里地处偏远,江鹊开了手机的手电,但是一看手机仅剩百分之二十的电量,江鹊还是关掉了。

她的手机也没有信号。

"饿不饿?"沈清徽是跟她坐在那块看日出的石板上。

江鹊摇摇头。

"早知道还是提前带你来看日出好了。"

"有您在,我不怕黑。"

江鹊听出了他语气里有点遗憾,然后小声回了一句,可能是因为山风太冷了,吹得她的头发都在乱舞,说到后面声音有点战栗。

沈清徽觉得在这儿越坐越冷,而且小姑娘胆子也不大,想了想,记起来朝南那面以前有个果园,之前这山是附近一个村民承包的,现在不知道是什么情况。

"走,咱们去走走。"沈清徽先站起来,将手递给江鹊。

江鹊的手被风吹得冰凉,沈清徽握着没松开,只是这回不能问她冷不冷了,因为他身上也没有带一件外套。

江鹊乖乖地任由他带着走,天色实在暗得厉害,都有点看不清楚脚下的路,江鹊踩到了一块不结实的石头,差点就要滑下去,多亏了沈清徽还牵着她的手,他腾出了另一只手揽住了江鹊的腰往上一带,将江鹊稳稳地揽在了怀里。

虽然视线不好,但是能听见那块石头咕噜噜地滚下去,江鹊的额头上沁出了一层薄薄的冷汗。

"那边有个桃林,我们过去看看。"

再往前走路就平坦一点了,皎洁的月光尚且落下了一点光芒,桃林外面只有一圈矮矮的石头围栏,轻轻松松就能跨过去。

江鹊就跟在沈清徽身后,他站在桃树下弯着腰,桃树本来长得就不算高,茂密枝叶和桃子把树枝压弯,他随手从上面摘了两个大的,桃林附近有一条小溪,月光下泛着粼粼清透的水光。

他弯腰在小溪里清洗了一下,然后走回来,跟江鹊就坐在桃林外面的矮石围栏上。

江鹊怎么都想不到,有一天自己就跟他在这荒郊野岭啃桃子。

这可太超出江鹊的认知,以至于脑袋里面想到一些画面竟然有点想偷笑。

"笑什么?"沈清徽姿态随意,就算是"偷摘"了两个桃子,这吃相也优雅自得。

江鹊咬了一口水蜜桃,忽地想起之前在工作室里有姑娘在看《甄嬛传》。

皇帝说了一句,嬛嬛,你还有什么样的惊喜是朕不知道的。

难得看到他做出这样的事情。

"有点出乎意料。"

"意料外的事情多着呢,等以后带你慢慢看。"

江鹊抿唇笑了,这个桃子入口酸甜。也不知道为什么,在他身边,每一分每一秒,哪怕是在做最无聊的事情都让她觉得分外雀跃。

夜空上浮着薄纱似的云,偶尔有几颗星星一闪一闪。

江鹊与他并肩坐在这里,看天上的星星。

江鹊忽然想起一件事:"沈先生,等我回去之后,我可以麻烦你一件事吗?"

"你说。"

"我想托您问问佳思的墓地在哪儿。"江鹊有点不好意思,"佳思是我唯一的好朋友。"

"没问题。"沈清徽答应下来,这倒是小事一桩,但是阮家的人闹来闹去,也不知道这件事情什么时候结束。

江鹊笑了笑,终于心安。

桃林遮挡了大半的夜风，树叶被吹得哗哗响。

终于熬过了几个小时，江鹊眼尖地看到了山下面一闪而过的手电光。

有人在喊他们的名字。

"这边这边——"

江鹊跑到边上，手围在嘴边喊了几声，也不知道那些人能不能听见。

沈清徽看着江鹊的背影，借着一点月光，她的身影清瘦，才刚带她来的第一天就遭了这事，也不知道以后还要面对多少的未知。

甚至也不知道，这个姑娘到底够不够坚强。

沈清徽从来都不会对人承诺什么，但是一旦说出口的，他一定都会做到。

那边的人好像听到了江鹊的喊声，手电筒的强光往这边扫了扫，江鹊确认那些人看到了自己，这才松了口气跑回来。

"沈先生，我们可以回去了！"江鹊眼睛弯了起来，但是看着沈清徽依旧坐在石头上，不知道在想什么，她弯了弯腰，以为他没听到，开心地晃了晃手，"沈先生！"

沈清徽这才晃过神来。

看着下面乱晃的手电光，沈清徽也猜到是陆景洲带人过来了。

二人时光还剩下短短的片刻。

沈清徽忽然抬起头，盯着江鹊的眼睛。

清浅的一点月色，江鹊的面庞清晰地映在他的瞳眸中，风声好像有片刻止住。

"会后悔吗？"他突然问了一句。

会不会在以后的某天后悔——或是因为未曾预料过他曾经经历的沼泽与黑暗，或是因为发现当他走出幻想后也并非那样淡然，又或是因为她年纪尚小，不足以面对一段注定不会顺利的感情？

她才二十岁，要是没遇上他，以后遇见张三、李四——这么乐观又通透的一个姑娘，一定会有更顺遂的人生。

江鹊弯着腰还没有站起来，清晰地听到他问了这么一句。

江鹊的睫毛动了动，视线想要退缩，可也退不到哪里去，于是晃了晃，落在了他眼角的那颗小泪痣上。

很浅很小，可是在他的眼角，又是格外地温柔。

"那您会后悔吗？"

江鹊也轻声问了一句。

他们之间，从来都不是同样的平起平坐，江鹊忽然想起那天在那个温泉酒店里看到的那个女人，优雅的长鬈发，裁剪利落设计简约的连衣裙，笑起来的时候也并非那样真切，但是她很漂亮，很有气质。

那天江鹊想，能够站在沈先生身边的一定是那样优秀的女人。

她只是小心地贪恋，却又被他这样放在手心地对待。

让江鹊很容易迷失自己。

——他原本可以选择那些远比她更好的人。

沈清徽笑了笑，然后对她伸出一只手："拉我一下，腿麻了。"

江鹊乖乖伸出手递过去。

沈清徽一借力站起来，腿麻是假——

沈清徽拉着江鹊的手往怀里带了带，为她遮挡住刮起的大风。

"那希望以后你也不会后悔，"沈清徽的声线贴着她的耳畔说，"至少，我不会留给你后悔的机会。"

二人下去的时候，拦路折断处已经来了不少专业救援的人，陆景洲也站在其中。

这棵树在这里起码有几十年了，树干异常粗壮，陆景洲本来只带了几个人上来，结果发现这么粗一棵树拦腰断了，上面还有残留的砍痕，大致就猜到什么了。

这山上本来就没什么好走的路，找吊车也没地儿停，因为这里还没对外开放，所以停机坪尚未完工，私家直升机也没过来。

只能又折返回去多叫些人，把这树小心地推下去。

"你们没事吧？"

陆景洲看见沈清徽和江鹊衣服尚且干净整洁，顿时也就松了口气："怎么跑这儿来也不和我说一声。"

"没事。"

沈清徽对陆景洲伸了伸手："外套。"

陆景洲一愣，这才反应过来。

山风到底吹得太冷，江鹊的脸都被吹得发白，手电光照着，唇都有点发紫了。

陆景洲将自己的外套脱下来递过去，沈清徽披在了江鹊身上。

"这谁干的？"陆景洲走在前面，还一步一回头，一看就知道这是故意的。

"猜到了，但是没证据。"

沈清徽淡声回了一句，然后小心地扶着江鹊，说："小心点，这里碎石头多。"

江鹊应了一声，因为穿的是一条短裤，露在外面的一截小腿被风吹得冰凉，下山之后人才舒服了一点。

陆景洲特意开来了一辆车，要把他们捎回去的时候，沈清徽说了一句等会儿。

但是怕江鹊冷，还是先让江鹊上了车，说自己去前面看看就回来。

江鹊点点头。

陆景洲跟着沈清徽往前走，车灯亮着，照出一片光明。

前面就是那片银杏林，沈清徽看到了停在路上的越野车，他从口袋里拿出手机，打开了手电。

弯腰，蹲在车轮胎前面。

"你在看什么？"

陆景洲不明所以，也凑过来看。

然后就看到了车轮上扎着好几个钉子，车子后轮更是矮下去一截。

这么开出去，车子必定抛锚。

开车来的时候因为路上碎石头多，车开得很颠簸，也没太往心里去，结果看到那棵拦腰断的树，这才让沈清徽多了个心眼。

陆景洲骂了一句，偏头一看，沈清徽脸色依旧平静。

"先回去吧，"沈清徽丝毫没有发怒的迹象，只是问了一句，"你说，老宋那个赛马，是什么时候？"

"后天早上。"陆景洲问，"你怀疑是他？这庄园不对外开放，在这里的人都是登记了的……"

"要真是他，又能留下什么证据？荒郊野岭的，"沈清徽站起来，将车钥匙递给了陆景洲，"明天找人把车拖走。"

"行。"陆景洲应声，然后说，"你开我那车回去吧，我现在就找人拖走，我跟他们回去。"

"谢了。"

"谢什么，当初在雪山上不也是你救了我一命？"

沈清徽笑了笑，拍拍陆景洲肩膀才走。

"没事吧？"

江鹊终于暖和过来了，看着沈先生走过来，不免有点担心，视线又看向那辆停在那里的越野。

"没事，车子出了点故障，"沈清徽开玩笑说，"这个日落看得很不愉快。"

"挺、挺愉快的……"江鹊讷讷地回答，有点不好意思说下去。

因为有他在身边，还有那一颗清甜的脆桃。

沈清徽从前视镜看了她一眼，江鹊又垂下视线，齐刘海，乖乖顺顺。

沈清徽忽然觉得心情倒也没那么差了。

开车回去后，一看时间都折腾到半夜十二点了，二人还没吃饭。

沈清徽打开冰箱看了一眼，冰箱里食材倒是新鲜充足，但是太晚了，也不想在吃饭上花费太多时间。

遂只加热了几片吐司，煎了鸡蛋，放上生菜和金枪鱼罐头，勉强做了个三明治。

江鹊在吃饭时候才看到了沈清徽右手上多了几道细细的红痕，估计是被桃枝划到的，吃过饭后，江鹊主动承包了洗碗的工作，沈清徽正好趁这会儿上楼冲个澡。

江鹊收拾完后，去了二楼的书房翻了翻，找到一瓶碘伏和棉签拿出来。

晚间的林中别墅，十分安静，哗啦啦的水声都听得清晰。

江鹊特意等了一会儿，才敲了敲门。

"门没锁，进来吧。"

江鹊这才推开门进去。

沈清徽刚洗完澡，头发仍然半湿着，身上也只是披着藏蓝色的浴袍。

江鹊觉得这好像不是个好时机，但是都进来了。

"沈先生，您手上的伤口还是处理一下吧。"

被树枝划了，尤其是夏天，伤口处理不好容易发炎。

沈清徽起初没有注意到这个伤口，是洗澡的时候突然刺痛了，才看到了手肘上的红痕。

"好。"

沈清徽接过来。

江鹊问他明天什么安排，沈清徽说没有安排，不过后天早上有安排。

江鹊点点头，不过在他说话的时候，江鹊的鼻子痒了一下，她忍下了要打喷嚏的冲动，结果声音有点瓮声瓮气。

估计是要感冒了。

沈清徽的手机响了一声，他拿起来一看，是陆景洲发过来的信息。

江鹊也跟他说了晚安，再回了趟书房翻找，发现应急箱里的感冒药正好都过期了。

江鹊忽地想到了可以煮姜汤。

江鹊趁着煮姜汤的这个时间，就在别墅的客厅里闲逛着。

然后看到了客厅里的那面照片墙。

上面挂着很多沈清徽年轻时的相片，江鹊突然看到一张，脚步停顿住。

那是还年轻的沈清徽。他站在一栋山区的教学楼前，旁边有另外几个穿着朴素的中年人，这张照片看起来至少有十年历史了，照片都显得有些旧，下面的空白处，有一行手写的字——

"致谢沈先生。"

后面的几个字是一个山区的希望小学，江鹊也只在以前的新闻上看到过这个村庄的名字。

她越发觉着，沈清徽就是一个很善良的人。

江鹊喝完热乎乎的姜汤终于感觉身上也热乎起来了，她收拾好了厨房准备上楼睡觉，结果刚上了楼梯，沈清徽的房门打开了。

江鹊定住了脚步："沈先生，您还不睡呀？"

"嗯，睡不着。"原本，其实是不准备这样说的。

他刚才收到了陆景洲的短信，心生戒备，哪怕是为了安全，也准备让江鹊到自己房间睡。

只是沈清徽忽然发现，好像这需要一个借口。

"那我跟您说说话？"

——借口来了。

沈清徽默许了。

这个房间也很大，仍然是一整面落地玻璃窗，外面就是郁郁葱葱的树林和一小片苹果园。

这隐于世间的林间别墅，好像将所有的一切都隔绝。

有些隐秘的情绪，就在心间一点点放大，晦涩又胆小的心动，只敢在无人的深夜开出一点花来。

江鹊的视线看着玻璃窗外，可是玻璃窗上也映着沈清徽的身影。

他坐在单人沙发上看着手机，似乎在回消息。

江鹊的视线就看着玻璃窗影上的他，回想起下午时他说的那一句——

"江鹊，我三十五岁了。"

像一句叹息，又像是一句平静不过的陈述。

她是不敢深想的，总觉得这种话里好像藏着别的意思。

可是她又不敢兀自揣测。

只是又在这一会儿想到某个片刻祁婷说的一句话。

那会她在包间外打扫卫生,在洗手间里撞见了被客人灌酒的祁婷。

祁婷长得很漂亮,腰细腿长,五官美艳动人,就算是化着不符合年龄的妆容,也有一种娇憨感。

那阵子,江鹊只隐约听说有个什么老板在追求祁婷,没少往巴黎皇宫送东西。

什么名牌包、玫瑰花、首饰。

后来在洗手间撞见祁婷的时候。

祁婷是把江鹊当作朋友的。

"我们永远玩不过那些混迹商场的三十多岁的老男人,他们谈吐好,气质好,让你以为他非你不可了,结果到头来你猜怎么着,"祁婷神色嘲讽,"人家已婚了。"

她没少见巴黎皇宫的女孩"谈恋爱",她们都渴望攀上一个有钱男人。不愿跟着年轻男人奋斗。

三十多岁的男人,和二十来岁的小姑娘,彼此好像天生有一种近乎暧昧的徘徊线。

江鹊并不觉得沈先生也是那样的人。

她是纯纯的自卑和怯懦,她不漂亮,没有好相貌、好身材的资本,也没有内涵,沈先生对她却又这样好,她有时也会真的茫然无措。

"困吗?"沈清徽不知道什么时候放下了手机。

陆景洲说今晚把人看住了,给他别墅这儿安排了保安。

沈清徽这才放下心来。

江鹊摇摇头。

沈清徽坐在椅子上问:"看不看电影?"

"可以吗?"江鹊有点疑惑,抬头环视了一圈。

好像也没看到投影仪。

"带你去个地方,"沈清徽站起来,然后笑着说,"放心,不会带你出去了。"

"好。"

沈清徽带她下楼，走到一楼的时候，沈清徽从口袋里拿出来一把钥匙。

在客厅一个不起眼的角落，那里有个一人多高的置物架，上面摆放着不少小玩意，看起来像是收藏品。

沈清徽将一把钥匙插进一个黑色的小盒子里，"咔嗒"一声细碎响声。

然后置物架晃动了一下，好像变成了一扇暗门。

沈清徽推开那扇暗门，后面一片黑暗，好像隐约能看到一条旋转楼梯没入黑暗。

"来。"

沈清徽走在前面，将手递给她，另一只手打开了手机的手电。

或许是因为真的很久没来过，空气中还浮着一层尘埃粒子，在手电筒的光束下飘浮着。

楼梯上也是一层厚厚的积灰。

江鹊怕黑，一只手被他握着，她的另一只手也小心地攥着他的手腕。

"别怕，我走在你前面。"

沈清徽察觉到，他一边放慢脚步往下走，一边回头用手电照着江鹊的脚下。

一直走到旋梯的尽头。

那里有一扇木门。

沈清徽拿出钥匙开门。

然后随手按开了墙壁上的灯。

真的是一间私人影院，深灰色的墙壁与地毯，两侧是木质的书架，上面整齐地放着无数的光盘，巨大的屏幕前是一张双人沙发，旁边还有一个迷你的酒架。

江鹊觉得很神奇，她慢慢走了一圈，发现这里还自带一个洗手间和浴室，还有一个迷你冰箱，只可惜里面只有一些冰镇的饮料。

橱柜里还有一些泡面——看起来，好像这里也能住。

"沈先生,这里是……"

江鹊有点不确定,好像也想不到,他会住在这里。

"有一阵子,我把这里当成了家。"沈清徽神色淡淡的,很平静。

江鹊暗自讶异,视线环视着看了一圈,这个影厅也就三十多平方米,自带的洗浴间也很小,只有淋浴和马桶。

要说能睡觉的地方,也就只有影厅里的这张双人沙发了。

江鹊怎么都想不到,沈清徽蜗居在这里,又联想到他的失眠,只能大致猜到,肯定是有心结的。

记得十六岁刚到淮川时,江鹊失眠了好几天,被外婆知道后,外婆给她打来电话,一直追问她怎么了。失眠肯定是因为心事儿呀。

江鹊以为自己可以扛下来,结果还是某天深夜悄悄给外婆打了电话,她躲在被窝里小声哭着,说在学校里功课好吃力,跟同学们格格不入,江振达打她……

心结总要打开,才会好受一些。

江鹊抿了抿唇,还在心里酝酿着自己应该说点什么,可是好像有些话怎么说都有点不对味。

"去选一张。"

沈清徽扬扬下巴,然后径直去了冰箱前拿了两瓶可乐。

一看保质期,还有两个月到期。

两面落地的架子,密密麻麻放着几百张碟片。江鹊随便抽了一张,看上面印着的图片好像是谍战动作片,她又放回去。

沈清徽出来看她抽了好几张都没选出来,说:"右上第三格应该是你感兴趣的。"

江鹊抬头看,伸手发现够不到。

沈清徽走过去,随手帮她抽下来几张。

房间并不算大,灯也是藏在天花板吊顶里的暗灯,光线朦胧,他离她很近,一点檀木与薄荷的味道钻入她鼻腔,像雨后潮湿的雾气,沿着树林一寸寸蔓延。

沈清徽递给了她几张影碟，指尖相碰，他刚拿过了冰镇的饮料，沾染一丝潮湿、冰凉。

江鹊接过来，看到都是之前自己在微博种草过的电影，的确都是女孩子会喜欢的类型，只是这种欧美文艺电影，倒是没想到会出现在这里。

"我还没看过这些，在国外逛碟片店随便买的，看起来不错，"沈清徽笑着说，"都放在这儿很多年了。"

江鹊选了一张。

片名不是大陆版本的翻译，叫《杀手莱昂》，另一个名字耳熟能详：《这个杀手不太冷》。

一个家破人亡的少女玛蒂尔达，和一个冷酷无情的职业杀手莱昂。

还被凶狠残暴的史丹菲尔追杀。

莱昂教她用枪，玛蒂尔达教他识字。后来玛蒂尔达孤身去找史丹菲尔报仇却被抓，莱昂救出女孩并让她逃生。不得已之下，为了保护玛蒂尔达，莱昂引爆了身上的炸弹。

江鹊看得眼眶潮湿，觉得这并不是最好的结局。

画面黑下去之后，江鹊和沈清徽并肩坐在沙发上。

江鹊有点堵心，说不好是因为这个悲剧的故事，还是因为多少有那么一点让她联想到现实。

莱昂爱喝牛奶，话不多，他是个冷漠的杀手，玛蒂尔达敲响他的房门，鲜活的生命出现在他的生命中，打破了他的宁静。她是他杀手生涯中的包袱，却也给他枯燥的生活带来了乐趣和生机。

电影里，玛蒂尔达跟莱昂说，自从遇见你后，我的胃再也不痛了。

遇见沈清徽后，至少在遇见他的日子里，江鹊再也没有担惊受怕。

可是她又有多少次害怕，害怕现实里的云泥之别，更害怕在心动过后是一段无疾而终的结局。

沈清徽更是一言不发，倒也没想过，跟江鹊看的第一部电影，就是以悲剧收场。

要是迷信一点，这不是个好兆头。

玛蒂尔达闯入莱昂的生活中，江鹊也在某天猝不及防地出现在他的生活里。

他们之间，好像有无数个史丹菲尔，又或者说任何一个人都是史丹菲尔。

他不是一个年轻的男人，他有能力保护好她，可他要考虑的从来都不是感情冲动时的那一刻有多美好，他是理智的。

可思来想去，沈清徽在意的，是江鹊进入他的生活，见到了真实的他后，是否还愿意留在这里呢。

沈清徽低头看了看，江鹊好像侧头睡着了，睫毛上还有点濡湿。

大概也是今晚吹了太久的冷风。

——遇见你之后，至少，他能够短暂地睡上一会儿了。

那些总在午夜时密密麻麻缠绕在心口的心魔，也终于可以短暂地消停一会。

沈清徽不忍叫醒她，最终弯腰，将江鹊打横抱了起来。

走到二楼的时候，沈清徽脚步暂顿了几秒，左边是她的房间，右边是他的卧室。

就像几天前拨出的那通电话——

在漫漫的人生途中，做出一个决定，甚至于转了一个方向，都会在未来某刻发生巨大的转变。

是出于私心，是情感战胜理智。

沈清徽视线落在江鹊的身上，足足停留了几秒，一张脸干干净净，有点哭过的痕迹。

他想有个牵挂，也想每一天都有一句晚安。

第四章

只属于
他们的圣地

TENDER IS THE
SPRING

听到关门声的时候，江鹊在那一刻以为故事就在某个地方戛然而止。

沈清徽把她送回她的客房，于是明天，一切好像回到原点。

江鹊是在沈清徽将她抱起来的时候醒来的，可是她没有睁开眼睛，出于贪恋的私心。这会儿，江鹊小心地睁开眼睛，却发现并不是那间客卧。

江鹊呆愣一瞬，下一秒房门又被推开，江鹊又匆忙闭上眼睛，地上铺了一层柔软的针织地毯，听不见什么声音，只觉得好像过了一会儿，大床的另一侧动荡了一下。

这只是一张普通的双人床，距离也好像一下被拉近。

窗户大概没有关，一缕夜风吹进来，林中的风阴凉微潮，江鹊不由得动了动，然而下一秒，她身上的薄被被他向上拉了拉。

大概因为吹了风，其实有点头晕，江鹊短暂地闭了下眼睛。

陷入了一个短暂的梦境——

玛蒂尔达的公寓变成了她家，一片杂乱，狭小破旧的房子，总是擦洗不干净的厨房，随意摆放的碗碟打碎了一地。

有人在骂她，有人在打她。

沈明懿突然推开了房门，江振达和江志杰跪在他的脚下乞求，然后视线转到她的身上。

有人把她拖过去，沈明懿拽着她的头发，逼着她仰视着他。

有人在起哄，破旧的房子又变成了纸醉金迷的包间。

她被扯着头发灌酒，被人往沈明懿身上推。

不是没想过逃跑，梦境里的场景在变幻，她一路奔跑，跑回了小小的春新镇。

却看到沈明懿倚靠在外婆家的木质门框旁，手里把玩着一个打火机。

大火舔上了她的裙角，她被吞入火焰，就像电影结局里那个爆炸的房子。

江鹊猛地睁开眼睛，心跳如雷，额头上出了一层薄汗。

偏头一看，正对上他的眸子。

黑夜里，依旧沉静。

这房子里没有檀香条，仅存的一点檀香的味道，还是他身上的浅淡气息。

这让江鹊的心静下来，刚才的噩梦让她心有余悸。

江鹊张了张嘴，忽然不知道能说点什么。

沉寂的夜晚，窗帘半掩，外面斑驳的树影落到天花板的某处，随着风晃动。

羞怯像被装在玻璃罐子里的草莓，没有氧气，在发酵。

"做噩梦了？"

沈清徽偏头看她，摸了摸她的额头。

干燥温凉的掌心，带过来的清浅味道。

江鹊鬼使神差地伸出了手，轻轻握住了他的手腕，往下带了带。

他的手很修长，骨节分明，触碰的时候，一点点温热沾染了一些潮气。

她捧着他的手，贴在发热的脸颊上。

黑夜里的一切都很静谧。

江鹊说不清为什么，密封罐子里的草莓好像被打破了，清甜却酸得掉牙齿。

整个心都被泡着。

梦里的一切都很真实，除了那场大火，都是这些年她经历过的一切。

从未被人在意过的委屈，有一天有了一个温暖的港湾。

163

本在独自前行的生活,有一天突然有了另一人的陪伴。

于是藏起来的眼泪像打开的魔盒,怎么都止不住。

沈清徽怔然,却没动,一滴泪水滴在他的掌心,后来越来越多。

沈清徽一言不发,伸手将江鹊揽在怀中,江鹊很瘦,抱在怀里,还能碰到脊背上微突的骨节。

她哭得很小声,像被困住的小兽。

脸颊贴在他肩窝,蹭过他的脖颈。

沈清徽抱着她,手抚着她的头发。

从来都不知道江鹊以前过的是怎样的生活,又经历过怎样的痛苦与挣扎。

江鹊也不知道他的过往,不知道他又经历过怎样的困顿。

沈清徽进入她的生活,为她遮风挡雨,做她的光,江鹊出现在他已经走过三十五年的人生里,是春天的一场雨,唤醒复苏的欲望。

比如,想要她留在这里,想要她每天都出现在自己的身边。

"其实原则上我从来都不会哄人,尤其是像你这样的小女孩,"沈清徽将她揽在怀中,掌心隔着衣服,安抚着她的情绪,他说完前半句时像是叹了口气,"但我不会对你说不。"

檀香味安神,他是她生命里的安神香。

江鹊甚至没有抬头的勇气——

她知道自己应该说点什么,可不知道自己应该怎么启口。

她心里明白这种心动叫什么,可是在长久的自卑和敏感中,她一点都不觉得自己有爱人的勇气和资格。

她也没有任何底气。

沈清徽的手一直搭在她的背上,似是最柔情的安慰。

更是无声地告诉她——有我在。

外面开始刮风,一声闷雷,紧接着是紧凑的雨声敲在玻璃窗上。

江鹊从他的怀里抬起头来。

沈清徽察觉到了,低头看她。

房间里没有开灯，只有昏暗的一点光，江鹊用力眨了眨眼，才适应下这样的黑暗。

他的眼睛很好看，轮廓更硬挺，眼神永远理智而平静，那是时间与阅历沉淀下来的痕迹。

眼角的那一点茶褐色的泪痣，平添一抹柔情。

"我好像什么都做不了。"江鹊的眼神低下去。

"那就……以后每天都对我说一句晚安。"

"会不会太没有诚意？"江鹊仰起头看他。

睫毛还沾着未干的泪水。

沈清徽凝视着她——其实能看透她难以说出口、难以面对的心动。

他静默了片刻。

"如果你愿意，或许可以再加一个晚安吻。"

江鹊心口一跳，突然不敢直视他的眼睛——原来他能看出来。

横亘在他们之间的不只是年龄，还有阅历与生活的层面。单单是任何一个，她都无法与之相匹，可喜欢从没有那么多的曲折弯绕。

他可以轻易地看穿她藏起的心思，但江鹊眼中的他仍然神秘。

看穿与看不穿，全凭他想不想。他想，他可以很懂；他不想，他会保持距离。

这让江鹊忍不住有些揣测，他到底在想什么。

想到祁婷与那些女孩说的话。

——偏偏揣测的时候，也能被他看穿。

沈清徽的视线仍然落在她的脸上，他会永远给予她尊重与自由。

"答应是你的选择，拒绝也是你的权利。"沈清徽看着她，其实还有另外一句没有说出口。

——我的原则永远会为你打破。

江鹊垂下睫毛。

沈清徽其实没有过多的反应，拒绝与答应，都是他给她的权力。

他从来不会给人选择，因为他才是做选择的那个人，至少遇到江鹊后,他愿意将所有的选择与权利都交给她。

江鹊脑中就像一团被揉乱的毛线,可是不管怎样去寻找,答案都只剩下心动。

反应快过了思考,她从他的肩颈中抬起头,眼角的雾气散开,她极快地吻了他一下,是因为没有任何的经验,甚至有点莽撞,额头碰到他的鼻尖,只是唇瓣相碰,一秒都不敢多停留。

沈清徵笑了。

他摸了摸她的头发,声音里终于漾开一抹笑意。

"晚安。"

"晚安,沈先生。"

庆幸是深夜,他看不到她红透的脸,看不到她有点发红的眼睛。

因为那温热的唇上触感,心口酸涩悸动,如雷的心跳都被雨声遮掩。

江鹊靠在他的胸口,小声说了一句:"以后……我每天会跟您说晚安的。"

——我会拨开云雾,带着人间的一切,欢喜与雀跃,一直奔赴向你,坚定地向你。

"好。"

沈清徵抱着她没有松开手,他应了一声。

江鹊才后知后觉自己的睡意早就飞远了,心跳快得不像话,血液好像也在沸腾汹涌,她被他抱在怀中,淡淡的檀香味道,让她万分心安。

江鹊小心地动了动,欢喜像有魔力,让她紧张又小心,可是笑容藏不住,总觉得这个雨夜已然变成了她人生里第二美好的一天。

第一天,是遇见他的那夜。

沈清徵怎么会察觉不到她这点小心思。

沈清徵依旧揽着她,腾出了一只手,黑暗中,他握住了她的手。

江鹊一动不敢动,直到他握住她的手几秒后,这才反应过来——是牵手。

一种莫名的喜悦从脑海中炸开,江鹊犹豫了好一会儿,慢吞吞抬起头,却看到沈清徽合着眼睛,脸部的轮廓硬而利落。

"还不睡?"他闭着眼睛问了一句。

"马上。"江鹊弯唇笑了,小声地回答,却还是止不住声音的尾调上扬。

第二天一早,江鹊的生物钟让她早早醒来,原本下意识懊恼自己可能起晚了的时候,结果一偏头,却看到了还在身边的人。

江鹊一愣,半天才意识到这不是梦。

她小心翼翼地看着他,恍惚间想到昨晚的一切,想到那个极快的,或许根本不能称之为吻的晚安吻,羞怯涌上来,让她有点无所适从。

"早啊。"

就在江鹊低头想事情的时候,冷不丁听到了头顶上方男人慵懒的声线。

"啊,早……"

江鹊更不敢抬头看了,突然就回想起醒来的时候,他的手臂还搭在她的腰上,江鹊昨天直接睡着了,或许是出于顾虑,身上还是穿着T恤和短裤睡的。

隔着这么安全的衣服,江鹊还是不可抑制地脸颊涨红。

窗帘半掩着,房间里还有点昏暗。

沈清徽难得有几分贪恋早上晚起的时光,甚至回想起来,这也应该是几年来他第一次睡了一个安稳的觉。

虽然仍然是浅眠,但也只是因为后半夜雨声太大,他也懒得起来查看,合上眼睛就继续睡了。

他已经很久都没有一觉睡到天明了。

江鹊也没有动,沈清徽低头看她,发现她垂着睫毛,好像在想事情。

"在想什么?"沈清徽突然想到说,"有没有什么想吃的?我等会儿打电话让他们把早餐送来。"

"在想……"江鹊咬了咬唇,好像在纠结要不要说出口。

沈清徽也不追问,就等着她开口。

"在想,"江鹊将语言组织了半天,但是到底找不到一个合适的词语,索性选择了最直接的一句,"我配不上您。"

"为什么会这么想?"

"是现实。"江鹊又垂下视线,出身、经历、身份,单论哪一个都好像能让她足够自卑。

要是没有遇见他,江鹊可能都没有考虑过自己会为什么人心动,她想自己应该早点还清钱,她也不美好,应该也不会有人喜欢自己,以后就自己一个人孤独终老好了。

爱人是一个伟大的行动,可是她连开启这扇门的勇气都没有。

"没有人规定,一朵花必须要开成玫瑰,"沈清徽双手枕在脑后,慢慢地说,"不要因为被伤害过就觉得自己低人一等。你要知道,你是江鹊,你永远值得被爱。"

"……"

"一大早也不该跟你讲这些道理,"沈清徽转头笑了,目光落在她脸上,而后温和地笑了,"有些道理你慢慢懂,我也会慢慢讲给你,但是在此之前,你可以安心做个快乐的小朋友。"

江鹊呆愣了几秒,眼眶发酸,还是不禁问了一句:"真的可以吗?"

"真的可以。"沈清徽无奈地笑了笑,腾出一只手摸了摸她的头发,"准备起床了。"

江鹊眼眶发酸。

"江鹊,我也只是个普通人,我也经历过很多不好的事情,但是我没有做好准备现在跟你讲,以后等我想明白了,我会告诉你。"

"好!"江鹊重重地点了点头,强忍着眼眶的酸涩。

奇怪,明明是应该开心的,但是怎么会有种想哭的冲动。

"您对我太好了……"

江鹊从床上坐起来,小声哽咽地说了一句。

"因为你值得。"

情感与理智是一个天平,当有一天情感占了上风,哪怕只有片刻或是几秒,理智永远为情感让路。

他对待感情很坦荡——做了选择的事情，就不会犹豫与后悔，而他也会将所有的选择权都交到她的手中。

因为她带他走回春日，让他重新看到生命的鲜活与希望。

沈先生说可以打电话叫人送餐，但是江鹊想着不知道要多久，就先去厨房做了一点。

结果她正在厨房里煎蛋，隔着四面玻璃落地窗，看见一辆黑色的车子开过来，就在别墅前停下。

江鹊探头看了一眼，发现来人是陆景洲。

陆景洲招呼了一下，江鹊也没想太多，就过去开了门。

一进来，食物的香气被放大，是煎蛋和吐司的味道。

陆景洲一看，江鹊身上一件T恤一条短裤，也没看到沈清徽，就问了一句。

"沈先生刚起床，应该在洗漱。"江鹊拿着锅铲认真回了一句。

陆景洲"哦"了一声，然后站在客厅里走了一圈。

"您吃过早餐了吗？"江鹊多问了一句，想着倒也可以多做一份。

"吃过了，你们刚起？"

江鹊点点头，然后顾及着锅里的蛋，又赶紧跑回了厨房。

陆景洲一愣，凭借他的直觉，好像感觉有点什么不一样了。

陆景洲张了张嘴，其实想说点什么。他静默了几秒，隐约能听到楼上的淋浴声，估计几分钟内沈清徽应该出不来。

朋友的事情，陆景洲不会插手，但这是沈清徽，毕竟也是过命的交情。

以前的事情陆景洲也不会多提，尤其是朋友的痛处。

他还是相信沈清徽看人的眼光没有错。

想了想，陆景洲走到了厨房那边。

"虽然我不该多管闲事，但是还想说一句，"陆景洲思考了几秒，最终还是说，"他已经三十五岁了，你别玩弄他的感情。"

"……"

江鹊差点没拿稳锅铲,然后麻溜关了火,回头惊恐地看向陆景洲。

"怎么了?"

江鹊深呼了口气:"我……我没,我没有喜欢过别人。"

"然后呢?"陆景洲也愣住了。

"我、我和沈先生……很……很明显吗?"江鹊磕磕巴巴说完,好像那个晚安吻是昨天发生的,难道这就被看出来了吗?

"倒也……不明显。"

主要是这也太特殊了,跟在身边一天还成,两天三天,肯定就让人猜到了。

况且这么多年,还从没见过沈清徽身边跟着个女的。

就连晏婧晗都是,两人相识这么多年,说话不过十句。

也从没见过两人走一块。

那天的饭桌上,两人更是全程无交流,唯一的交流就是见面的时候点了点头。

"还有一个,"江鹊思考了几秒,然后抬头看着陆景洲,"三十五岁也没什么,不老。"

"……"

陆景洲又是愣了几秒,这才反应过来,差点乐出来。

"行,那就行。"

陆景洲指了指上面,说:"我上去看看。"

"好。"

江鹊点点头,正好早饭还没做好。

陆景洲走到楼梯口的时候回头看了一眼。

其实很难想象江鹊跟沈清徽在一起是什么样子,但总觉得这两人在一起莫名和谐。

一个话不多,一个看着话不多。

单说这么多年,沈清徽无欲无求的,独身一人清清冷冷,笑都屈指可数，至少这个姑娘出现之后，他看起来不是那么暮气沉沉了。

陆景洲上楼的时候，特意敲了敲门。

沈清徽才洗完澡，头发吹了个半干，出来一看是站在门口准备敲门的陆景洲，便直接带他去书房。

陆景洲还伸着头往卧室里面看。

"看什么，"沈清徽看起来心情不错，换了一身休闲搭，从口袋里摸了烟盒，随手拿出一根咬着，"什么事？"

"啧，"陆景洲跟他去了书房，"真的啊？"

"不然？"

"行，"陆景洲在书房的沙发上坐下，"那晏小姐？"

"到时候得说清楚。"沈清徽咬着烟，摸了摸身上，没找到火机，只好又拿下来，随手放在了桌上。

"你们沈家真乱，"陆景洲从自己口袋里摸出来一个火机递给他，"我今天还听邵闻珂那边说，自从沈邺成病了，沈睿言那边在搞什么小动作，我挺摸不准沈邺成什么想法。"

"还能什么想法？"沈清徽哼笑一声，也没太在意。

"你别这么不上心，要是沈家真交到沈睿言手里，你觉得你还有好日子啊？"他顿了顿又说，"毕竟几年前沈邺成收了你的股份之后一点动静都没有，非要说有动静，就是给了沈明懿那么大的场子。"

"倒也不用这么说，活了三十五年，还能饿死自己不成？"

沈清徽捏着那支烟没急着抽，在手上转了转，突然就想到了沈邺成那天的那番话。

"……行。"目标就在饿不死自己上了。

"你还有事？"

"没，就是想给你说一声，注意着点宋家那两口。"

陆景洲站起来说："总觉得那父子俩没安什么好心。"

"知道了。"沈清徽并不打算送客，但准备起身下去跟江鹊吃早饭。

陆景洲走了两步又突然停下。

"怎么？"

"总觉得你俩之间不会那么顺利，"陆景洲叹了口气，"我想起来上回你跟一个二十岁的小姑娘站在一起，人家把你搞得……搭上了自己的名声和你在沈家的地位，其实也挺应验了外面那个传言，有人说你妈当年跑遍了国内外的寺庙，求着人家给你断了你的姻缘……"

沈清徽站在那里，云淡风轻地把那根烟扔进垃圾桶。

"断不断也不是她说了算，是我说了算。"

陆景洲又是咂了咂嘴，然后很有眼色，说自己还有点事，先去忙了。

沈清徽应了一声。

他站在楼上，看着陆景洲出去，而后楼下传来江鹋送人的声音，她还真走到别墅的门口去送了。

沈清徽站在落地窗边，正好能看到别墅的门廊。

江鹋的长发被风吹着，瘦瘦的。

他忽然有点想念昨天夜里，她倚靠在自己怀里的时候，寂静的夜再也不是漫长的痛苦。

沈清徽又忽然有点想笑了——想到江鹋昨天那些小心思，忍不住嘴角上扬。

江鹋还并不知道今天有什么安排，只是觉得跟他坐在这个远离城区的地方吃早餐，就很美好。

甚至让她格外珍惜这样的片刻。

这天天气不好，沈清徽想到了昨天那茬事情，今天就没带她出去。

二人就待在那个影厅里，看了一部又一部的电影。

最初看了一部老片子，是1997年版本的《洛丽塔》。

江鹋知道这个片子还是因为男主角杰里米艾恩斯。这个英国的绅士，总有一种忧郁却又沉寂的眼神，中年的时候他也并没有这个年纪的油腻和自大，他优雅和神秘，举手投足之间是谦和和令人舒适的礼貌，偶尔一些懒散的片刻，也好像是一阵清爽的海风。

以至于江鹋觉得，沈先生也是如此。

有时候过分冷淡，可是眼神看向她的时候又可以尽数柔情。

这个密闭又狭小的房间，电影屏幕上是年老的亨伯特，还有已经不再年轻的洛。

洛给他写了一封信，讨要几百美元，亨伯特不远千里开车过来，给了她装着几千美元的信封。

亨伯特逃避洛的触碰，说，不要碰我，我会死。

沈清徽一点都不喜欢这样的结局。

电影尚未结束，他拿着遥控器按了暂停。

"江鹊。"

"嗯？"

江鹊还沉浸在电影里，但是也大概能猜到这部电影又是一个悲剧结尾。

她有点茫然，转头看他。

在此之前，沈清徽从没考虑过，江鹊才二十岁。

她的人生才刚开始。

"要是哪天想离开我，我可能不会去送你。"

《日内瓦医生》里有一句话：我不敢呼唤你的名字，怕把灵魂从胸口中吐出来。

"我不走的。"江鹊没听出他话中有话，他们倚靠着坐在这张软沙发上，好像隔绝了所有的声音。

她轻轻地伸出手，用两只手握住他的手，慢慢小声说："可能以后也再也遇不到像您一样的人了。"

沈清徽笑了笑，还是将她揽在怀中，倒也希望永远都不会有分别的那天。

但才二十岁，以后又是多久？以后是未知。

大概是这连绵的阴雨天让人困倦，才晚上八点江鹊就打起了哈欠。

以往这个时间沈清徽根本不可能闲，但是看她哈欠连天，自己竟然也觉得有点困意，就赶着让她早点去睡觉。

江鹊又撑着支棱起身子，往他那边凑了凑问："我们在这儿待几天？"

"估计三五天就回去了。"还得抽个时间去疗养院那边一趟，虽然庄景月年纪大了还患上了阿尔茨海默病，但是一天里总有那么片刻的清醒时光。

他想趁着庄景月清醒的时候，把晏家的事情说清楚。

晏家那边也得去一趟。

"好。"江鹊点了点头，但是有一点点的失落。

挺希望时间就停在这里，多待几天也好。

"喜欢这里，过几天再带你过来。"沈清徽的手钩着她的发丝，柔柔顺顺，还带着一点香气。

沈清徽静默了一会儿问她："以后有什么打算？"

"大概是想找一份工作，可是不知道沈明懿那边放不放人。"江鹊其实挺想做配音的，奈何说到底还是学历问题。

"简单，我正好有个朋友那边想招配音的，等回去之后带你去试试。"

江鹊没说行也没说不行。

她又一次觉得，自己什么都不会，去了还是因为他的面子，可能要给他丢人了。

"有梦想，总得去试试才知道行不行，是不是？"沈清徽一低头就看到她又愁苦的表情，"你声音很好听。"

"真的可以吗？"江鹊懊恼，"可我……"

"哪有那么多可是。"沈清徽及时止住她，"总得试试才能知道，就算失败了也没什么，你还是江鹊。"

"好，"江鹊点点头，又慢慢说，"可是沈明懿那边……"

"欠了多少，知道吗？"

江鹊摇摇头，只隐约听到过江振达和江志杰吵架。

提过一百多万元。

但估计是高利贷还是什么，她看到过沈明懿给她的单子，数字每年都在变化，尽管她已经很努力在还了，但是那数字一年比一年大。

其实也不是没想过去报警，但她前脚从派出所出来，后脚到了家，没想到沈明懿坐在她家的沙发上。

陈盼和江振达脸色呆滞苍白，她这才看到茶几上有血。

还有，昏倒在地上的江志杰。

他少了一根小指。

沈明懿冷笑着看着她，说她不自量力。

那天沈明懿离开，江振达让陈盼把皮带拿来，一下一下地抽她，说她多管闲事，谁要她报警？你报了警，我儿子少了一根手指头……

江鹊绝望地躺在房间的床上，最后还是江振达打累了，她身上青一块紫一块，陈盼进来给她送饭的时候，隐约还能听到江振达在外面咒骂。

"我做错了吗？"江鹊那会儿问陈盼。

陈盼不语，只问她："那你有办法吗？"

"……"

"没有办法解决就不要多管闲事。"

"那你们不觉得……"江鹊其实一直都很想说，都是你们溺爱他，才容忍他一次次犯下错。

江鹊不明白自己做错了什么。

陈盼重重地放下饭碗，眼底发红："江鹊，那是我儿子，因为你犯贱，我儿子今天才这样！"

其实根本不是，就算自己今天没有报警，江志杰被切了一根手指也是早晚的事，她就是因为路过了一个包间，看见江志杰被一群人摁在地上打，要他今天先还了利息，不然剁了他的手。

撤案是陈盼拽着江鹊去的，她一面赔着笑，一面说女儿不懂事听错了给惹了麻烦。

警察只例行公事地去巴黎皇宫查了一圈，没有发现什么不良行为。

反倒是沈明懿看见了江鹊身上青青紫紫的伤，当天把江鹊弄到了沈家老宅。

这件事，有喜有忧。

喜的是不用挨打，忧的是要面对沈明懿这个阎王。

"想到什么了？"

沈清徽看她半天不说话，又轻声问了一句："不用怕。"

江鹊摇摇头："可能有很多。"

沈清徽沉思片刻："明懿那边我去处理。"

"可以吗？"江鹊并不怀疑他的能力，他总能将所有的事情都妥帖地处理好。江鹊总觉得很恐慌，因为沈明懿是个疯子。

压根不知道他会做出什么没有理智的疯狂事情。

"小脑袋别想这么多有的没的，交给我。"

沈清徽看她一副茫然无措的表情，又笑着摸了摸她的头发。

"我……"江鹊张张嘴，眼眶有点发酸，也不知道为什么，明明以前被人欺负了也从来不会哭，结果反倒是这两天，隔三岔五眼眶就发酸。

可能这就是因为知道自己不再是无依无靠。

"你什么？"

他就拥着她坐在沙发上，闲闲散散，没什么事情做，别墅外面就是一片银杏林。

四面的落地玻璃窗隔绝了所有的声音。

只有隐约的一点空调声。

客厅里也只亮着几盏落地灯，昏昏暗暗的一点光。

这里像是只属于他们的圣地。

江鹊抬起头看他，对上他深邃又平静的视线。

"我不是因为您是沈清徽才喜欢你，"江鹊觉得喜欢这个词很羞怯，但是她鼓起了勇气认真地说，"是因为是你。"

是因为他是温柔，是谦和，是体贴，是尊重她的人。

无关他姓沈，无关他是沈明懿的三叔。

"沈先生，"江鹊诚挚地说，"能遇见您，我已经很幸运了。"

"……"

"钱的事情，我会再想想办法，您能把我从那里带出来，已经足够了。"

第二天一早，天气晴了起来，江鹊醒来的时候床边已经没了人，心口一跳，只记得昨天晚上跟他在沙发上说着话，后来不知道怎么就睡过去了。

印象里，沈清徽问她，还有没有什么特别想做的事情。

江鹊困困地依偎在他怀里，回想起来其实并没有多少特别想做的事情。

以前的愿望是考上好的大学，当一个配音师，外婆健健康康平平安安。

现在再多加一条——希望沈先生也可以一直快乐。再贪心一点，希望他们不会分开。

只记得后面沈清徽揽着她坐在沙发上，他的手捏着她的掌心，说了一句不会分开。

江鹊从床上坐起来，原本以为他是不是起得很早。结果下一秒，浴室的门被拉开，沈清徽才洗漱完，但是已经换了衣服。

很日系的白色休闲衬衫，卡其色休闲西裤。

衬衫的领口没扣，肩线熨帖齐整，衬衫的袖口挽起，露出一截坚实有力的小臂。

他的手臂很好看，绝对是经常锻炼，线条利落流畅，隐约的经脉血管也藏着一种矜雅的性感，腕骨突兀，手腕上常戴着一只金属手表。

他从浴室里走出来，身影颀长，舒适的穿搭与配色，像被春风吹融的雪，似朗朗秋风与皎月，世无其二。

公子只应见画，此中我独知津。写到水穷天杪，定非尘土间人。

"早、早安……"江鹊有种不真实感。

"早啊，我也刚起。"沈清徽到床边捞过手机看了一眼时间，早上八点。

"昨天忘记跟您说晚安了。"江鹊有点不好意思，昨天说着说着就睡着了。

沈清徽放下手机，在床边坐下。江鹊头发还有点乱，窗帘被吹开一

177

点缝隙，外面是艳阳天，一缕阳光落进来，在他的鼻梁侧落下光影。

浅琥珀色的瞳仁，眼角下一点茶褐色的泪痣，让她有点着迷。

就在江鹊出神的这个瞬间，他突然捏住了她的下巴，还不等她反应过来，他的唇凑近，只记得隐约的好闻的薄荷味道，檀香在寸寸沁入鼻息，像无形的藤蔓，缠绕在心脏，让心跳紊乱激烈起来。

扑通，扑通。

一个真正意义上的接吻。

是温柔，是唇齿厮磨。

没有眼睛的时间，驻足在这天的早上八点，清晰地看到渺小的爱。

直到结束，江鹊才反应过来，脸瞬间红了："我……我还没……"

还没洗漱。

沈清徽仍捏着她的下巴，指腹刮过她的唇瓣，眼睛里还带一点笑意："早安，江鹊。"

江鹊带来的衣服其实不多，就几件T恤和几条短裤，还带了一条裙子。

这条裙子江鹊很少穿，因为是外婆给她做的。

那年外婆裁了一块花布，很漂亮，米黄色的底，浅奶绿色的碎花。

当时是买来做枕套的，但是余了不少，外婆就动手给她做成了一条连衣裙。

收了点腰，胸前两个竖排扣，一条吊带裙，长度也才到膝盖。

江鹊一直很瘦，身材从十八岁到现在都没怎么变过。

沈清徽就在客厅坐着翻杂志，一会听见人下来，就看到江鹊有点纠结的表情。

"怎么了？"

"好像不该穿裙子。"这么多年，江鹊还没怎么穿过裙子。

记忆里穿过一两次，可是回回都被沈明懿那帮人泼冷水。

要么说她瘦成竹竿穿着真丑，要么说她腿不好看，连连地打击着。

"转一圈我看看。"

江鹊就听话地转了一圈。

及胸的黑发,肩胛与锁骨突兀,脖颈的线条细长漂亮。

"漂亮,有人说不好看?"沈清徽笑着问了一句。

江鹊点点头,有点懊恼:"那我还是换回……"

还没说出来,沈清徽坐在沙发上伸出手拉住了她的手腕。

江鹊老老实实坐在他身边的沙发上。

"下次谁这么说,骂回去。"

"……"江鹊惊诧地睁大眼睛,这句话太出乎她的预料。

沈清徽捏着她的掌心,懒懒散散说:"穿什么是你的自由,谁说不好看,你只管骂回去,我给你撑腰。"

"……"

"二十四小时,随叫随到。"

江鹊笑了:"不行,不能这样,骂人是不对的。"

沈清徽握着她的手,难得跟她坐在一起享受着早上的时光。

"骂人确实不太好,"他故作沉思说,"但是别人怎么对你,你就怎么对他,你可以大度,可以善良,但不能被人欺负,是不是?"

江鹊被人欺负惯了,还从没有这样的概念——至少在过去的这二十年,向来如此。

被人欺负了,就要忍气吞声,就要大事化小小事化了,要自己退让一步。

沈清徽知道一时半会儿这姑娘还改变不过来,他站起来,仍拉着她的手,笑着说:"没事,至少以后你有我撑腰。我可不会给别人讲道理,我只为你撑腰。"

江鹊眼眶又发酸,她站起来,一点晨风拥着树林中雨过天晴的潮湿味道,轻轻地拂过鼻息。

她忽然有点冲动。

江鹊向前走了一步,忽然伸出手,很小心地抱了抱他。

也不算拥抱，只是把脸贴在了他的胸口，不敢让眼泪沾湿。

她强忍着不让眼泪流出来，也不知道为什么，最近好像有点爱哭。

这样独一无二的偏袒，是被偏爱。

沈清徽也揽着她的腰，伸手揉了揉她的头发："我怎么老惹你哭？"

江鹊摇摇头："不是你惹哭的。"

说完，她又抬起头看看他："是因为有你，让我觉得以后的日子好像会很浪漫，很可爱。"

书上说，你要做自己，有一个人会出现，他会把迟到的爱都补偿给你，他会很爱你，而且只爱你。

其实不知道这能否被称之为"爱"，但江鹊知道，哪怕沈先生对她只是一点喜欢，她也会把所有的温暖和阳光都送给他。

她心里知道，某些差距不是不看就不存在的，但是她想竭尽她所能。

沈清徽无声笑笑，他又怎么不是如此。

因为有江鹊，才能知道夜晚并不是失眠与寂静，他也才开始期待日出，期待清晨的第一缕光。

期待以后的日子，有她陪着，有浪漫，值得爱。

出门的时候已经是早上九点钟。

这个时间午饭早饭好像都差不了太多。

陆景洲一早让人送来了一辆车。

还是一辆越野，还打来了电话邀他们去吃饭。

这个度假庄园很大，沈清徽说大部分地方还没对外开放，不过餐厅是预约制的，估计这会儿来了不少朋友。

路上他还介绍说要去的餐厅是陆景洲特意从日本邀来的主厨，做的刺身和日料，很地道、很好吃。

又说起，他们这些人，以前也无所事事惯了，也就对吃喝玩乐多花点心思。

又像是怕江鹊误会这个"玩乐"，沈清徽还说是攀岩和冲浪这些乐子。

"那你平时……不忙工作吗？"江鹊坐在副驾驶座上，好奇地问了一句。

"轮不到我忙，以前闲的时间很多，"沈清徽说，"早些年沈家的事情也轮不到我插手，有大哥，大哥过世后有我父亲。"

"……"江鹊默默说，"对不起，好像说到让您不愉快的事情了……"

"没事，倒也不能说是不愉快，事情能接受，也就无所谓愉快不愉快，"沈清徽神色坦然，又打趣说，"不忙工作，养活你和我还是不成问题。"

江鹊又认真说："那我很好养活，我也能工作。"

沈清徽忽然想到了三毛与荷西，说什么"不多，不多，我以后还可以少吃点"。

他好像也能脑补到江鹊，肯定也是这样的回答。

"沈先生，您笑什么？"江鹊一转头，看到他脸上噙着笑意，不免好奇问道。

"想起来三毛与荷西。"

"我也可以少吃点。"江鹊上学的时候看过这个故事。

"那你知道后半段吗？"

"什么？"

"三毛这么说完，就成了荷西的太太。"

"……"

江鹊脸色一红，偏头看了一眼，沈清徽面上是在专心开车，但唇角微扬的弧度，分明更是在专心同她开玩笑。

但是话音落，似乎安静了那么几秒。

车子拐了个弯，隐约看到了前面的日式庭院。

外面栽种着竹林，圆形的拱门，一条鹅卵石路。

沈清徽将车子在路边停下，解开了安全带。

打开中控前，沈清徽看向她。

目光相撞，江鹊知道，他好像要说什么。

"江鹊，除了剩下的几十年，我们也没有别的日子重逢和相遇，"沈清徽探手,帮她打开了安全带,"我会跟你把握好现在的每一天。"

他从不相信命中注定,缘起缘灭,都掌控在人的手中,遇见江鹊,已经是三十五年来得之不易的幸运,他甘愿做被选择的那个。

她的人生才刚开始,二十岁,多美好的年纪。

往后她或许会遇见更好的人,是留是去,选择永远都在她手中。

他甘愿做一回信徒,不需要她为他皈依,他的爱不是将她拴在身旁,而是给她足够的自由与尊重,让她去好好爱自己,爱生活。他是在她身旁扎根而生的树,生生不息,永远为她遮阳庇荫。

能遇见她、她若能一直在,那是他最大的幸运,可如果不能,他就以她的名字做祈祷,也能迷信一次有下辈子,下辈子早点相遇。

江鹊可不知道他在想什么。

只觉得最后那半句,像是一句沉重又坚定的承诺。

江鹊跟着沈清徽到地方的时候,路过餐厅的正门,江鹊看到了上面贴的一个金属的小牌子,只隐约看到几个字:星级厨师。

到了餐厅里面,已经有不少人,日式的长桌,坐沙发那边的人江鹊都不太认识,但是看到几个眼熟的,是陆景洲,还有那天饭局上的两人。

陆景洲提前给沈清徽打了招呼,说是会有其他几个朋友,主要是跟主厨做了预约的。

沈清徽没说不。

这个地方,主厨一天只招待十来个人。

这种私房没有菜单,都是根据当天的食材由主厨自行安排。

他们进来的时候,桌上几人正在聊天,看到沈清徽的时候过来寒暄打招呼,沈清徽也只是意兴阑珊地回了几句客套话。

但是有几人还是将好奇的视线放了江鹊身上。

沈清徽身边还没有跟过什么女人,凭空多出来的这个江小姐,自然引人注意。

陆景洲差了助理去通知主厨。

这个餐厅是预约制的,也没有包间,只有一个大厅和周围几个小茶室。

装修日式风非常浓,竹藤麻的饰品,窗上挂着风铃。

后面的主墙上挂着不少照片,江鹊的注意力也就放在那儿了,是主厨与一些人的合影。细细一看,有当红的影星,有不少会出现在金融新闻上的面孔。

长桌围着一个长形炉子,有个名字叫炉端烧,主厨和助理就在长形炉子旁现场料理,做好后依次用宽头长杆端着装盘的食物递到食客面前。

主厨用并不算标准的中文介绍了一番,是清早才捕捞到的蓝鳍金枪鱼,还有其他的食材,用冰块保鲜空运过来的。

一条巨大的金枪鱼被搬上来,精湛准确的刀工也是餐前必不可少的一环。

主厨戴着手套,利落地将鱼剖开,落刀非常精准,像是在切牛奶布丁,轻而易举地便将鱼按照部位分开。

桌上的人在聊天,说的是某某公司的合作共赢,有人将话题引到沈先生身上。

却不料,沈清徽并没有要接话的意思。

反而是接过主厨递过来的金枪鱼腹肉,倒了一些日式酱油和天葵酱与青芥酱在小碟子中,偏头问江鹊:"吃不吃得惯?"

江鹊本来有点怕腥,但是新鲜的金枪鱼蘸上酱料,好像入口即化,绵软鲜甜。

她点了点头说好吃。

沈清徽又给主厨说了点什么,主厨笑着将金枪鱼骨分成小块,鱼骨髓轻微炙烤,然后颇有兴致地用有点奇怪的中文给江鹊介绍吃法。

二人好像跟他们不合,在专心地享用美食。

并不像他们,餐桌上还要聊合作聊商业。

遂有个有眼色的,将话题重新带过去。

陆景洲是请客的东道主,坐中间。在桌上这样乱的话题里,沈清徽和江鹊只是坐在左侧的位置。

沈清徽偶尔跟她说点什么，脸上也是带着一点笑意。

陆景洲在心里细细想了一下，他们相识的时候竟然也是十几年前了。

沈清徽总是对任何事物都有着一种与生俱来的淡漠，连带着笑容都很少有发自心底的，更像是一种礼貌与客气。

但他对江鹊说话的时候，是真实的倾听，是真切的笑意。

他们这个圈子，利益至上，哪怕是他自己，进入一段男女关系，都要算计着得失利弊。

这样一份让人变得真实的真心，是纷扰世间难得的珍贵。

饭后，话题终于让沈清徽短暂地提起了一些注意力。

有人说宋烨那匹马是从国外运过来的汗血宝马，先前在朋友圈里看见了，说那个毛色真是绝了。

宋家的起家其实有点微妙。

早些年本来是做小生意的，不温不火，但宋烨这个人为人圆滑，人脉广，有一回被人介绍去港城看赛马，还能押钱，说白了就是赌马。

赌马在港城是合法的博彩。

宋烨运气好，捞到了不少钱，也尝到了乐子，后来通过他的人脉，将人介绍去港城，还做了个贷款公司，其中自然也包括外汇贷款，干净不干净，这个没人知道。

宋烨虽不说，但心里明白自己起家靠着赌马获得的第一桶金，虽然风险大，但对他意义非凡，尽管这些年金盆洗手了，也会一年参加那么一两次赛马。

今年港城的赛马在一个礼拜后开始，不出意外宋烨又得押上一大笔。

为此，宋烨还特意花了重金，从国外订了一匹汗血宝马。

有人传，宋烨这回下了血本买这么一匹马，倒像是最后赌一场大的，好将宋家交给他儿子宋泽贤。

人人都知道宋泽贤跟沈明懿鬼混在一起，不学无术，老宋肯定是给儿子存好家底让他挥霍。

越说越像真的。

陆景洲早些年只是爱马术，无关赌，对赛马颇有研究，早些年还在一个马术协会挂着名，他还有个私家马场，配有专业的马房和训练场地，有不少专业打比赛的马匹。

因为场地好，宋烨的马也在这儿训练。

几人是坐游览敞篷车过去的。

马房是单人间，铺着麦麸和干草，宋烨那匹马可是相当的瞩目，汗血马四肢修长，皮薄毛细，在阳光下通体都泛着金色。

周围隔间里上好温血马都显得黯然几分。

来的这几人纷纷夸赞，奉承说老宋你运气好，这么好一匹马，肯定能赢不少钱。

宋烨这个老狐狸一脸伪善的笑，说自己只不过是踩了狗屎运。

江鹊站在沈清徽身边，虽然没见宋泽贤，但是一眼也能看出来眼前这个中年男人是宋泽贤的父亲，父子二人长相如出一辙，尤其是单眼皮，笑起来的时候像只老狐狸。

怪瘆人的。

宋烨特意来跟沈清徽打招呼。

"沈总，真是好久不见。"

"是吗，听说你跑沈家老宅挺勤快。"沈清徽不咸不淡应了一句，自动忽视了宋烨递过来的手。

宋烨愣了一下，尴尬收手："这不是没见到您吗。等港城的马术比赛结束了，我一定登门给您道歉。"

"到时再说，这可不一定怎么个情况。"

"成，沈总，您看我这马怎么样？"

沈清徽这会儿抬头看了一眼，马有点聒噪，频频回头看，好像有点不安，似乎是被人吓的。

"这赌马我没碰过，我可是一知半解的，这东西有赔有赚，宋总时来运转，还没在此失手过，这匹马的实力肯定可以，听陆总说您紧着训练,剩下的也就看运气了。"

言下之意,钱扔进去,倒霉了也是运气的事情。

沈清徽说得谦逊,还不忘把他夸了一番,宋烨显然高兴,连连摆手客套。

这话里有话,可被沈清徽说得非常好听,让人挑不出刺来,但是心里总是怪怪的。

宋烨小心看了一眼,沈清徽淡笑,好似还是他宋烨多心了,右眼皮蓦地跳了跳,讪笑几声,借口去看马,才走了。

江鹊站在一旁看马,间隙里偏头看了沈清徽一眼。

他脸上是带着笑的,但眼底一片清冷,见惯了他对她笑,从没见过这样的他,眼底像蕴着一层冰霜。

江鹊咬咬唇,一言不发,又转头去看那马。

有饲养员介绍一匹小pony(矮马),陆景洲来接话,给江鹊介绍了几匹夏尔马和英国小矮马。还说这些马很亲人。

白色的小矮马躺在地上舒服地打滚。

陆景洲打开围栏,允许江鹊去摸摸。

江鹊回头看了看沈清徽,他也扬了扬下巴,江鹊很小心地蹲下身,摸了摸小矮马的脑袋。小矮马站起来去蹭她,把江鹊惹笑了。

沈清徽站在马栏外,江鹊蹲在地上摸着白色的小矮马,回头对着他笑,明媚又漂亮,眼底的雀跃很坦诚。

远远一看,宋烨牵着那匹汗血马出去,往这里看了一眼,对上沈清徽的目光,又假意扭头看别处。

沈清徽冷笑。

回去的时候,陆景洲没和那些人一起,倒是当起了沈清徽和江鹊的司机。

路上陆景洲想说点事情,但看着坐在后座的江鹊有些犹豫。

"说吧。"沈清徽并不把江鹊当成外人。

"我今天给邵家兄弟打了个电话,你猜老宋那个马谁搭的线?"陆景洲说了一句。

"谁？"沈清徽闲闲散散问了一句，视线看着副驾驶窗外的景，也没太往心里去。

"沈睿言，"陆景洲显得有点八卦，"邵闻珂和邵闻瑾还说，前几天沈睿言去谈项目，说是要开发新的楼盘。不用说，肯定是要证明给沈邺成看，也不知道哪儿批下来了那么大笔贷款。你看，这事儿是不是挺巧？宋家还有个贷款公司。"

"是巧。"

沈清徽鲜少聊这些事情，但凡随便一想，也能知道背后的种种纠葛。

至今，沈家涉足最多的还是地产和高档连锁酒店两条线。沈家的地产是走中高端路线，在各大城市均有楼盘。柏景酒店也是沈家旗下的产业，比起地产，这个知名度更低，至少盈利上远远不如房地产，但柏景仍然是国内数一数二的星级连锁酒店。

起初沈邺成把沈睿言安进沈家地产，将沈清徽从沈家地产撤职，转而安进了柏景酒店，也仅仅让他挂了个名。

沈清徽并无异议，毕竟沈家的房地产业还有港城的庄家插手，中间的事情烦琐，也没什么实际决策权，每回要投资新的楼盘，总要吵来吵去，庄家保守，沈家野心大。

邵闻珂和邵闻瑾也是庄家的人，是庄景月妹妹的一对双胞胎儿子，也在沈家地产任着股东和高管。

近几年房地产业萎靡，诸如楼盘烂尾、政策收紧等原因，沈家地产也连年出现亏损，先前在沈邺成寿宴上，沈邺成对此绝口不提，但脸上没少愁容。

之前没想太多，但自打那天回去见了沈邺成，那个话里有话的对话，现在回想起来，心里隐约有点不好的预感。

尤其回想起沈邺成的叹息，好像在做什么难以割舍的决定。

"我看这两人是想勾结到一块去……你父亲收了你的股权撤了你的职，至今一点动静没有，有人看还以为沈家要交到沈睿言那家去了，沈家地产起码占沈家的百分之六十吧?"陆景洲还是忍不住提醒,"真不是我说,你早点做打算,要是沈家真落到沈睿言手里,唐吉玲那边也够你受的。"

沈家的事情说不清楚。

沈清徽倚靠着坐,姿态懒散舒适。

"两天后宋烨要去港城吧?那个赌马,看起来他要玩一票大的。"

沈清徽不轻不淡地转了话题。

"看出来了,不然也不会下血本买么个马,天天泡在马场训。"

"那匹马活不过三天。"

陆景洲诧异:"你怎么知道?"

"我又不是瞎子。"沈清徽淡笑,看着外面的景又说一句,"凡所有相,皆是虚妄。"

陆景洲喷了一声,然后转到江鹊身上:"江鹊,他可真是太老气横秋了,真怕把你早早带成老姑娘。"

江鹊在专心看车窗外,乍一听叫自己,还呆愣了一会儿。

只听见一个"老"字。

江鹊收回视线,又认认真真解释:"沈先生一点都不老。"

原本就只在这儿待三五天,又连绵了一天阴雨,第三天天晴。

江鹊跟他早睡早起了,大概是这样暧昧又安静的环境太让人发困,她总是不记得昨天自己是怎么睡着的。

——其实是不知道,自己怎么会跟他有这么多事情可以分享。

甚至可以说说着就睡着了。

跟他说自己小时候上学看过的书——以前自己很爱看书的,高中晚自习总要拿出一节来看小说。

说什么高中的运动会。

说跟佳思在宿舍过生日。

都是一些琐碎的事情。

沈清徽问她生日是什么时候。

江鹊困顿中回想了一下——确实是回想了一会儿,因为从小到大只过过几次生日,也很简单,外婆给她煮一碗面,让她许个愿望。

后来到了淮川,一次都没过过,佳思知道这事儿,单独给她买了蛋糕,两人在宿舍的阳台上吃蛋糕。

她说,6月18,是夏天的生日,这个时候还没放暑假。

沈清徽揽着她,沉思几秒,说,现在是7月中了。

——真遗憾,错过了你的二十岁生日。

江鹊摇摇头,说没事——遇见你,已经是二十年里最大的幸运。

"遇见你那天是7月7,"沈清徽同她靠坐在床上,"也挺有意思,不过不是农历七月七。"

"七月七?"江鹊困顿了,好半天没反应过来七月七是什么。

沈清徽伸手弹了她一下:"七夕节,忘了?"

——民间传说,七月初七,喜鹊在银河上搭桥,牛郎织女相会。

沈清徽忽然觉得也很有意思。

7月7号捡到一只受伤的喜鹊,喜鹊还真给他搭了一座桥。

有些人,遇见就是上上签。

第二天江鹊睡醒的时候,下意识往旁边蹭了下,没人,床单也是冷的。

江鹊在被子里伸了个懒腰,正要起床,听到门开,她还睡眼惺忪,人还没缓过来,先映入眼帘的是一束沾着露水的粉色玫瑰。

江鹊一愣,都忘了从床上坐起来。

沈清徽手里拎着一束粉玫瑰,在床边弯腰,探手摸了摸江鹊的头发。

"沈先生……"江鹊被这束玫瑰吓蒙了。

"早,"沈清徽对她笑笑,仍不知道他是几点起来的,他将玫瑰放在床头柜上,"今天给你补上二十岁的生日。"

江鹊从床上坐起来,头发还有点乱,眼神也是呆滞的。

沈清徽想,有点遗憾,错过她的二十岁。

"可、我……我生日已经过去了……"

"吃蛋糕没？"

"没……"

"许愿了吗？"

"没……"

"我陪你重新过你二十岁的生日，"沈清徽变魔术似的，拿出来一个薄薄的信封，"你的人生只有一个二十岁，我希望你以后回想起来，至少这一年没有遗憾。"

我陪你重新过二十岁的生日。

江鹊一大早就被戳中泪点，蒙蒙地看着他，接了那个信封半天也不知道打开看看。

"别发呆，拆开看看。"沈清徽在床边坐下，她还坐在柔软的白色被子里，倒像一只藏在雪里的北极兔。

江鹊没急着拆，她眼尾有点发红，好像在茫然无措地看着他。

"不是支票，胡思乱想。"沈清徽洞悉她的敏感情绪。

江鹊这才慢慢拆开信封。

是一份还没有填写的简历。

还有几家配音公司的招聘介绍。

她仅有一个二十岁，他想给她留下一点不一样的回忆，至少是特殊的。

物质不适合她，直接送一个面试通知又会让她更紧张无措。

不如一份简历，她慢慢填好，一点点朝着她的理想努力。

他会一直陪着她。

"等我们回去后，你想做什么就做什么，我陪着你一起尝试。"沈清徽说，"别忘了，等你发了工资，可要请我吃顿饭。"

简历都没填，他好像已经笃定她能做到。

"我……我可以吗？"她已经有点语无伦次，不知道要说什么，"可我没有经验，我也没有……"

"遗憾的不是你不能，而是你没有为它尝试过。"沈清徽鼓励着她，

"就当作今天过生日,不许哭。"

江鹊坐在床上重重地点头,眼泪差点砸下来,沈清徽先抬手,用指腹蹭了蹭她的眼睛。

一滴泪水,还没来得及流下来,就被他温柔地擦去了。

江鹊不知道怎么反应,不知道自己应该说什么,眼泪又不是说忍住就忍得住的。

身体的反应大于了思考——

她原本是在床上坐着,突然向前抱住了他。

她的手环着他的脖颈,下巴也垫在了他的肩膀上。

温和的淡香,是雨后潮湿的雾,肆无忌惮地覆上整座城市。

少女的心事热烈,来得汹涌。

他拔掉了她心上的荒草,驱散了长久的积雪,为她带来春天和希望,让她每分每秒都知道,生命值得热爱,她也是。

"如果只能许一个愿望,那我想……我想今天哭一下……"

江鹊哭得有点泣不成声,声音断断续续,整个人挂在他身上。

"这算哪门子愿望?"沈清徽由着她抱着,但腾出了一只手拍了拍她的后背,"许多少个愿望都行。"

"……"江鹊不说话,眼泪噼里啪啦掉。

"天天惹你哭。"沈清徽笑了笑。

"是不是不好……"

"你才二十岁,我能对你要求什么呢?"沈清徽拢着她,静默了几秒,低声说了一句,"江鹊,我已经三十五岁了,跟着我,你要想好。"

"我想好……了……"话说一半,她还抽噎了一下。

"以后可没机会后悔。"他又低低笑了一声。

"不会的。"

"要是后悔了,就记得我久一点。"

话音才落,江鹊从他的肩上抬起头。

两只眼睛哭得发红,她看着他,让他以为说错了话。

小姑娘好像在做什么心理建设。

下一秒,她突然凑近。

毫无预兆地落下一个吻,还带着眼泪的咸涩,实在是毫无章法,好像所有浓烈的情绪都藏在这个吻上。

她不会接吻,莽莽撞撞。

"不会后悔的。"

她吸了吸鼻子,一字一字地说。

"行,"沈清徽抽了张纸,给她擦了擦眼泪,"我可舍不得看你再哭,多笑笑多漂亮。"

江鹊弯了弯眼睛。

沈清徽笑了:"起床吃早饭了,小寿星。"

江鹊会一直记得这一天,沈清徽为她补上的二十岁生日。

他问她,有没有什么特别想做的事情。

江鹊睁大眼睛思考,可能因为这么多年一直循规蹈矩,生日都当普通工作日过的,从没想过有什么特别想做的事情。

沈清徽开车带她去了海边。

"冲浪,试试?"

"好。"

江鹊没有再说不。

度假庄园的另一侧是海岸,绵延到天边的海岸线没入云深处。

澄澈海浪翻涌,空气中是潮湿的海风味道。

因为江鹊不会游泳,沈清徽特意叫了一辆游艇和一个专业的教练。

海岸边的商店里有各种款式,太暴露的江鹊不敢穿,最后选了个连体的泳衣,专业的教练给她穿上救生衣。

陆景洲听了这事,差点以为自己听错了。

——沈清徽的攀岩、滑雪、冲浪,都停留在他的二十八岁。

已经有足足七年了。

这七年里，沈清徽鲜少出门，整日在家宅着，喝茶，看书，有时去两趟寺庙——也不是迷信，只是去寻一份静谧，好入眠。

观音寺的住持给了他檀香，说安神助眠，可该失眠还是失眠。

归根结底，是心病未愈。

陆景洲得了消息，还特意开车去海边看。

游艇驶在海上，教练坐在她身旁。

教练跟沈清徽以前认识，笑着跟江鹊说沈清徽冲浪特别厉害，有一回是在西班牙，壮观的海岸，他迎着陡峭的高浪滑下，身姿矫捷。

江鹊记忆里的他，是在别墅的窗边喝茶看书，那样剧烈的运动，好像有点违和感。

可转念又想到那个厚厚的相册，年轻的他意气风发，眉眼间满是春风般的爽朗笑意。

在教练说着的时候，江鹊抬眼看向他。

"好久没试过了。"沈清徽淡淡一笑。

"我想看。"

江鹊鼓起勇气，那样的意气风发，不该停留在相片上。

沈清徽有短暂的犹豫——是有七年没体验过的自由和生命。

对上江鹊期待的视线，沈清徽笑了笑："行，让你看。"

江鹊是第一次看到这样的他。

出来的时候一身休闲短裤与白T恤，清爽干净，江鹊觉得他一点都不像三十五岁，倒是像二十多岁。

怕冲浪将衣服打湿，他下水的时候脱了上衣，江鹊第一次看到他赤裸着上半身，线条流畅利落，肌肉的轮廓坚实性感。

江鹊的全部目光都在他身上。

他拎着冲浪板，在岸边热身，浪花涌来的时候，他放下冲浪板，俯身，入水，身子贴在冲浪板上，随着水波晃动，而后停住，似乎在判断浪的坡度和颜色——颜色越深，浪花越陡。

看似平静的海面，掀起的浪花很汹涌。

海浪逼近，他慢慢躬身站起来，冲浪板完全在他的掌控之下，浪花翻涌着，卷起层层白沫，他稳稳地掌控着冲浪板，身姿洒脱，肌肉线条流畅漂亮，他的手臂保持着平衡，浪花掀高，江鹊的心也提了起来。

他的身影就在前方，迎浪而上，洒脱恣意。

像一条凶而猛的鲨鱼，乘浪跃起。

远处还有一个冲浪俱乐部，岸边有不少穿着清凉的人，有人在尖叫，江鹊看不清楚，但心里清楚——是因为他。

江鹊的心跳得很快。

游艇速度慢下来，沈清徽攀着甲板跳上来，头发与短裤湿透，水珠顺着他线条硬朗的下颌滴落下来，结实的胸膛上也缀满水珠，汇聚成流，蜿蜒过腹肌，教练给他递过毛巾，他也只是随意地擦了擦脸，动作懒散又随意，透着一种极致的欲。

与他平日的斯文温和不同，是洒脱、自由、活力。

他站在江鹊面前，心脏好像在这瞬间活过来，那种激情与自由的空气，很久都不曾拥有过了。

他对江鹊伸出手。

江鹊过往的二十年里从没有过这样的刺激。

游艇在浅水缓慢行驶，沈清徽教她站在冲浪板上，他站在甲板上攥着引绳为她把控方向，游艇行驶得缓慢，她半蹲在冲浪板上，按照他说的，在浪花涌来的时候慢慢从冲浪板上站起来。

海浪冲过脚面，风在耳畔吹着，卷起头发，在空中纷扬。

江鹊的注意力全都放在他的话和脚下。

他教她怎样掌控力度，怎样保持平衡。

江鹊只记住了一句——

"别怕，有我。"

是他给的勇气，她的两只手紧紧地攥着引绳，他为她掌控着方向，让她在浪花上遨游，像一条自由自在的鱼。

游艇在行驶,滑出白色的泡沫。

激烈的翻涌,温热的海风。

江鹊突然想尝试松开为她控着方向的引绳。

结果到底还是太稚嫩了,浪花突然卷起来,她脚下的冲浪板一下失控,整个人向水里栽倒。

"扑通——"

巨大的水花溅起,其实水根本就不深,也是因为这个她才敢松开手。

她从水里抬起头,甲板上不见了沈清徽的身影。一转头,发现他在不远处,朝着她游来。

尝到快感的那一刻,江鹊的热血涌动,心脏在胸腔里跳得剧烈,哪怕落了水,也没有丝毫惧怕。

他朝她游来,江鹊单手扶着冲浪板,忽然被一股力气拉到怀中。

浪花因他的动作层层激起,冰凉的水拍在江鹊的脸上。

还不等反应过来,她被拉入一个怀中,微凉潮湿的胸膛,四面都是涌动的潮水,在7月中旬的某一天,拥有一个沾染着海浪味道的吻。

——在她落入水中的那一刻,沈清徽忽然觉得有什么在失控。

不准有任何万一。

她像一尾人鱼,浮在水面上,将湿透的长发都拢到脑后,周围的海水泛着光,她睁开眼睛,对着他笑。

口型在说:我没事。

明媚的笑容,黑色的连体泳衣湿透了,身体的线条柔软美好。

这样鲜亮的她,让他的灵魂醒来,像回到意气风发的那年,征服一座座陡峭的山,征服无数海浪,那时他觉得生命值得热爱,因为无数未知的变数。追逐山川海岸的日出,去看一眼新生的第一缕朝阳。

他丢掉热爱的那一年,生命也在那年黯然失色,日出日落,沦为失眠的背景。

江鹊带他重新找到年轻的灵魂,重新找到值得热爱的生命。

一阵浪花袭来,江鹊下意识地搂住他的脖颈,脚下的沙在下陷流动,沈清徽在水中抱着她,由着海浪前后翻涌。

"怕不怕?"沈清徽低头问她,声音微低,却染着笑。

"一点都不怕。"江鹊的眼底是笑容,她回答得很快。

沈清徽笑着看她,抬手捏了捏她的鼻子。

一下午,江鹊跟沈清徽泡在水上,冲浪,躺在游艇的甲板上睡午觉。

在太阳即将落下的时候,游艇靠岸边停下,他们去换了衣服。

江鹊还不想早早回去,沈清徽依着她。

二人在海岸边坐着,沙滩细腻,浪花涌来拂过脚面。

江鹊坐在他旁边,太阳变成橘红色的一颗,云朵压在海岸面的远处,水面上泛着粼粼的落日余晖。

"沈先生,"江鹊转头看他,"我今天特别开心!"

沈清徽拨了下她还湿着的头发:"你若愿意,以后每年的生日我都陪你过。"

"愿意!"江鹊眼也不眨,站起来,"走啦,我们该回去吃晚饭了。"

沈清徽应了一声,拉着她的手站起来。

他比她高很多,站起来的时候,回头看了一眼。

江鹊也看到了——

海岸边的日落,是绚丽的,整片天空都被染成金灿灿的金色,水波荡漾。

爱意就在黄昏日落时。

沈清徽低头看她,江鹊迎上他的视线,忽然有点勇气。

她踮起脚来,凑近上去,快速地亲了他一下,然后有点不好意思,要往回跑。

沈清徽将她拉回来抱在怀里。

发光不只是太阳的权利,也是江鹊的权利。

海潮的声音此起彼伏,偶尔也有几只海鸥飞过天空,发出尖锐的声音,他就这样静静地抱着她,一切静谧下来,他听到彼此的心跳声。

清晰有力地在胸腔里撞击着。

"生日快乐,江鹊。"

"收到啦!"

江鹊被他拥着,从他怀里抬起头,脸上一整天都挂着笑。

这是她最快乐的、一个迟来的生日。

二十岁尚且稚嫩,但她遇到了沈清徽,教她自由、勇敢,他不会同她讲太多的大道理,却会让她在每一件小事里明白:她值得被爱。

二十岁生日的尾声,沈清徽为她准备了生日蛋糕和一顿简单普通的晚餐。

甚至特意给她做了一碗面。

还是林中别墅,回来之后江鹊想做饭,沈清徽不许。

连不许都说得很温柔——

"我太久没有进厨房,也该让你尝尝我的手艺,"沈清徽打开冰箱冷冻室的时候,找到一盒草莓冰激凌递给她,"今天是你过生日,在外面等我。"

江鹊接过冰激凌,也没真出去,厨房是开放式,她就在外面的餐桌上一边吃,一边看他,又或者看外面的天。

落地窗外的太阳已经落下,只有门廊前留有一盏灯。

在这里,好像永远都不会有人来打扰,是属于他们的秘密领地。

江鹊晃着腿,挖了一勺冰激凌,酸酸甜甜的草莓味,又转头看一眼,厨房里摆了不少的食材。

江鹊有点不好意思,捧着冰激凌,非要来帮忙。

沈清徽只让她清洗蔬菜,别的不准她插手。

江鹊洗完之后好无聊。

沈清徽干脆给她搬来一张椅子让她在这坐着。

江鹊还是个小女孩,平日里在外人面前沉默寡语的,很胆小害羞,但对熟悉的人就不会特别拘谨,甚至有点话多。

就如面对沈清徽,有点难忍多话。

问他要不要帮忙切菜，都不需要。

江鹊觉得自己有点帮不上忙。

沈清徽切菜，姿态依旧好看，他说："真想帮忙？"

"嗯！"

"那让我尝尝你的冰激凌。"

江鹊一愣，随即笑了，想重新拿一个勺子，沈清徽却说不用，用这个就行。

江鹊犹豫，这是自己用过的。

但还是挖了一勺递过去。

沈清徽正在处理几只虾，他没有伸手接，而是凑向她，弯腰，吃下了勺子里的冰激凌。

江鹊举着勺子，呆愣了几秒才反应过来。她站在那儿，因为这个自然而然的动作，又或者是他凑近的时候身上隐约的檀香味道，让她不由自主地想到下午在水中的那一吻。

那样亲密又放肆的吻，回想起来，脸上就有点发烫。

沈清徽看她的反应也只是笑，那点心思都被他看透了。

沈清徽已经有七八年没进过厨房，有那么一阵子是凑合吃，后来是刘阿姨做饭，一日三餐吃得也算规矩。

以前，跟朋友一起烧烤过，旅游的时候也做过些当地的美食。

沈清徽做了几道家常菜，蛋糕也是他亲自做的，看似简单的半熟芝士，烤完后整个厨房里都溢着香气。

沈清徽对她很温柔，像对小孩子。

江鹊感动得不行，眼眶又一次发酸——这几天，她总是过分脆弱。

沈清徽有点好笑地坐在她对面，在她落泪前先递过去一张纸巾，然后做好了一副随时都可以哄她的架势。

江鹊又笑了。

蛋糕也端上桌后，沈清徽很有仪式感地关上了灯。

没有蜡烛，他去找了个打火机，打开，火苗蹿起。

江鹊眨眼看他，跳动的火光，映衬着他轮廓分明的脸。

闭上眼睛许愿的那一刻，脑袋里空空如也，回忆像是走马灯。

值得回忆的事情没几件，所有快乐都是在遇见他后才发生的。

最后落定，是海风与翻涌的浪花，是沈清徽攥着引绳为她把控着冲浪的方向。

他的声音弥散在海风中，然后越发清晰——

"别怕，有我。"

头十几年的愿望太过千篇一律，这个二十岁，沈清徽为她编织了一场只属于她的、她从不敢幻想的美梦。

所以这一年的迟来的生日愿望，江鹊的愿望是他。

——愿望是他，愿望也是关于他。

睁开眼睛，对上他的眸子，他在耐心等着她。

江鹊吹熄了火苗，弯唇笑了。

那个半熟芝士蛋糕，用掉了一整盒奶油芝士，妥妥的热量炸弹，但是也过分地好吃。

以往江鹊不敢多吃，是怕胖。

沈清徽很久没有吃这种甜食。

这种感觉，像江鹊在带着他一点点找回自己。

饭后，沈清徽虽然不说，但江鹊知道，明天就要回去了。

这样的时光分外不舍，江鹊想出去走走。

月霜洒满银杏林，有点冷，江鹊贴近了他身边，沈清徽的胳膊晃了晃，江鹊明了，两只手抱着他的胳膊——

这样亲密的举动，江鹊起初很小心，只是有点不好意思地看了一眼，哪知道下一瞬他的手递在眼前，主动牵住她。

从不用犹豫，从不用纠结，他的耐心和温和，在每一件小事里。

夜风拂面，只沿着一条路走，什么都不说，也觉得温暖。

江鹊想起来之前看到的一句话：我随时都做好了与你私奔的准备，如果要私奔，请提前十分钟告诉我，我用五分钟收拾好行李，五分钟奔向你。

后来走到海边,夜色下的海水深邃,墨一样黑沉的颜色。

江鹊就依靠在他的身边,在沙滩上踩出脚印,又被覆上来的潮汐吞没。

江鹊偏头问他:"沈先生,那您有没有什么生日愿望?"

沈清徽低下视线看她,对上一双晶亮的眼睛:"我想要的都实现过了,我的愿望都留给你。"

江鹊非要缠着他说一个。

沈清徽似沉思了几秒:"现在的愿望是每天都可以听到你说晚安。"

一念当下,就是自在。

江鹊撇撇嘴,觉得这个愿望太简单。

沈清徽跟她说人世间变数很多,江鹊听得不明所以。

她的世界很小,以为每天就是周而复始,一句晚安能有多难。

她还太年轻,很多道理都不懂。

江鹊跟他在海边走了一会儿,突然心血来潮,想到墙上和相册里的那些照片,那时仍年轻张扬的他,做他喜欢的事情。他的热爱。

想拍一张照片,希望自己也能让他有一份快乐。

但拿出手机后,发现光线太昏暗。

沈清徽调了闪光灯,按下拍照键。

那天江鹊有点蒙,都没有来得及去想应该摆什么姿势。

他们肩并肩坐在海滩上,她靠在他身边,周围的光线昏暗不明。

闪光灯模式拍照应该算是一种死亡模式,但对他来说并不是。

她甚至可以清晰地看到他左眼眼尾下的那颗小泪痣,看到他唇边的淡笑。

江鹊想让他把照片发给自己,说出来后才发现自己没有他的微信。

沈清徽让她扫了一下添加上好友,将照片发给了她。

江鹊看到他微信的名字是空白,头像也是黑色。

就在一个不经意间,回想到下午他看宋烨的眼神,覆着一层冰霜,冷得像12月的寒冬。

她从没看透过半分。

他是神秘的海岸，她也会为他毫无遮拦地保留一份赤诚。

后来，这张随手拍的照片，被他洗出来放在钱夹的夹层。

回去后，江鹊早早洗漱了，沈清徽跟她说吃过早饭后才回程。

沈清徽去浴室洗澡，江鹊窝在床上，电视开着，本来是她无聊，开了电视，在播一个八点档的狗血偶像剧。

她换了个台，是港城某频道。

电视里，记者在用一口港普介绍，本来最有希望夺冠的是一匹来自中亚的汗血宝马，众人在上面押了不少钱，甚至有某企业家押进去了全部身价。

但是这匹马刚冲出赛栏，就轰然倒地，骑手摔在地上，身上多处骨折。

画面切过去，比赛场地外，是众人的唏嘘，背景音里一片嘈杂，有人叫骂，有人呆滞。

现场兽医鉴定，这匹宝马因为饮食、天气的转变和摄水量不足以及过度的训练，造成了急性肠扭转，已经发展至末期，兽医在画面里摇头。

正在看着，沈清徽穿着睡袍从浴室里出来，氤氲的雾气，潮湿又好闻的木质香气。

他抬手摁了遥控器，关掉了聒噪的电视。

江鹊就老老实实准备睡觉，沈清徽照旧倚靠在她的身边。

半梦半醒，沈清徽问她，这个生日过得开心吗？

江鹊点点头，困得声音有点迷糊，说很开心。

隐约听到他又坐起来，像是拉开了抽屉。

然后拿出了什么金属质地的东西，有点细碎的声音，江鹊睁开眼睛，发现是个黑色的丝绒小盒子，里面躺着一条银质的小链子。

过分简单的设计，但是黑色盒子上一个细小的logo，能看出来价值不菲。

他将链子拿出来，在掌心放着，见她困倦，轻笑了一声，说："还有一个小礼物。"

然后拿起了她的左手，将手链扣在了上面，细细一条银链子，缀着一点细小的钻石，还有一只很小很小的银质小风铃。

小风铃，不动也响，不动也想。

他捏着她的手，手腕纤细白皙。

江鹊半梦半醒，抬起手腕晃了晃，像风铃一样的小小的声音，悦耳动听。

她翻了个身，就是他温热的胸膛，江鹊睁开眼睛，在黑夜中看着他。

别墅外面的廊灯没关，一点暗淡的光蕴着，他的睡袍微微敞开，这样凑近的昏暗光线，江鹊忽然看到他左胸口有一道很浅的疤痕，因为很浅，白天冲浪的时候都没有注意到。

"这是怎么了？"她小声问了一句，低垂着睫毛看着那。

沈清徽只握着她的手，静默了几秒，淡声地说："七八年前出过一次车祸。"

"疼吗？"

"都过去了，"沈清徽低头，对上她仰起来的视线，忽然吻了她一下，"快睡吧。"

他没有说疼不疼，落下这样一道疤痕，肯定会很疼，但他只说了一句都过去了。

——至少在这一刻，是真的都过去了，以往他从不肯与过去和解，其实哪有那么多心结，是自己不肯放过自己。

想起来以前寺庙的住持跟他说过一句话，圣人都会被诽谤，更何况凡夫，自净其意，心常自在。

江鹊往他怀里靠近了一些，手指向上，很轻很轻地触碰了一下，疤痕早已随着时间淡化，要凑近些才能看得清楚。

沈清徽笑了，很低的一声笑："别乱摸，摸出事了你可要负责。"

江鹊茫然抬头，几秒后才明白过来，忙低下头，几秒后，又觉得自己这个反应不好,像在拒绝他——

她没谈过恋爱,不知道什么是该拒绝,什么又不是,只知道他对自己这么好,自己什么都不该拒绝。

江鹊的睫毛颤了颤,慢慢抬头,张嘴,想说点什么。

沈清徽却腾出一只手,轻轻地覆在她的唇上。

"你是第一次谈恋爱,"沈清徽在黑夜中看着她的眼睛,嗓音温和地说,"很荣幸我能被你喜欢,我希望你所有的第一次都是美好的,你应该体验被爱,我比你年长十五岁,是我该让着你。我不是因为你才二十岁所以喜欢你,而是因为你是你,你恰好二十岁。"

江鹊眨了眨眼睛,好半天,突然想起来先前他说的那一句:要是后悔了,就记得我久一点。

甚至于之前那句,你可以拒绝任何事情,哪怕是对我。

直到这一刻,江鹊才后知后觉,他对她,从不是嘴上的喜欢,也不是贪恋这具年轻的身体,是将她放在心上,从所有的细节上去对她好、尊重她。

她从许多人身上看清过这个世界的冷漠无情和残酷冰冷,但只有在沈清徽身上,才能够小心地做自己,去爱许多事情。

因为他会跟她说,你是独一无二的江鹊,你值得被爱。

对的人治愈她,错的人只会一点点消耗侵蚀她。

江鹊声音哽咽:"我可能……我没有谈过恋爱,可能有很多地方会做得不好……"

"做你自己就好,"沈清徽的手捏住她的鼻尖,"爱你是我的事情。"

"爱"这个词,好奢侈,又好温暖。

江鹊把脸埋在他胸口上,这样亲密的行为,无关情欲,他是真切地、在一点点地让她享受被爱。

第二天回去后,江鹊鼓足了勇气,更准确地说,她想要开始好好生活。

因为他那么优秀,她总要努力一点,往上爬。

她给白蕊打了个电话,说想辞职的事情。

白蕊静默了片刻,而后让她来一趟公司面谈。

这回轮到江鹊沉默。

白蕊说:"你放心吧,沈明懿还没回来。"

江鹊这才松了口气。

白蕊给她发了个地址,她说自己在巴黎皇宫这忙点事情,让她到这里谈。

江鹊收起手机,跑到沈清徽书房跟他说了这件事。

当时,那个宠物医生周彦刚上了门,把那只喜鹊送回来。

江鹊头一回听到喜鹊的叫声,叽叽喳喳,很好听,可能也是因为民间的传言,喜鹊报喜,总叫人听着心里舒服。

书房门没关,那个中年男人笑着说:"这喜鹊命大,那么重的伤都撑过来了,看这势头不错,还是你养得精细。"

沈清徽弯腰看了看,喜鹊精神好了不少,虽然大部分时间还是在笼子里趴着,但是能扑棱两下,在笼子里来回走两步了。

一双大黑眼睛,滴溜溜地看人。

江鹊推门进来的时候,周彦刚走不久,沈清徽正弯腰给喜鹊加食。

江鹊很郑重地说:"我今天就开始填简历,明天投出去。"

"行,等面试的时候,我送你去。"

"好。"

下午,是沈清徽开车把她送到她要去的地方的。

他只叮嘱她注意安全,有事给自己打电话,自己在陆景洲的茶馆,结束了过来。

江鹊点点头,或许是因为未来值得期盼,她觉得很轻快。

江鹊下车进来的时候,站在这个富丽堂皇的建筑前,还是犹豫了一瞬。

她想起那回看到的封远弘,站在门口往里看了看,没看到,然后深吸了一口气,快速地拉开了门走进去。

她乘电梯上楼,心脏好像被攥住。

到了地方，眼睛不敢乱看，到了包间门口敲了敲门，才听见一声"进"。

江鹊小心地推门进去，包间很大，但是只亮着最上面的白光灯。

矮几上摆了不少开瓶的名酒。

白蕊穿了一条某大牌设计的简约连衣裙，正坐在沙发上抽一支女士香烟。

长鬈发有点乱，脸色算不上多好，江鹊进来的时候，看见她脸上一点愁绪。

好像刚才这里来过很多人，散去后，有点狼藉。

"白姐。"江鹊叫了她一声。

"坐。"

白蕊单手夹着烟又抽了一口，从茶几下面给她拿了瓶饮料。

江鹊摇摇头，其实她对这个女人有点天生的惧怕。

"怎么想到了要辞职？"白蕊自顾自把饮料拧开递给她，咬着烟，吐出一口烟圈，几秒后说，"跟了沈明懿的三叔？"

其实本就如此，但是从白蕊的口里说出来，这个"跟"好像有了点别的意味。

就像这个场子里别的女人，酒后闲暇的谈资，谁谁谁跟了哪个老板，谁谁谁跟了哪个富二代。

白蕊其实很拿不准，所以问出来的时候声音尾调有点试探。

早就听说沈清徵并不是什么好人，尤其对女人，甚至某些方面有变态的嗜好，加上早些年庄景月作了不少妖，在圈子里传来传去，让人心里怪发毛的。

但是见了真人，那天他清矜寡欲的样子，又对江鹊很是照顾，跟那些传言没有一点相似。

白蕊又觉得，到了这个年纪的男人，都是人精，装肯定能装得出来。

于是眼神扫过江鹊裸露在外的胳膊和腿，白生生的，没什么痕迹。

江鹊咬唇，很想说一句不是那种关系，但是觉得说了白蕊可能也不会信。

于是她只是摇摇头,说:"就是想换一份工作做。"

"你也知道,你人不是我带进来的,薪资也不是我定的,"白蕊直勾勾看着她,"辞职这事儿,得等沈明懿回来再说。"

江鹊一滞,这个答案,意料之内,又在意料之外。

"沈明懿知道吗?"

白蕊又问了一句,没点明,但是意有所指。

江鹊又摇摇头,自己从不联系他,沈明懿也很少给她打电话。

白蕊静默了一会,似乎在组织一句折中的话。

"那你先回去休息几天吧,"白蕊终于抽完了那支烟,摁灭在烟灰缸里,"这几天你也先别来这儿了,沈明懿那边临时有点事情,要迟点才能回来。"

她这话说得很平静,没来由让江鹊心里怪紧张的。

沈明懿,是早晚都要面对的。

江鹊搁在膝盖上的手微微地攥紧了,沁出来一层薄薄的汗。

白蕊没再说什么,扔在桌上的手机突然响了起来,她没让江鹊走,江鹊也不敢走。

她当着江鹊的面接了电话,房间里太过安静,江鹊清晰地听到了那边的声音。

有一点喑哑,依然很冷——

是沈明懿。

他怎么偏偏在这个时候打了电话?

江鹊吓得一动不敢动,因为对沈明懿根深蒂固的惧怕。

白蕊回答了几个问题,很公式化,江鹊就在沙发上低着头坐着,尽量让自己没有存在感。

"对,江鹊在。"

最终话题还是到了她这里。

"好,我让她接电话。"

手机还是递到了江鹊的面前。

江鹊看着手机屏幕上，正在通话中的字，心在一寸寸沉下去。

白蕊把手机塞给她，然后说："我出去透透气。"

她抿唇，握着手机，像握着一个炸弹。

白蕊出去了，还关上了门。

江鹊拿着手机，几次调整呼吸，她没有先开口，那边也在沉默。

沉默了好一会儿。

"江鹊。"

沈明懿像是在抽烟，手机里，他长长呼出一口气，然后呛咳了几声。

他叫她的名字，声音有点喑哑，像是之前他通宵打游戏后的微哑。

"沈明懿。"江鹊没有答应，几度控制着自己的声音不要害怕，不要发抖。

"……"

沈明懿沉默，等她说。

"算了，还是你先说吧。

"有什么事儿瞒着我？"

沈明懿声音冷了几分，他这样说话的时候，总让江鹊想到他冷漠地坐在沙发上，包间里一个男人正被那些痞子样的人打。

那个男人求饶，他一言不发，喝着易拉罐的冰镇啤酒，侧脸硬朗凌厉，总带着几分漫不经心的讥笑。

沈明懿就像一个不辨是非的局外人，骨子里就是嚣张跋扈又邪佞的。看人时，眼神里是毫不收敛的戾气和冷漠。

就像学校里那些不学无术的混子——打架斗殴，浑身带着一股谁也不服的狠劲。

江鹊没说话，咬着唇静默。

沈明懿自然当成了江鹊在惧怕，他拉开椅子坐下，椅子发出了"吱嘎"一声。

沈明懿拨弄火机，又是咔嗒的声音。

江鹊以为这样的静默还要持续很久，在心中默默想着，自己贸然挂断，会有什么后果？

"江鹊，我要是过几天回来一趟，把你带到美国，你来不来？"

沈明懿终于还是说话了，他说得好像漫不经心，很自然而然的一句话。

——只有他自己知道，说这句话，是多重的分量。

江鹊会是他的包袱，可他不在乎，有了她，他什么都不在乎。

"你跟我来西雅图、丹佛、曼哈顿、纽约，我都带你去，只要你来，"沈明懿又抽了口烟，像是在抚平什么情绪，"你们家的钱，我可以暂不追究。"

他说完这话的时候，心里绷着一根弦，电话那端很久都没说话，沈明懿屏住呼吸听了几秒，听到了那浅浅的呼吸声，这才能确定，江鹊在听。

呛口辛辣的烟过了肺，但尼古丁让紧绷的神经松懈下来。

他故作轻松地说："一个你，免了江家欠的三百万元，我是不是特别看得起你？"

高高在上，玩笑的口吻，像是施舍。

要是以前，江鹊可能会短暂地犹豫，甚至会思考：把自己抵出去，免了一大笔债，应当是个很好的选择。

可现在不是以前。

江鹊回想起沈清徽对她说的话，他总是那么温柔地告诉她，你是独一无二的江鹊。

独一无二，就是无价的。

想到沈清徽总那样温和地摸着她的头发，所以心底有了点勇气。

"三百万元是吗？"江鹊轻声问。

沈明懿一愣，直觉有什么不对劲，但他还是鬼使神差地冷硬"嗯"了一声。

"还清了，我们是不是就可以两清了？"

江鹊的声音依然很好听，很轻，柔柔软软，从来不敢对人大声说话。

有时候他故意恶劣地欺负她，只是为了听她哭。

可江鹊从来不哭，哪怕眼眶发红了也绝不掉眼泪。

他让她在寒冬天去雪地拍照，胳膊冻红了，冻得没知觉了也不会对他求饶，不会落泪。

他让她去打扫沈家的后院，她真去了。一夜不眠，仍然不会来求他放过她。

而现在，江鹊用这样很温和、很轻的声音，跟他说"两清"。

沈明懿的心忽然一空，就像有人用一把锋利的刀子划了个口子，伤口来得猝不及防，意识到痛的时候，已经很猛烈。

"江鹊，你跟在我身边三年，谁准你说这种屁话？"

沈明懿掐着烟，声音像北方冷硬的山风，落地，是砸在心口的冰块，教人的心重重坠下去。

"沈明懿，我们是债主关系，"江鹊仍然不紧不慢地说，"我还清钱，我们两清，好不好？我想辞职，换一份工作……"

"砰——"

话还没讲完，手机被狠狠地砸出去。

江鹊心猛地一跳，握着手机，屏住呼吸，那边是一阵电流声，紧接着就变成了短暂的"嘟嘟嘟"。

她的心落地，又提起。

总怕沈明懿会突然杀回来，突然出现在她的面前，打碎她现在的一切。

如果是以前，江鹊不害怕沈明懿怎么折磨她，可大概是因为沈清徵对她太好，让她开始恐慌，甚至想要躲起来。

她有了一点勇气，可卑微了二十多年，这点勇气不足以支撑她强硬起来。

江鹊握着手机，呆滞了一会儿。

白蕊一直在门外，抽完了好几根烟。

越抽越烦躁。

最后，白蕊估摸着这电话得打完了，才是推门进来。

看到江鹊依然坐在沙发上,手攥着手机,搁在膝盖上。

"说完了?"

"说完了。"

江鹊把手机递给她。

白蕊身上一股重重的烟味。

她拿手机的时候低头看了江鹊一眼,依然是素面朝天的样子,一双黑亮的眼睛低垂着,想来沈明懿也不会说什么好话。

白蕊自认为泡在这样的环境中,早就没了同情心——这个社会教给她,少说话,没本事、没地位的时候,同情和怜悯是大忌。

但这会,白蕊看着江鹊,忽然也想到了自己刚入这行的那会。

家里做生意赔了钱,她长得漂亮,主动走上一个有钱的啤酒肚男人的车上。

一步错,步步错,摸爬滚打,她混到现在的地位,早就没了善良和天真。

男人会说动听的话,会画大饼,谁信谁是傻瓜。

在这个光怪陆离的世界,白蕊只能用冷漠包装自己。

白蕊今天赔笑了一天,忽然有点疲惫。

也难得能让她想到最初的自己,像江鹊这样天真干净。

白蕊收起表情,冷漠地说:"有时候错的不是你,但你什么都做不了的时候,接受是你唯一的选择。"

像说给江鹊,又好像是说给自己。

江鹊听不懂白蕊话里有话,她站起来说自己要走了。

白蕊"嗯"了一声,江鹊出来的时候,撞见了慌里慌张的经理。

经理看见她,强颜欢笑打了个招呼,然后开门进去了。

江鹊也没太在意。

推开门,经理看到白蕊坐在沙发上抽烟,其实烟灰缸里的烟头已经满了。

"白姐,"经理慌张地说,"总觉得这次不对劲,平日不都是派出所来查治安吗？这次我听说公司财务要被冻结了。"

经理很慌，万一出了事，谁知道自己会不会被推出来连带着承担责任，毕竟都泡在这里，很难说自己是一清二白。

"先不用慌，封总那边还没动静，"白蕊有点累，"毕竟封总是沈邺成派过来的，先相信他一下吧。"

"白姐，宋家的事……是不是真的？"

"嗯。你去跟员工说一下，宋泽贤就是我们这儿的普通高级客户，跟沈家有没有私交不清楚，"白蕊说，"要是情况严重，就跟宋家择干净，我们就是一个开夜场的，怎么能管得到客人的事情？"

"好。"

白蕊说得很平静，经理的心也放下来。

肯定没事，不管怎么说，巴黎皇宫都是挂在沈明懿名下，沈明懿又是沈邺成的亲孙子。

第五章

我就在
你身后

TENDER IS THE
SPRING

江鹊从电梯里出来的时候，脑子里思考了很多事情。

比如她能不能直接走人，要是躲得远远的，沈明懿又能不能找到她？

江鹊想开始新的生活，但身上总有一些无形的枷锁。

从电梯里出来的时候，江鹊隐约看到大厅里有不少人，她瞥了一眼，仍然看到了西装革履的封远弘正在大厅的会客沙发上坐着，好像在跟一些穿着制服的人说话。

他现在看起来很沉稳。

不似以前的年轻气盛。

但就算是以前，他也是表面上的道貌岸然，一个成绩优异的好学生，背地里也会跟那些抽着烟、染着发、出口成脏的社会上的女生混在一起，会靠着墙角跟她们在污浊的台球厅抽一支烟。

江鹊不敢多停留，只看了一眼，低着头快步走了。

陆景洲茶室那边，王警官正好要走。

他只是来知会一声，阮佳思确实是自杀，这段时间给沈家带来了不少麻烦。

说沈邺成身体不好，最近频繁叨扰。

沈清徽觉得无碍，都是配合工作而已。

送人的时候，沈清徽突然想到什么："对了，王警官，您听说阮佳思的墓地在哪个墓园了吗？"

"好像是在万寿园。"王警官沉思了几秒。

沈清徽点头："行，辛苦您了。"

"没事。"

沈清徽送人到茶室门口，王警官对他印象很好。

虽然家世煊赫，但没有那种高高在上与虚伪圆滑。

王警官笑着说自己走就行了，不耽误您喝茶了。

沈清徽站在落地窗旁，目送着王警官走。

他视线又往外看了一圈，还没看到江鹊过来。

看一眼时间，也不过才过去了半小时。

沈清徽想着，要是一小时内江鹊还没回来，他怕是要去找人了。

总是怕她被人欺负，又觉得应该给她独自面对的机会。

沈清徽重新上楼，陆景洲这才能说上几句话。

陆景洲起初都没想到那匹马看着挺正常，只知道马肠扭转是急性病，发展很快，但是那天也没看出端倪。

沈清徽只说了两个字，细节。

陆景洲回想了一下，才恍然明白过来。

马才从中亚运过来，天气与饮食的骤然变化，马匹的饮水量不足，又过分紧密的训练，不出事就怪了。

"其实那天我只看到那匹马频繁往后看，水槽又是空的，"沈清徽笑了笑，说，"饲料一点都没少，看着很不安。"

"老宋真栽那匹马上了，你不知道这事发展得多戏剧。"

牵一发动全身，一匹马死了，背后扯出来冰山般的链条。

宋烨把大半的钱都押在这匹马上，像个疯狂的赌徒。马死了，公司资金链断裂。

本来就是抵押贷款公司，资金源于投资人投资，而后将钱贷出去获得利息利润。

结果钱都被他赌光了，投资人来逼债，宋烨又去催债，结果被人报了警。

宋烨靠一匹马一夜发财，也因为一匹马赔了个倾家荡产。

是挺戏剧的，那天见他的时候还意气风发。

沈清徽波澜不惊。

一些企业发展壮大，没人看得到那些消失得无踪影的小公司。

"保不齐沈睿言也要被查了，"陆景洲暗叹一句，"现在我算明白了，你置身事外，真是个好办法。"

"该说的话我早就说了，听不听也不是我能决定的。"沈清徽淡然说，"只是觉得有点惋惜而已。"

那天他特意去提醒了白蕊。

道德与法律是无形的规则，人是活在规则内，规则内自由，跳出了规则，代价不是人人能承担得起，他已经说得很直白。

沈邺成没有他这么好心，对沈邺成来说，沈睿言这个儿子，也可以是为了保全大局而牺牲的羊。

毕竟沈睿言的母亲，唐吉玲，跟在沈邺成身边这么多年，外人也只默认是沈家的保姆，贴在她身上的标签是"勾引沈邺成的小三"。

他本意不是为了提醒沈睿言，只是有些惋惜——沈明懿今年才二十岁出头，跟江鹊一样的年纪。

这个家不像家，但孩子总是没错的。

有时回想起沈明懿的小时候，也能让他想起自己并不快乐的童年。

可人各有命，命由己造。

沈清徽听到楼梯上传来一阵脚步声，有点轻快，他放下茶杯，拿起了桌上的手机。

"先走了。"

"好。"

陆景洲没起来送他。

沈清徽刚站起来，茶室的门被推开，江鹊站在门口，有点谨慎的表情，沈清徽对她招招手，江鹊跑过来，还跟他打了个招呼。

沈清徽很自然地牵住了江鹊的手，问她今天晚上有什么打算。

江鹊有点不好意思，小声说了句准备今天把简历写好。

沈清徽说，行，带你去吃顿好的。

二人离开了，陆景洲才发现自己脸上带了点笑意。

"爱情"真是个美好的词，很缥缈，但也真实存在。

回去的路上，沈清徽跟她说了阮佳思的墓地，江鹊点点头，觉得自己还是过几天再去，毕竟也怕碰上阮家的人。

沈清徽选了个不错的餐馆，很清淡的养生餐馆。

有一个骨汤，里面加了百合。

沈清徽以前很少对食物挑剔，但尝了一口这汤，怎么都觉得少了一丝清甜。

少了那薄薄的苹果片，好像滋味都寡淡了。

沈清徽问她今天有没有被人刁难。

江鹊起初摇摇头，后来犹豫了一会儿，咬唇想问，又觉得提沈明懿不太好。

"想问明懿什么时候回来？"

沈清徽给她剥了只螃蟹，将白嫩嫩的蟹肉放进她碗里。

他问出来了，江鹊点点头。

"沈家最近可能有点事情，他一时半会儿回不来，"沈清徽笑着看她，抽了张纸巾给她擦了擦嘴角的一点渍迹，"回来了也没关系，我胳膊是向你拐的。"

江鹊不怀疑他的能力，只觉得他夹在她和沈明懿中间，后者不管怎么说都是亲情。

犹豫几番，还是没说出口。

她其实明白"自知之明"这个词是什么意思。

她很识趣，不会让他跟亲情抗衡。

这顿饭，江鹊吃得有点静默，沈清徽跟她说什么，她都有点意兴阑珊——不是她故意的，是在撑着笑一笑。

他肯定能看出来。

饭后，沈清徽跟她出来，让她先在车上等一会儿，他马上回来。

江鹊乖乖坐在副驾，车子停在广场上。

灯光亮着,远处仍有年轻人在玩滑板,偶尔也有一些牵手的情侣经过。

尽管他们也曾亲密地接过吻,也曾亲密地睡在一张床上,可"情侣"这个词,总让她觉得很遥远。

江鹊想不通很多复杂的事情,只是看着广场上的人影,会很容易地想到沈清徽握着她的手,眉眼中蕴含着耐心与温和,让她别怕。

又或者是在海水中,他朝她游来时,分明有点急切。

快乐是真的,可不勇敢也是真的。

江鹊垂着视线,觉得自己刚才那样的强颜欢笑,肯定让他不高兴了。

他明明对她那样好。她觉得自己有点不知好歹。

下一瞬间,副驾的车窗被敲响,江鹊猛地从情绪里醒过来,吓了一跳,一转头。一束花出现在她的面前,江鹊手忙脚乱,按下玻璃窗。

沈清徽凑近,胳膊搭在车窗上。

白色的玫瑰花,花瓣边有点很浅的蓝色,江鹊从来都没有见过这样的玫瑰花。

玫瑰上有一张小小的卡片——

送给我的江鹊。

后面还有点违和地画了一个笑脸。

江鹊呆住,好半天没反应过来,她愣愣地看着花,一时间竟然不知道该接还是该开车门。

沈清徽笑着看她,他的轮廓被广场上浅淡的暖光映着,深琥珀色的眼睛里有很温和的笑意和温柔。

他问她,有没有开心一点?

江鹊忽然更觉得,是自己太无理取闹,他一定看出了她刚才的不高兴。

其实根本不是因为他,是自己太过敏感。

江鹊声音有点抖:"怎么买花……"

"哄你笑一笑。"他仍然撑在车窗前,他很高,要微微地弯着腰凑近。

江鹊眼眶酸胀,看他有点模糊。沈清徽有点好笑地看她:"又把你惹哭了,看起来是我有点不合格。"

没有缘由的，江鹊想到那天在日料馆前的一句玩笑。

他说，三毛这么说完，就成了荷西的太太。

回想到这句话，江鹊的心里猛地一跳。她忽然有点意识到，自己对他这份感情，多了远超只是想想的贪恋。

沈清徽晃了晃花，仍然笑着问她："要不要？"

"要是不想要呢？"江鹊莫名说出了这句话，大概是因为他对她有点没底线。江鹊多了一点勇气，但勇气像刚冒出的芽儿，很脆弱。

"那你今天的简历是写不成了，"沈清徽沉思了几秒，没有丝毫的恼意和不耐烦，"我得想想办法先把你哄开心，"

江鹊笑了，可是笑着的时候又比哭还丑，眼泪掉下来，他总这样没底线地对她好，容纳着她这些敏感的情绪与心思。

回去的车上，江鹊捧着那束花，还是鼓足勇气跟他坦白，说怕自己夹在他和沈明懿之间，让他难堪。

沈清徽专心开车，在红灯的间隙，他的眼神看过来。

江鹊觉得说出来舒服多了。

沈清徽声音很平淡，斟酌了一下语言："我跟沈家的感情，没有你想象中那么深。"

沈清徽的视线看着前面，一条宽敞的马路，两旁亮着灯，车内隔绝了所有的声音。像一条寂寞的银河，他是最远处的星星。

江鹊只有一种直觉，有点为他难过。

沈清徽也觉得这个话题有点沉重，他轻笑了一声，而后看向她，在黄灯闪烁前，说："所以要是真面对做选择的那一天，如果你还愿意，你是必选题。"

晚上回去后，沈清徽给她找好了资料和模板，让她在书房里专心填简历，像是怕打扰她，他在露台那边打电话。

江鹊也没有要听的意思，只偷偷回头看了一眼，他坐在露台的沙发上，夜光昏暗，闲散地靠坐在那儿，拿着手机说话，脸上很淡的表情，没什么温度。

要是没遇到她——他的生活又该是多么按部就班，又是多么枯寂。

后来他挂了电话，就把手机放在矮几上，端着紫砂壶倒了一杯茶，慢慢喝着，看窗外满墙的龙沙宝石。

江鹊趴在桌上，视线落在他身上。她拨弄着手机，突然顿了一下，点进他的朋友圈。

所有的动态停在八年前，2013年，他分享了几条关于雪山的新闻。

还有一张照片，很早的相片，像素还没那么高。他坐在病床上，胳膊和胸前缠着绷带。

江鹊想到他在路上的那句话，他对沈家的感情很淡漠。

他比她年长的十五年里，已经独自经历了远超她认知范围的事情，却仍然愿意俯身来，用成熟和温柔包容她。

江鹊收回视线，又慢吞吞地填着简历，结果才写了没几个字，视线又落到那束玫瑰花上。

她从没见过这么漂亮的玫瑰花，然后查了查，这玫瑰有个好听的名字——密歇根冰蓝玫瑰，很少见，花语也不是什么腻乎乎的我爱你。它的花语是，我送你的希望，是星辰大海。

就像他的感情，从来都不是贪图与欲念。

江鹊感到心脏的某处像是塌下去了，有点难过——自己能为他做的，很少很少。

沈清徽向门内看了一眼，正好对上她的视线，

江鹊停顿几秒，最终抱着他的笔记本电脑出去。

夏天的风温热拂面。

江鹊把笔记本电脑放在桌上，二百字的个人介绍才写了几十个字。

她在他身边坐下，往他那边靠近了点。

"不急，慢慢写，写完我帮你看看。"

沈清徽看了一眼屏幕，其实也能猜到，江鹊脱离社会太久，不会写这些东西很正常。

尤其淮川是个大城市，就业竞争也大。他是有能力直接给她安排一

份不错的工作,但是总觉得这样会让江鹊觉得亏欠。

哪怕是一份薪酬再普通不过的工作,也能让江鹊很开心,因为这起码是她自己努力得来的。

"嗯!"江鹊点点头。

江鹊以前上学的时候学习挺用功的,作文写得也不错,但是现在提起笔来,竟然不知道写点什么。

沈清徽跟她说,简历就是要夸自己,把自己的优点都列出来,通俗点,就是比谁厚脸皮。

江鹊觉得自己很吃亏,说到底还是学历的问题。她有点颓唐,思来想去,只觉得自己做事算是认真。

"声音好听,配合工作,服从性高,人也机灵,挺适合这行的。"沈清徽随随便便给她列举出几个。

江鹊不说话。

沈清徽探手将她钩进怀里。

四下万般静谧,天上只有几颗星星,寂寂寥寥。

以往,他若是自己坐在这儿,不知道能看多久。真的早就习惯了孤身一人,只记得从很小的时候就这样,从来没人陪着他。

尚且年幼的时候,他对"陪伴"这个词,有点病态的理解。

那会儿刘阿姨也还年轻,跟他说,庄景月得他不易,要他一定好好懂事。说庄景月是冒着高龄产妇的风险,在港城和美国来回奔波,折腾做了好多次试管才有了他。

刘阿姨告诉他,庄景月是疼爱他的,是用命把他生下来的。

可每次,庄景月看着他,叫的都不是他的名字,而是一个叫沈容信的名字。

他那时还小,不知沈容信是谁。后来跑去问庄景月,为什么叫自己沈容信。

庄景月就开始哭,待在楼上的房间里闭门不出,家里的阿姨说庄景月生病了,在接受治疗。

至于沈邺成,常年忙工作,也没什么时间陪沈清徽。

沈清徽细想,这么多年来,他几乎从没拥有过陪伴。

再后来深陷沈家和庄家的纷争中,他不是沈清徽,是商业版图里的一枚棋子。

这个家里,任何人之间的羁绊,都是因为利益。明明身上有同样的血脉,却与"亲情"两字没干系。

沈清徽揽着江鹊,多希望分秒绵延成永恒。

后来,江鹊非要在睡前把简历写好,但后面的工作经验,江鹊不确定是否该照实写——一个不专业的模特好像跟配音没任何关系。

沈清徽就靠在床头,跟她说了几个词让她自由发挥,什么"配合度高""能吃苦耐劳""有团队意识"。

江鹊笑了:"会不会像撒谎?"

"这是专业化用词。"沈清徽凑过来看了一眼屏幕上的字,粗粗看了下,没什么问题。

要说唯一的缺点,就是没什么工作经验。但是也还好,现在仍然有很多年轻的公司愿意招一些应届年轻人。学历这东西,也不好说。

江鹊这才松了口气,然后一看时间,都已经晚上十一点多了。她匆匆忙忙放下电脑飞身去洗澡。

沈清徽跟她说跑慢一点,他刚洗完澡,里面地板还湿着,别滑倒了。

江鹊应了一声,沈清徽看着浴室的方向,无奈笑了笑。

江鹊脱掉衣服的时候,手腕上的手链碰撞,发出一点细碎的声音。

她小心地把手链摘下来放在台子上。手链上缀着的钻石,很清透的颜色,一看就价值不菲。

江鹊洗澡的时候,脑子里想了很多东西。

他给了她太多,总这样接受着,而她好像什么都为他做不了,江鹊心里酸涩,总觉得这样不平等。

江鹊洗完澡吹干头发出来,站在镜子前,久久地看着镜子里的自己。

其实已经很久没有照过镜子了。

二十岁的身体,珍贵的是年轻。还有某些意义上的第一次。周围的很多人和事情都给她灌输这样的思想。

　　江鹊对某些方面有恐惧,难以克服的恐惧。

　　之前有人给她看过那种视频,她没有什么别的感觉,只觉得害怕。

　　当时那个女孩还告诉她,这东西没什么好怕的,还跟她讲细节上的不同。女孩说得津津有味,江鹊却忍不住想干呕,一种心理性的恶心。

　　江鹊站在镜子前穿好睡衣,不想这样的事情,不会痛苦,但想起来,心上像压了一块石头。让她更觉得自己在心理上是残缺的。或者更应该说,她的很多观念,都好像被一只无形的手扭曲了,而她自己并未察觉。

　　江鹊没在浴室待太久,她默默开门,沈清徽正开着床头灯看书。

　　暖黄色的光线中,他穿着睡袍的身影像一幅温暖的画。

　　江鹊走过去,从另一边掀开被子上床。

　　沈清徽将书放到床头柜:"这么久,是不是又哭鼻子了?我看看。"

　　本来是开个玩笑,哪想江鹊窝在他胸口,一句话都不说,脸正好蹭在他的脖颈处。柔柔软软的头发,还带着一丝潮湿的香气。

　　沈清徽索性转了个身,换了个姿势将她揽在怀里。

　　睡袍的领口微敞,江鹊的脸贴在他的胸膛上,隐约又看到那道疤痕。他承受的比她多太多,每当他俯身用过分温柔的口吻跟她讲话的时候,都分外让她感动。不能为他做些什么,让她心里觉得亏欠。

　　江鹊心跳很沉,一下下很清晰。

　　她的声音轻,说:"沈先生,我觉得很难受,因为不能为你做什么。如果您觉得不公平……我,我什么都可以……"

　　沈清徽怎么可能听不出她话里的意思。他的手搭在她的腰间,没动。

　　江鹊的手动了动,很轻地,碰到他睡袍的带子。

　　沈清徽的手攥住她。他的手温热、干燥、有力,手指的轮廓修长。他让她抬起头来。

　　江鹊眼睛发酸,有一瞬间的模糊,但她咬唇撑着——对那种事,她从来都没有做好准备。只有恐惧,还有一点不易察觉的想呕吐的感觉。

他与她对视，是在斟酌，对这样的事情，怎么跟她说才更好。有些错误的观念，只能用温柔来一点点纠正。

　　"你以为，你可以用你的身体取悦我？"

　　江鹊看着他，不说话——印证了他的想法，这姑娘某些观念是错误的。

　　"我对你好，不是希望你这样做——不希望用你的身体取悦我，或者用你的身体去挽留一段感情，"沈清徽说得很慢，"爱才是性的基础，我同你是处在一段平等的关系中，我会尊重你，理解你，支持你。江鹊，我也希望你能知道——"

　　"……"

　　"我三十五岁，对一段感情的态度不是轻浮，"他看着她的眼睛说，"我对你，是认真的。你不是那些场所里的任何女孩，你是江鹊。"

　　"是因为……您对我太好了，我只觉得，那才是我最珍贵的东西……"

　　"珍贵的从来都不是那些，珍贵的是你，"沈清徽腾出一只手来，捏着她的小下巴，认认真真地说，"珍贵的是你，江鹊。"

　　江鹊还是没忍住哭了出来，她觉得自己太矫情，可被他用这样温和又庄重认真的态度对待着，一颗心整个都酸涩起来。

　　她觉得愧对他。她的想法好幼稚。

　　江鹊哭着说："沈先生，我可能对那种事有不好的反应，我可能需要很久很久才能做好准备……"

　　沈清徽抽了几张纸巾，温柔地覆在她的眼睛上，很小心地给她擦眼泪。

　　他笑着说："我又不是贪图你的身体。我倒是希望，在这段关系里，你能够勇敢起来，做个自信坚强的女孩，我能让你体验到很多美好的事情，就已经很满足了。江鹊的初恋，应该是美好的。我总要让你体验到被爱的感觉，对不对？"

　　听他这样说完，江鹊哭得更厉害了。她是不该哭，可是忍不住。于她而言，沈清徽是光，将她带回一个明朗的世界，将她宠爱着。

　　江鹊闷在他胸口，起初还是小声哭，到后面越发止不住。

　　沈清徽像哄小朋友，一下一下地抚着她的脊背。

"不管你以前经历过什么，现在有我在你身边，"沈清徽揽着她说，"你可以依赖我。"

"……"

"也可以加个条件。"沈清徽故意说。

江鹊抬起头，纤长浓密的睫毛湿成一簇簇。

"等你找到工作后，有时间别忘了给我做做那道汤，"沈清徽低头看着她发红的眼睛，好笑地说，"哪儿都吃不到，还是得你来做才好吃。"

江鹊后知后觉，然后重重点头。

沈清徽将她的头发拢了拢。

"快睡吧，小哭包。"

话音才落，江鹊忽然凑上来，吻了下他的唇。

大概是有点没分寸了，鼻尖磕到他，她闭了闭眼睛，唇瓣相碰，她只觉得，自己缥缈的贪恋和喜欢，终于落地生根。

珍贵的是她，他对她，是认真的。旁人那些畸形的观念，什么都不是。只有他给的爱，才是最真实的珍贵。

沈清徽的手隔着睡衣，揽着她的腰。

怎么会没有动情呢。可他一点都不想在这种时候带坏她，至少，等她纠正过这些错误的观念。要等她一点点进入了他的世界，等她勇敢自信，能够终于明白这是一段平等的恋爱关系的时候。

爱与性，是享受，从来都不是单向的绑架。

"沈先生，晚安。"

江鹊也分外认真地看着他。哭多了，眼睛有点酸胀。

沈清徽笑了笑："晚安。"

大概是知道他无底线的纵容与温柔，江鹊在他怀里找了个舒服的姿势才闭上眼睛。

沈清徽也是由着她靠在怀里。被她依靠的感觉很好，而最重要的，是这样睡前看到她、睡醒她还在身边的感觉。

一颗溺在黑暗里的心，终于能窥见久违的春天。

这天后,江鹊终于坚强了不少,至少能每天早上直视着他的眼睛,笑着跟他说早安。

沈清徽也难得有点眷恋早上的时光。

江鹊投了简历,每天早上醒来,第一件事都是先看手机,有没有收到通知。

沈清徽抽走她手中的手机,俯身刚要落下一吻,江鹊忽然伸出手捂住嘴。

"我还没洗漱。"

江鹊飞快地从床上翻身下来,去浴室刷牙洗脸。

出来的时候,沈清徽已经在楼下,他站在清晨明亮的光中,拎着一只水壶正在浇花。

院子里的水流汩汩,龙沙宝石开得艳丽茂盛。

他站在花墙前,身姿颀长,姿态随意也优雅。

江鹊跑到他面前,沈清徽听到动静,一回头,她正好跑过来。他张开手,稳稳当当地接住她。

江鹊踮起脚钩住他的脖颈,凑上去亲了他一口,淡淡的薄荷味,像在心尖蔓延开。

沈清徽揽着她的腰,将浇花壶放在架子上。

一个亲吻,让早上的时光更缱绻。

刘阿姨这两天看起来情绪有点低落,给他们做好了早餐之后,沈清徽看出来她有话要说,就趁着刘阿姨在厨房的时候去问了一句。

刘阿姨说庄景月那边情况不太好。刘阿姨跟在庄景月身边很多年了。她总觉得护工照顾得不妥当,跟沈清徽说了一声,就收拾了东西去疗养院。

当时江鹊正在喝小米粥,隐约听到了刘阿姨跟沈清徽说了一句"有空去看看"。沈清徽没答应也没拒绝。

江鹊觉得自己好像也说不了什么,就默默坐在桌前吃饭,结果搁在桌上的手机振动了一下,她凑过去瞅了一眼,是一个陌生的号码。

江鹊有点犹豫，回想起来，那天沈明懿那通电话已经过去了四五天，这几天总担惊受怕，怕他突然回来。

江鹊盯着手机屏幕，一动也不敢动。

沈清徽从厨房出来，看她发呆，手机在桌上响着。

"怎么不接？"

沈清徽看了一眼，是个座机号，又响了几声，安静下来。

江鹊摇摇头，可能是自己太杯弓蛇影。

过了一会儿，一条短信进来，江鹊又看了一眼，整个人的血液凝住一般。是一条面试通知！

江鹊颤颤地拿起手机仔仔细细看了一遍，似乎不敢相信，又把手机递给他："沈先生……这是……"

他正坐在她对面，看了一眼屏幕，笑着说："很厉害，是面试通知。今天下午三点。"

江鹊有点无措，拿着手机好半天不知道该是什么反应。

"我是不是应该准备点什么？可我什么都不会，去了会不会……"

江鹊语无伦次，这突如其来的好消息，让她整个人错乱起来。

慌乱得就像被临时塞进一场运动会，参加一场接力赛。

"去了也是问你一些问题，你照实回答，"沈清徽笑着说，"记住，不要在面试官面前露怯。"

"好……"江鹊蒙蒙的。

"他问什么，你答什么，"沈清徽说，"你不比别人差半分。"

"好，"江鹊又问了一句，"万一我被刷下去……"

"自信一点，世界上那么多人，没有任何人可以代替你，"沈清徽说，"就算被刷下来，也是他们的损失，还有那么多家公司你没投简历。"

江鹊郑重地点了点头，他说得很平静，让她觉得心安。

外面的世界广阔，她是知道的，可是从没踏足过。

这一天，江鹊开始试着走出那扇门。

面试是在下午三点，沈清徽说中午带她出去吃饭，饭后把她送到地方。

他每天没什么事情,好像都快成她的私人司机了。

江鹊有点不好意思,跟他说了之后,沈清徽不太在意:"不然我在家闷着,也太无聊了。"

江鹊想了想,也是。他在家里做的事情,只有养花,喝茶,看书。暂时没发现过他做别的事情,可是江鹊知道他一定有别的爱好,只是不知因什么搁置了。毕竟那些照片上,他一身专业的运动装,怀里抱着头盔,很是意气风发。

沈清徽在客厅泡了茶看书,江鹊准备上楼挑选衣服——其实她带来的衣服也不多,估计没什么好选的,但是面试是个重要的事情,值得她为之好好准备。

江鹊临上楼前,在他旁边的沙发坐下。

"怎么了?"沈清徽从书上抬起视线。

江鹊看了一眼书,是莎士比亚的十四行诗。

那一页有一句话——

> 于是我曾拥有你,像拥有一个梦,
> 我在梦里是君王,可醒来一场空。

看着有点悲伤的文字,江鹊心里有点堵。就像那天在影厅,沈清徽不喜欢洛丽塔的结局。这样的感觉,不太好。

"沈先生,"江鹊觉得自己有点没文化,索性还是不组织语言了,她看着他的眼睛跟他说,"您也是最独一无二的,比任何人都好,您也可以做任何事情,我会永远为您加油。"

江鹊说完,这才上楼。

沈清徽愣了几秒,她突如其来的一句话,看起来有点莫名其妙,但是让他无声笑了笑。

沈清徽把书往后翻了一页,上面的内容也很有意思:

这是我的爱，我完全属于你，
为了你我甘愿受任何委屈。

沈清徽淡笑，将书合上，上楼。

江鹊带来的衣服其实很少，还都是款式很简单的T恤和短裤，有几条样式简单的裙子，但是颜色有点活泼，去面试好像也有点不行。

江鹊正在思考穿哪件T恤，沈清徽推门进来，看到几件衣服摆在床上。

沈清徽给她选了一条裙子，虽然并不算很正式，但是他当然也不打算让江鹊就这样过去面试。

江鹊不知道他在想什么，乖乖去换了衣服。

出门的时候，也才上午十点。江鹊觉得有点早，沈清徽从桌上拿起车钥匙说："出门转转。"

她顺从了，路上还上网搜索了一下面试官会问的问题。所以也没注意窗外，车子停在市中心的商业街，一家高档女装店门前。

江鹊往外一看："怎么到这里来了？"

"来逛逛。"

沈清徽下车，帮她拉开车门。

江鹊不知道他在想什么，但敏感地察觉到，他不会无缘无故带她到这儿来。

沈清徽没过多地解释。

这个牌子江鹊经常看到，也是因为公司里那些时尚杂志，主打名媛风，口号是什么女人要优雅自信。

SA[①]看到沈清徽，让他们在贵宾室先休息一会儿，然后叫了店长亲自来接待。

沈清徽的衣服有不少是这个品牌的。他平时也不来，每年都有人会直接将新品送去他家里，按年划卡账单。

---

① service assistant 的缩写，即销售顾问。

店长是个年轻女人，很礼貌地跟他打招呼。

沈清徽跟江鹊说："喜欢什么去试试。"

江鹊有点愣住，这里的裙子一条就要四五位数起步。

店长很有眼色，说先去帮这位女士挑选几条来看看。

贵宾室很明亮，有不知名的香熏。

江鹊摇摇头说："还是不要了，价格太贵了。"

在沈清徽眼里，价格只是一串数字。

江鹊坐在店里，有点手足无措。

"在很久之前，我也有年轻的时候，我爱攀岩、滑雪、冲浪、赛车，我爱我的生活，但我也被困在一段不好的回忆里很久很久，不知道生命的价值在哪里。"沈清徽坐在她身旁，拿过她放在膝盖上的手，分外认真地跟她说，"你才二十岁，我希望你知道，生命不应该畏缩屈服，你想做的事情，就勇敢地去做，这些价格对我来说什么都不是，你可以把它当作再平常不过的礼物，就像你送我的酸枣仁茶，贵重的是心意。"

江鹊一时间，竟然不知道自己能开口说什么。

他温柔地看着她，然后捏了捏她的掌心。

他永远在引导他，站在她的身后。

"我只想你知道，比起那些数字和乱七八糟的什么东西，你要自信，要勇敢，要永远漂漂亮亮，有机会去更大更广阔的世界闯荡。"

"……"

"江鹊，你要向前跑，去大胆自由地做你要做的事，无须顾忌退路，我就在你身后。"

SA 和店长给江鹊选了好多条裙子，各种款式。

店长一直在夸江鹊长得漂亮。周围几个 SA 也很会说话，夸她能夸出花来。

江鹊不太好意思，最后悄悄看吊牌，想能省一点是一点。

最后选中一条看起来很简约的白色连衣裙，有点像针织的材质，很柔软，有点修身，花边袖，很秀气。店长说让她换上试试。

沈清徽也趁着江鹊进去试衣间这个空当，说："那边几条都包起来，还是送到老地方，记在年底的账单上。"

"是。"

让她看见这么多购物袋，怕是又得局促一阵子。这条裙子很衬江鹊，沈清徽并不知道模特的标准是什么，但她身材比例好，就是有点偏瘦。

江鹊一头及胸的黑长发，发质细软。这衣服果然把气质拉起来，温婉柔软，眼神还有点羞怯。

不过也没关系。店长很热情，说要是可以给江鹊做一下头发，气质会更好。沈清徽默许了。

店长的审美在线，并没有做太夸张的造型，只用卷发棒稍微卷了一下，很慵懒自然的微卷。江鹊整个人看着精神了许多，甚至比常来店里的名媛漂亮多了。主要是这双眼睛，很干净。

店长一直夸她，江鹊不好意思，觉得别人不过是看在沈先生的面子上而已。

沈清徽与许多在试衣间外等女伴的男人不同。他只是坐在沙发上，没有看手机，专心地等她出来。

在此之前，SA和店长让她试了好几套裙子，每一回出来，沈清徽都是坐在这儿等着，并没有敷衍过。他欣赏着，她每出来一次就夸一次。

江鹊被夸得一直脸红。

连店长进来帮她整理裙子的时候都说："沈先生平时根本不来的，但他是我们这最尊贵的客户之一，沈先生跟外面传的一点都不一样，对您太好了。"

江鹊抿抿唇，重点听的是那句"外面传的"。她觉得有点不太对劲，但是回想到以前他那些爱好，也觉得好像可以解释。可能以前的他没有现在这样温和吧。

店长看她不怎么接话，后面也就不再多说，只最后说了一句祝福。毕竟沈清徽身边没跟过什么人，要是真的，多说些好话，对业绩只有好处。

江鹊出来,本来想换回自己的衣服,但是她的衣服已经被店长装进了购物袋,而后送到了沈清徽车上。

江鹊低头看了看自己身上的裙子,只能默认被他付过款了。

江鹊走到他身边,沈清徽很自然地牵住她的手出去,视线落在她身上,夸她漂亮。

江鹊挺不好意思,问他吃什么。

沈清徽怕堵车,就在江鹊要面试的公司附近订了个餐厅。是一家私房餐馆,环境静谧,菜品量少,但数量多。主厨是从港城挖来的。

江鹊不会品,只能知道什么好吃和不好吃。

是在大厅用餐的,偶尔有一些西装革履的人来,应该是附近办公楼的工作人员。

江鹊短暂地幻想了一下自己步入职场的样子。不管钱多不多,等拿到了第一笔薪资,一定要请他吃顿饭。

中途,侍应生端来一份甜品,说是特别赠送的,介绍得很高端,说是什么有机农场的水蜜桃现做的。江鹊尝了一口,不算太甜。

埋头吃的时候,沈清徽手机响了几回,但也没有接的意思。

其间江鹊隐约感觉斜对面那桌的几个精英男好像在往这边看,江鹊只当是因为沈先生太耀眼。

这餐饭吃了两个多小时,江鹊吃得撑了。离开餐厅的时候,她下意识地挽着他的胳膊,声音郁闷:"好像有小肚子了。"

"你太瘦了,平时多吃一点。"

沈清徽钩着江鹊的手——手腕细细的一截。大概是江鹊太瘦,看着总像个高中生。跟她走在一起,他心底突然觉得自己太老。

江鹊面试的这家公司不大,就是一个高层办公楼里的某一个楼层。

沈清徽将车停在路边,在江鹊下车前,给她加油。

江鹊当时是紧张的,沈清徽将她脸颊旁的碎发掖到耳后,后来突然捏着她的下巴,落下一吻。总觉得语言好像苍白。

江鹊眨了眨眼睛,很温柔的一吻,所有的紧张不安,都消失不见。

一吻结束的时候，江鹊看着他的眼睛，好像一点都不再害怕失败。就算失败了又能怎样。

沈清徽的指腹抚了下她的唇，说："我在这儿等你。"

"好。"江鹊点点头，推开车门下车。

江鹊慢慢朝着那栋大楼走去，沈清徽坐在车子里看着她的背影。第一次感觉到，这个小姑娘好像勇敢了一点。

江鹊坐电梯上楼。

十六楼就是这家配音公司所在地。准确地说，一层楼他们只占了左半边，右半边是个会计公司。

江鹊走到门口打了个电话，紧接着一个穿着很简单的T恤和短裤的年轻女孩出来迎接她。

江鹊看到过这家公司的介绍，是一家才成立三年的小公司，大部分都是应届生，主要还是广播剧的配音制作。

要说自身优势，江鹊只觉得自己年轻，应该可以融入这里。

短裤女让她在一间会议室稍等，然后去叫了老板。

公司一共就十来个人，薪资尚且可以。江鹊毕竟是个新人，只觉得收入过得去就好了。

老板也是个年轻男人，叫路威，西装革履的，总觉得这样有点成功人士那味。

他让江鹊坐，然后翻看了下江鹊的简历，眼神不动声色地打量着江鹊——裙子是某国际一线大牌的新品，刚才在餐厅里看见了。

当时看见的其实并不是这个女孩，而是坐在她对面的男人，沈清徽。

沈这个姓，意味着地产和酒店的神话。也正因此，当时在餐厅里他多看了几眼，也就留意到了坐在沈清徽对面的女孩。

"高中学历？"他问了一句。

"是的，高考前家里出了点事情。"江鹊深吸了口气，坦诚地回答，"我没有相关的知识，但是我可以在很短的时间内学好。"

"这个倒也不算什么,配音也可以速成,你声音基础不错,很有潜力,"路威放下简历,象征性说,"我到时候给你通知。"

"……好。"

江鹊愣了一下,这就结束了?什么都没问?

"我们主要是听声音。"路威颇耐心地解释一句,还笑了笑。

江鹊点点头,心情松懈下来。她离开的时候鞠了个躬,礼貌地说谢谢。

但是江鹊走了之后,路威没走,他站起来,站在窗边。心里有点不确定。要真是沈总的人,怎么会到他这种小破公司?

路威倚靠着窗边往下看。

从十六层楼看下去,一切都渺小,但是也能够看得到路边停着的那辆黑色的越野。

在餐馆外面,停着一辆车牌号是一串"8"的黑色越野。要是说车型可能会撞,但那个倚靠着栏杆,俨然一副等人模样的,赫然就是沈清徽。

路威有点恍惚,觉得自己可能要时来运转了。

办公室不大,路威对着外面招了招手。

短裤女孩走进来:"路总?"

"刚才来面试的那个,过两天让她来办入职。"

江鹊从空调房里出来,短暂的几步,出来有点潮湿的闷热。也不知道这次面试怎么样,反正走一步看一步好了。

江鹊看到车子仍然停在路边。她停顿了几秒,微微眯了眯眼睛,沈清徽站在路边,倚靠着栏杆。

休闲白衬衫,休闲长裤,皮质的休闲乐福鞋。很随意的姿态,站在阳光下,却清矜斯文,视线闲闲散散,在看着她这边。手在身后。

江鹊看到他就笑起来,然后朝着他小跑过去。

她跑到他跟前,他像变戏法似的拿出来一束向日葵。

"祝你面试成功。"沈清徽对着她笑,将手里的一扎向日葵递给她。

江鹊很惊喜,看到他额上有一点湿意。

女孩子对花总是无法抗拒，尤其是他送的。

"你是不是等很久了？"

天还很热，江鹊有点心疼了。

"是怕你出来看不到我，我就出来等你一下，顺道买了一束花送给你。"

沈清徽拉开车门，车子没有熄火，空调的凉风很舒适。

江鹊上了车，沈清徽从另一边上来。

这一刻，她好像有点明白。成功失败都没什么大不了，他会永远在她身边。

"沈先生，今天又不是什么特殊日子，为什么送我花呀？"

江鹊捧着花，凑近闻了闻，向日葵没什么味道，但是收到花，心里总是开心的，甚至有点雀跃。

"谁规定特殊日子才能送你花？"沈清徽看着后视镜掉转车头，笑着说，"是为了让你知道你也在被人爱着。"

"……"

"没有安全感，我就每天送你一束。"

其实能看出来，江鹊的不安和一点模糊的距离感。在他眼里并不是什么大问题，可他一点都不想小姑娘胡思乱想。

谈恋爱，总要让她时时刻刻都明白，她也是被他认真宠爱的。一束花的仪式感，总不麻烦。

江鹊很想扑过去亲他一下，然而车子在行驶中。江鹊突然有点期盼有个红灯。

车子速度慢下来，往另一条街拐了个弯。

车停下来的那一刻，江鹊的行动大于了思考，她凑过去亲了他一下。

年轻的灵魂，年轻的爱，还是纯粹与冲动的。

她能想到的表达爱意的方式，就是亲吻与表白。可她还是词穷又脸皮薄，好听的情话不会说。

她仰着头看着他，琥珀色的瞳中映出她亮晶晶的眼睛，他眼角的一点泪痣温柔得像春天的风。

"沈先生，我特别特别喜欢您，"江鹊认认真真说，"也会一直一直喜欢您。"

沈清徽笑了笑："那你可得说话算话。"

"算话！"江鹊笑得很开心，不过看了一圈，"怎么在这儿停车了呀？"

"路上有记录拍照，可不许你解开安全带亲人。"

那点小心思，被他轻而易举看透。但是感觉还挺好的。

江鹊收到这家公司的入职通知，是在一周之后。发了个邮件过来，还非常正式地附了个文件叫 offer。

江鹊捧着手机看，有那么一瞬间差点觉得这是垃圾广告。

而后微信上多了一个添加好友通知，说是人事主管。

江鹊接受后，对方给她发来了几条信息，大意就是平时不用加班，周末单休，实习一个月，末了还发来了薪资，实习单月三千元，转正后四千元，十三薪。

江鹊从来没有踏进过外面的圈子，这个薪资在淮川其实并不算高，但是江鹊十分满意。以至于她回复完微信后，特别开心地去找沈清徽。

找了楼上楼下一圈，没见人，江鹊直接推开了浴室的门。

水汽迷蒙，沈清徽只在腰间围着一块白色的浴巾，他正对着镜子刷牙。

听见声音，他只抬起眼往镜子里看了一眼。

江鹊站在门外，好像呆愣住了，然后白皙的脸颊瞬间涨红，竟然一时忘记了该要做什么反应。

沈清徽漱了漱口，将杯子放回台架了才回身看着她，眼底一点温情笑意："怎么了？"

他多日的温柔与耐心，让江鹊勇敢起来，她朝他跑过去，扑进他的怀里。

"沈先生，我收到入职通知了！"

她踮着脚搂着他的脖颈，沈清徽看到她的雀跃。

电影里有一句台词说，上帝可能是看出了我的挣扎，所以它决定把

236

世界上最温暖的你送给我。

独自过往的这些年,不能说对感情没有过期待,但是在这个浮躁的环境里,他从不愿意改变自己的恋爱观——爱情应该是纯粹的,纯粹地分享快乐,尊重与理解,支持和鼓励。

江鹊让他觉得,自己的这些年,都是为了在等她出现。虽然有时候对自己比她年长十五岁有点介怀。

"会不会觉得跟我很亏?"

九点还不困,沈清徽跟她坐在院子里的软藤沙发上,江鹊黏着他,其实是觉得他自己坐在院子里的身影太寂寞。

江鹊看着花,他的手搭在她的肩膀上,手指穿插过她的长发。

"毕竟你才二十岁,我可比你老了十五岁。"

"不会啊。"江鹊回得很快。

"怎么?"

"因为没有人是你,"江鹊的答案干干脆脆,也不假思索,"您也常常告诉我,我是独一无二的,您也是。"

沈清徽笑了,好像也是说给自己:"对,也没有人是我们。"

江鹊在周一去了公司一趟,去之前还挺犹豫,白蕊一周都没给她打过电话,那边也没有任何消息。

要说不同,就是沈清徽这两天电话有点多,但是仍然宅在家里,喝喝茶看看书。有时候带她出去吃饭,也顺道去陆景洲那里坐坐。

江鹊问:"我要不要跟白姐那边说一声?"

"说什么?没签劳动合同,薪资付了,你想走就走了。"沈清徽是护着她的,"那边不会怎么样的。"

准确来说,沈清徽也知道白蕊那边忙不开,最近接二连三的事情,沈明懿那边也不见得能顺利回来——沈清徽也听说了点消息,是沈睿言不让他儿子回来。

有时候一些东西,二十岁出头的男孩远远不能承担。

"好。"

江鹊点点头,吃早餐的时候抬头看他,似乎跟平常无差别。

"沈先生,您最近还失眠吗?"她的睡眠好了许多,起码不用担心半夜被人拽起来,所以一觉到天亮。也不知道他晚上是否也如此。

只知道每天睡着的时候,他的呼吸声也平稳。有时候江鹊在困倦中抬头看了一眼,他是合着眼睛的。

"有你在,还失什么眠?"沈清徽笑了笑她,"吃完去换衣服,等会儿送你去上班。"

淮川的早高峰有点堵。但是天气晴好,连绵不断的雨天过去,阳光艳艳,叫人心情很愉悦。

路过最繁华的一条商业街,尽头那座金碧辉煌的建筑,现在竟然冷清了许多。江鹊往那边看了一眼,门前停着好几辆执法车,江鹊忽然想起了祁婷。

她从包里拿出手机,给祁婷发了一条微信,好一会儿也没见回复。

车子在车流中缓慢地行驶。

沈清徽像怕她无聊,随便切了一首歌。是一首粤语歌,还是这两年流行的。

十几分钟,车子才挪动了一点。

江鹊开口问了一句:"沈先生……那边……"

沈清徽视线看过去,知道她在问什么:"可能要出事情了吧。"

"那……"

"沈明懿短时间不会回来。"

"不是,我问的不是他,"虽然听他这么说,安心了点,但是江鹊想问的是祁婷,"我是想问问,里面一个朋友……"

正问着,江鹊手里的手机振动了一下,是一个来自春新镇的号码。

江鹊没等到祁婷的回复,却接到了外婆邻居家的电话。

那还是个很淳朴的北方小镇,外公前几年去世,只有外婆自己住在一个平房里,街坊邻居常常去看一眼。虽然有电话,但是老人实在不太会用，早些年还能对着本子的号码打电话，现在眼睛不好，外婆几乎不给她打了。

有时候隔上几个月，邻居家的大婶给她说一说外婆的状况。

起初江鹊有空还能回去一趟，不过也不一定什么时候，只能趁着沈明懿不在的时候偷偷买车票回去待一天再回来。

这会儿，是邻居家大婶跟江鹊打了电话，问江鹊最近有没有空回来。

江鹊直觉是不是外婆有什么事情，她拿着手机看了沈清徽一眼，沈清徽用口型告诉她没事。

江鹊说的是春新镇那边的方言，沈清徽听不太明白。过了好一会，江鹊挂了电话。

"怎么了？"沈清徽看她脸色担忧，没忍住问了一句。

"没什么，我外婆前几天摔倒了，邻居婶婶让我有空回去看一下。"

江鹊摇摇头，尽管中间听见了外婆的声音，说自己没事，让江鹊好好工作，但是她还是挺担心的。

"很严重吗？"

"还好。"江鹊很想回去看看，但是现在才刚在新公司入职，她不好开口请假的，但外婆是唯一爱她的亲人。

从淮川到春新镇，坐高铁来回要六小时，江鹊在心里盘算了一下，抽一天当天来回，也不是不行。

"晚点打电话问问，如果情况不好，请两天假吧，后面还有一个十一假期。"

"好。"江鹊点点头，心里多了一点愁绪。

沈清徽把她送到公司楼下，然后帮她打开安全带，说："不管发生什么事情，我都在这里。"

"知道啦。"

他的身影挨近，江鹊近距离地看着他，他眼底盈着温情的笑意，让江鹊的心放松了许多。

下车前，沈清徽又说了一句："我今天可能有点事情，下班的时候给我打电话,我来接你。"

"好。"江鹊推开车门下车,而后弯腰回头,沈清徽就坐在车里,对着她笑。

公司一共就十来个人,规模很小,甚至一共也就只有四个房间:办公室、会议室、老板办公室、录音间。

那天接待她的短裤女把江鹊领到了一个空桌上,说她还在实习期,让她在这个月内把基础打好,颇为热情地给江鹊发了不少入门资料。

江鹊被这样的热情稍稍惊了一下。

上午闲着的时候,江鹊就在办公室里帮忙扫地。结果被制止了:"这些是保洁阿姨的事情,你专心看资料就好啦。"

江鹊当时拿着扫帚,她还从没融入过群体中,有点木讷地坐回去,心里却热热的。

中间路威来了一趟,送来不少小零食。几个女孩还说他铁公鸡今天拔毛了。

路威煞有介事地说:"人家不是新来的嘛。"

等他走了之后,一个戴眼镜的女孩凑近跟江鹊说,公司里平时也不忙,他们都是同学,平时一个月也就接几部广播剧和有声读物的制作,大家都很佛系[①],让她不要有太大的压力。

江鹊很喜欢这里的氛围。

中午的时候几人点了奶茶,问江鹊要不要喝。

江鹊从没经历过这样的热情,连连摇头,结果几个女孩非要给她点一杯芝士葡萄。

之后几个人在办公室里商量点什么外卖,江鹊的手机振动了一下,打开看的时候,发现是沈清徽发来的消息,问她吃饭没有。

江鹊回:还在想点什么外卖。

[①] 一个网络流行语,也是一种文化现象。主要意思是指无欲无求、不悲不喜、云淡风轻而追求内心平和的生活态度。

那边显示"正在输入中",一会儿,沈清徽问她午休时间多久。

江鹊问了一下,午休时间两个小时。

沈清徽说,十五分钟后下楼。

江鹊心口跳了一下。

眼镜短发女孩叫胡小可,工位就在江鹊后面。

"鹊鹊,要不要一起点?公司楼下有一家猪脚饭好好吃!"

"啊,今天先不了……我……我出去吃。""男朋友"三个字,好像有点不好意思说出口。

"行,那等会儿我们一起下楼好了。"

十一点半一到,几个人一起下楼,江鹊在电梯里时手机振动,是沈清徽发来的信息,他在楼下。

从电梯里出来的时候,江鹊的心情雀跃,跟胡小可她们打了声招呼,远远就看到马路对面停着的熟悉的车子。

胡小可几个人好奇地看。

"原来鹊鹊有男朋友!"

"好帅,你看像不像一个港星?"

另一个女孩也看过去,车窗落下,里面的男人看着跑过去的江鹊,眼神这才带了点笑意。

江鹊打开车门坐进去,男人牵起她的手,放在唇边落下轻吻。

"这个眼神好动人!"胡小可发出感叹。

江鹊第一天上班很开心,因为还是新手,要做的基本功很多,旁边的女孩子不忙的时候就给她纠正,如何运用声音去表达。江鹊很喜欢这样的环境。

下午下班的时候,沈清徽提前给她发了个短信,说一会程黎去接她。江鹊对此没有异议。

胡小可下班前打卡,看了一眼桌上的台历,和对面的女生说了一句:"咱们下个项目,8月10日得开始录音了。"

"知道啦。"

胡小可收拾了包，跟江鹊道了别，欢快地计划着下班去哪里吃饭。

　　江鹊却盯着桌上的台历看了看。8月快到了。再过半个月多一些，是沈先生的生日了。

　　程黎等会儿才能到，江鹊看了一眼时间，琢磨着给外婆那边打个电话，镇子上的人，7月也正在农忙，这个点邻居家应该才有人。

　　江鹊打过去，邻居大婶接了电话，说给她把手机拿过去。江鹊应了一声。

　　窸窣的声音过后，江鹊听到了外婆的声音。

　　"外婆，你怎么样了？"江鹊的心揪起来。

　　"没事的。就是前几天在给吊灯换灯泡，不小心滑倒了。你在淮川工作怎么样？有没有被人欺负？"

　　外婆的声音依然慈爱，说话的时候很慢，江鹊听听外婆的声音就觉得好心安。

　　这个年迈的老人，曾经独自为江鹊撑起一片天。

　　"我工作挺好的，我过几天回去看您。"

　　"坐那么久的车，你别折腾了，不要耽误工作……"外婆笑着说，"我真的没事，那天你婶婶正好路过，还带我去卫生院看了。你自己在淮川不容易。"

　　后面邻居婶婶又接了电话，说脱不开身也不要紧，有自己帮衬着。

　　江鹊有点想哭，挂了电话后，才觉察到这样地无力。她翻看了下台历，10月1号国庆应该有一周的假期，她想那个时候回去看看。

　　江鹊收拾了东西下楼，这回果然是程黎来接她。

　　程黎虽然也会开玩笑，但是江鹊总觉得跟他没什么可以说的，人也总归没有那么放松。

　　车子行驶的方向不是回家，最后在一个高档酒店前停下。玻璃建筑，简约大气，在夜色下很瑰丽。

　　"这里是？"江鹊往外面看了一眼，不明白。

　　柏景酒店是国内知名的星级连锁酒店，常常出现在新闻报道中。

"哦,柏景酒店是沈家的产业,最近沈邺成的情况可能不太好,沈先生可能会接手酒店的产业线。"

程黎简单介绍了一句。

江鹊点点头,程黎告诉了江鹊所在的楼层后先去停车。

江鹊乘电梯上楼。到顶楼的时候,有工作人员带江鹊去办公室。敲门后,里面传来声音,江鹊才推门进去。但是,房间里并不只有沈清徽。还有另外一个年轻男人,似乎刚刚结束了谈话,正要离开。

江鹊站在门口,看清那男人,人呆愣住——原本以为逃离了巴黎皇宫,以后跟封远弘也会永远不见。却不承想在这里撞见他。

"这些日子怕是还要麻烦沈先生了。"封远弘拿起桌上的手机,脸上还带着笑。

"不用麻烦我。你也看到了,我不过是在酒店上挂个名,有什么事,不如去找沈睿言。"

沈清徽脸上没什么表情,客套都懒得装。

封远弘脸色僵了僵,但仍然保持着笑容,正要道别,听到身后的开门声。一抬眼,冷不丁看到了门口站着的女孩。

白裙子,微微卷的黑长发,一张鹅蛋脸干净白皙,那双眼睛干净清澈。

一些封存的记忆从脑海中唤醒,封远弘盯着江鹊,不太确定地叫了一声:"江鹊?"

江鹊如梦初醒,迅速地别开视线,不敢跟他对视,脚也下意识往后退。

封远弘朝门口走来,江鹊身子有点发抖:"你别过来……"

封远弘脚步一顿,似笑非笑地看着她:"江小姐,我只是路过。"

江鹊迅速往旁边挪了许多,像惊弓之鸟。

封远弘在她旁边停顿了几秒,视线落在江鹊脸上,过去很多年,不敢相信在这里见到江鹊。这么多年过去,江鹊跟高中时没有太大的变化

· 243 ·

与差距。干净、白皙,纯洁得像一张白纸。

封远弘换了副表情,对着江鹊礼貌客气地笑了笑。

江鹊全程不敢看他,绷紧的身体很僵硬。

封远弘回头跟沈清徽告别,而后深深地看了一眼江鹊。

江鹊站在门口的一旁,身子甚至有点发抖,封远弘走过的空气,她都不敢呼吸。

沈清徽的视线落在江鹊身上,她瑟缩发抖的样子,像黑暗巷子里的流浪猫。

他走过去,并不问什么,将江鹊揽在怀里。手也轻轻抚着她的后脑,像一种最寂静的安抚。

江鹊把脸埋在他的胸口,清淡的檀香味道和一点木质的烟草气息交融,她可以清晰地听到他的心跳声。

有些可怕的回忆,会被时间治愈,但并不代表这些伤口从不存在。它只是在变淡,它不会影响日常生活,但会在某个时刻被唤醒,让人开始痛苦恐慌,那些沉睡的恶魔苏醒过来。

江鹊想哭,却发现自己的心里有一处在抵触。为这种人流泪,他不配。复杂的心情,是憎恨、厌恶、恐慌。有些痛苦过去了,却不能和解。伤害的是肉体,毁灭的灵魂碎掉,也许要用很久很久才能拼凑起来。

曾经江鹊以为碎掉的灵魂再也不会完整,但直到遇到沈清徽,她有了那么一些勇气,让她明白,珍贵的是她。

"沈先生,我不想看到他,以后可以不要看到他吗?"

在沈清徽抱着她的时候,江鹊很安静,她没有哭,没有掉泪,很平静地说了一句。

"好,以后不会看到他了。"

沈清徽抱着她,那样有安抚力。

江鹊从来都不任性,可现在,她想任性地多说些什么。

"以后我也不想听到这个名字。"

"好,不会了。"

"沈先生,我想多抱你一会儿,好不好?"

"好,你想抱多久就多久。"

沈清徽摸摸她的头发,分外温情。

江鹊模模糊糊地觉得,自己有种愧疚感,可愧疚从何而来,她说不清楚。或许是她只怕自己曾经承受过的痛苦,会让他同样不快乐。

沈清徽并没有问她为什么怕封远弘,也没有问她经受过什么,他对她是全然的尊重。在这样静谧的房间中,江鹊是他的支撑,他也是江鹊唯一的依靠。

每回面对沈家的事情,他总以为自己也不过是一艘随时会翻的船,可在江鹊的身边,又让他有些莫名的力量,为她撑起一片天地。

有人说爱是要结合在一起,可在这样的片刻,至少现在不是,陪伴,依靠才是。

过了好一会儿,江鹊才松开他,沈清徽低头看,江鹊没有哭,只是脸色有点苍白暗淡。

沈清徽问她饿不饿,江鹊摇摇头,看到封远弘早就没了胃口。

沈清徽没有带江鹊出去吃,开车回去的路上,想起刘阿姨最近都不在,车子拐了个弯,到了商场。

难得有这样的时刻,江鹊从来不曾享受过这样人间烟火味道的温情,沈清徽会偏头问她今晚想吃什么,会在购置完蔬菜后带她去甜品柜,问她草莓味的冰激凌和巧克力味的选哪个。

起初一点都不想哭,可是看着沈清徽眼底温柔的笑,江鹊就是止不住心口泛酸。本来可以独自承受黑暗和痛苦,可现在她有了港湾。

沈清徽手里还拿着两盒冰激凌,后来放下,也不顾是在商场,人来人往的,只将她揽在怀里,低头的时候笑着看她:"那就偷偷哭一下好了。"

直到回到那个院子中,花香馥郁,沈清徽抬手开了灯,一方暖橘色的光,映衬出别样的暖意,江鹊这才有一种回家的感觉。就像外婆的小院。

江鹊上楼换了衣服,下来的时候,沈清徽已经在厨房里。

他站在那里，袖口挽到肘间，动作亦是好看优雅。而餐桌上摆着一束红玫瑰，是在回来的路上他买的。

她的情绪还在低谷。沈清徽将玫瑰递到她的面前，眼波里满是珍爱。江鹊经历的过往太不堪，太沉重。

她默默走过去，沈清徽听到动静回头看，江鹊想帮忙，他只伸手，拉住了她的手腕。

沈清徽倚靠着流理台，单手环着她的腰，另一只手捏了捏她的脸。

江鹊抬起头，热气袅袅中，对上沈清徽的眼睛。那视线是温软的，专注地看着她。

沈清徽其实有所察觉，江鹊很怕封远弘，那或许是关乎一段黑暗的回忆。让江鹊看到那个人，就抖成那样，一张脸煞白，眼底如死灰。

沈清徽揽着她，只是在很普通不过的厨房里，只是一个很普通的场景。他眼底是对她的珍视和温柔。

他说："小公主上班一天已经很累了，想吃什么，告诉我，我给你做。"

江鹊嘴巴一扁，好像被这句话戳到了泪点。其实并不是这句话，是那句宠溺的"小公主"，是第一次有人这样叫她。

她说不上因为什么，是一种恐慌作祟的冲动，在渴望寻求一点心安。江鹊把脸埋在他的脖颈，调整了好多次呼吸，才压下那股酸涩。

江鹊跟他说："我不挑食。"

"去看会儿电视吧，等会儿来吃饭。"

"好。"

沈清徽不许她插手，江鹊只能在客厅里转悠。

那本厚厚的相册，就搁在落地窗旁边的架子上。很旧很厚，江鹊抽下来。那天夜里没有仔细看，这回从第一页看。前面许多是空白，到中间，有他在某山区的照片，但是照片被剪掉了一半。

江鹊回想到林中别墅墙上的照片——致谢沈先生捐赠。

再往后翻几页，他和另一个男人穿着防护服，手里抱着一个头盔，分别倚靠着一辆很酷的赛用摩托机车。

那是年轻的沈清徽，他脸部的轮廓刚硬，眼里还有些明朗的光。现在沉淀成了稳重与温柔。

他倚靠的机车是26号，另一个男人倚靠的车子印着32号。

江鹊轻轻伸出手摸了摸这张照片。他曾经也经历过很多不好的事情？江鹊无从猜测，是被他淡忘了，抑或选择了原谅？

饭后江鹊早早去洗漱，沈清徽特意给她放好热水，让她舒舒服服泡个澡。江鹊点点头。

沈清徽不放心似的，跟她说："我在卧室看书，有事叫我。"

"好。"江鹊又一次乖乖点头。

江鹊脱了衣服，迈进浴缸前，她停在镜子前。

二十岁的身体，干净白皙，肌肤很白很细腻。可就在几年前，这具身体上，也曾经有很多很多伤痕。

水温很舒服，江鹊只合了合眼睛，紧绷的神经松弛了几分，她有点困倦。

如果没有再次撞见封远弘，那些回忆就不会袭上心头。只是合上眼睛的片刻，某些画面像被打开的魔盒。

她被拽进一条巷子，学校后面的巷子。巷子十分肮脏，恶臭难闻，外面是光鲜亮丽的大街。她的恐惧，那天才是开始。

沈清徽在外面看了会儿书，结果发现怎么都看不进去。抬头看了一眼浴室，里面安安静静，到底有点不放心，在外面听了一会儿，有水声。

可能是太担心了吧。沈清徽又折回去，思来想去，给程黎打了个电话。

他对封远弘没什么感觉，只因为这人给人的印象太虚伪，虽然看起来沉稳可靠，谈吐也算得上得体，可是眼神非常不真诚。这人是沈邺成安插进来的，听说跟沈睿言关系不错。

沈清徽知道巴黎皇宫有很多东西见不得光，大概是老头子想让这位圆滑的封先生疏通门路。凭借沈清徽识人多年的经验，他给他下了判断：道貌岸然。

程黎的回答确实印证了他的想法。封远弘出身不错，父母从商，高中毕业后就将他送到了国外攻读管理。

"高中时呢？"沈清徽不觉得这段光鲜亮丽的国外生活能跟江鹊扯上什么关系。

"是在淮川中学读的，学习成绩很好的。"

淮川中学。沈清徽停顿了几秒，只知道阮佳思是淮川中学毕业，江鹊跟她是同学。那说明，封远弘跟江鹊是一个学校的。年纪上似乎也能对得上，封远弘只比江鹊大了两岁。

"行，知道了。"沈清徽临挂电话前又问，"还有别的吗？"

"没了，不过听说封远弘有个案底，不过我也不知道是什么，查不到。"

"嗯，多盯着他点。"

沈清徽挂了电话。又抬眼看了看浴室，耐心等了一会儿，都半个多小时了，水都要凉了。

沈清徽敲了敲浴室的门，听不见回话。一时心里不安，推开了浴室的门。

江鹊躺在浴缸里，在他推门进来的时候惊醒。

沈清徽松了口气。但是看江鹊眼底有些惊慌，他的脚步停在门口，很担心地问她："还好吗？"

江鹊在浴缸里坐起来，泡沫正好拢到胸前。她摇摇头，然后又点点头。

沈清徽有点放心不下。江鹊眼底还有未平息的恐慌。他此刻直觉，封远弘的案底，跟江鹊相关。

沈清徽走进去，试了试水温，并不算太热了。

江鹊还呆坐在浴缸里，好半天都没有缓过神来。

沈清徽从架子上拿了一块干毛巾，帮她擦了擦头发。

江鹊仰起脸看他，灯光温温的，沈清徽只是很轻地帮她拢着被水打湿的长发。

这样温情的片刻，江鹊回想起，沈清徽永远都是清矜而优雅的，一双好看的眼睛，平常是平静的。只有在看她的时候，能难得的多些温柔。

江鹊觉得自己很不争气，已经开启了新的生活，却还总被过去的噩梦纠缠着。

沈清徽温声跟她说："还要不要再泡一会儿？"

江鹊摇摇头，沈清徽捏了捏她的脸："我在外面等你。"

在他站起来的时候，江鹊伸出手拉住他的手腕，手上湿漉漉的，他的手很干燥，浸了那点湿意，逐渐温热起来。

沈清徽到底没走，他从架子上取下浴巾递给她。而后，他一言不发，转过身去，怕她不自在。

江鹊很怕他离开。他就站在浴缸前，背对着他，江鹊没来由地觉得安心。

她动作很快地系上浴巾，沈清徽估摸着时间，再回头，江鹊低着视线，像做错了事。沈清徽只觉得，这会儿的江鹊应该很需要一个拥抱。

后来这一天深夜，沈清徽难得跟她讲了点以前——当然看她一时半会儿睡不着，就当哄她睡觉了。

就倚靠在床头，沈清徽给她讲自己在德国、在西班牙、在英国的赛车比赛。但是讲出来很难有画面感。

沈清徽支起身子说："我记得书房有 VCD，但是你要保证一件事。"

"嗯？"听他说那些，江鹊就觉得阴霾散去。这样温暖的怀抱、这样一个静谧的夜晚，他就在身边。

"不许哭。"

"好，不哭。"江鹊点点头。

沈清徽掀开被子下床。江鹊不想自己在卧室里，就像小尾巴一样跟在他身后。

沈清徽的书房很大，他走到一处角落，弯下腰。江鹊也凑过去看，原来那里摆放着许多 VCD，沈清徽的长指在上面划过，最后选了一张。

卧室里有一面投影，只是沈清徽从没开过。

江鹊依靠在沈清徽怀里。幕布上是曲折的赛道，在江鹊的眼里那堪比山路十八弯。后面有许多穿着赛车服的赛车手，那些看起来就很酷炫

249

的摩托赛车在轰鸣着,声音巨大。

镜头切出去,赛道外有众多观众粉丝,在激情澎湃地挥着旗,旗帜上都是各自支持的编号。每一辆赛车上都有专门的号码。

"里面有你是不是?"江鹊仰头看他,只看到轮廓鲜明的侧脸的线条。

"嗯,"沈清徽的手指绕着她的头发,"26号。"

江鹊抬眼看,其实完全看不出来哪个是他,因为一众的赛车选手全都穿着严严实实的防护服,戴着头盔,一点都不露。

26号,是一辆纯黑色的赛车,车身上有很多英文的标志,白色的数字26,分外显眼。

"后面的32号,是我朋友,"沈清徽温声说着,"这是十几年前德国的锦标赛,只有我们两个中国人。"

江鹊从心底敬佩着,默默看着,场上的解说慷慨激昂,但可惜说的是德语,江鹊听不懂。

比赛开始,赛车如离弦的箭一样冲出去,右下角标注着速度,初始速度甚至达到了二百公里,江鹊看得好紧张。这样的极限飙车,是危险性最高的运动之一。

前排几辆车冲锋在最前,第一个弯道,三辆赛车压弯,车子偏过去,赛车上的骑手掌控着超重的赛车压弯,身子几乎贴地。

摄影给了特写,恰好是沈清徽的26号,三辆车前后挨着,他在中间。他的右侧身几乎七十度全部贴地,极限操作,肘间和膝盖的赛车服擦过地面,甚至因为巨大的速度和摩擦力冒出了淡淡的青烟。

后面的那位突然失控,连人带车全部飞了出去,在地上滚出去了几十米,整辆赛车激烈翻滚,摔得四分五裂,甚至还擦出了火花。可比赛还在进行,前后的车依然急速俯冲,像一道闪电。

录像里,观众疯狂地呐喊加油,有人痛哭。解说员说,摔车的是本赛季有望角逐冠军的选手。

江鹊看着那画面,心口一阵揪紧,翻滚出去那么远,那位选手跪在地上,有工作人员上场带他离开。

沈清徽说，压弯需要极高的技巧和极快的速度。车速不够高，车子无法侧压下去；技术不够硬，会连人带车翻滚出去。江鹊将其理解为胆大不要命。

26号跟32号并肩，难分前后。他们甩了后面的选手很远。解说员的声音更激昂。

最后一个极其危险的弯道，26号贴地压弯俯冲，而32号的车胎突然不稳，整辆车子剧烈摇晃，几乎就要失控将人摔出去，可赛车手却宁死不撒手，死死地控着车子。最后一道压弯，他的膝盖与胳膊擦过地面，江鹊看得大气不敢出，生怕又是连人带车翻滚出去。

可是没有，32号不要命，压着赛车剧烈晃动，最终车子还是如闪电一样疾驰出去，擦着26号沈清徽的车，漂亮地超了过去。

人俯趴在车里，掌控着超重的赛车，灵活飒爽。

江鹊看得胆战心惊，额头上都吓出了一层冷汗。

沈清徽将江鹊脸边的碎发掖到耳后，看着小姑娘惊魂未定的表情，忽然有点庆幸没选错VCD。这应该是他为数不多的，没有连人带车摔出去的比赛视频。

要是小姑娘看到他摔得也那么惨烈，今晚又少不了要哭了。

比赛结束，32号站在赛车上，向观众台上的车队致敬。

他摘下头盔，他的工作人员上前拥抱，一张年轻的东方面庞，轮廓刚硬，一双眼睛很深邃。江鹊起初以为是陆景洲，然而并不是。

直到这场惊险的赛车结束，江鹊还没平静下来。

沈清徽关了投影，摸了摸她的头发："早点睡了，过几天再跟你讲。"

沈清徽将碟片放回书房。

在他离开的这个片刻，江鹊忽然有些不明白。这项极限运动危险性极高，总不明白沈清徽为什么以前会喜欢这项运动。要不是她看到相册，也根本不会将现在温和沉静的他与他在赛车场上不要命的狠戾与洒脱联想到一起。

江鹊又想到他朋友圈的那张照片，身上缠了不少绷带。以前的他，赛车、冲浪、攀岩，好像确实都是不要命的爱好。

江鹊从没听沈清徽提起过这位 32 号。她有点好奇，等沈清徽回来的时候，江鹊没忍住问了一句。

沈清徽沉默了几秒："他过世很久了。有一次冠军赛上，发生了摔车事故。"

其实赛车摔车很常见。可是他才从赛道上爬起来，还没来得及跑到安全区，后面一辆赛车疾驰过来，撞上了他侧翻的赛车。那辆赛车因为惯性飞起来，正好重重地砸在了他的身上。

"他是国内唯一蝉联三年冠军的车手，他叫唐漠，"沈清徽说，"我跟他认识了很多年。"他说这些的时候很平静，眼神里有遗憾和伤痛。

江鹊没说话——没有问他为什么喜欢这些，也没有问他为什么放弃。

可是沈清徽怎么会不知道她在想什么？他揽着她的肩膀，手轻轻地抚了抚她的肩头："我喜欢这些，是因为对那年的我来说，只有这样才能让我觉得我还活着。放弃，有很多原因。"

江鹊抬头看他，嗫嚅地问："你是不是也受过很多伤？"

"嗯，骨折过七八次，"事情过去很久，他已经很坦然，"但是这还不是我放弃的原因。"

江鹊仍然蒙蒙地看着他。

沈清徽捏捏她的鼻尖："但是现在太晚了，已经半夜十二点了，明天江鹊小公主还要上班，以后有空了，我讲给你听。"

江鹊撇撇嘴，却依靠在他的怀里没动。因为有他在，她终于平静了许多。

沈清徽的手搭在她的肩头，她的手绕过去，与他的另一只手交握，而后视线低垂着，她慢慢说："我……等我做好准备，我会跟你说……"

沈清徽竖起手指，轻轻地抵在她的唇上。

"让你不开心的事情，就不要去回想，我不想你为了我揭开自己的伤疤，"沈清徽专注地看着她，"我有你的现在和以后，已经很满足了。"

江鹊伸手抱住他，脸贴在他的胸膛上。

沈清徽也摸摸她的头发，偏头吻了下她的长发。

"不用乱想，放心，有了你，我以后可不会像以前那样了，"沈清徽明白她在想什么，握着她的手说，"我们还有很多以后。"

"会的。"沈清徽轻轻抚着江鹊的胳膊，像是在哄着她睡。

这样难得的一方静谧，江鹊却睡得很不安稳。

第一次醒，是沈清徽的手机在半夜时响了一次，他也刚刚睡着，拿起来看了一眼号码，按下接听。江鹊模糊听到了一道女音，而后沈清徽直接挂断。

手机又响了两次，他直接将手机关机。

"是不是工作？"江鹊呢喃问了一句。

"不是，大概打错了，睡吧。"沈清徽吻了吻她的额头，安抚了她一声。

江鹊"嗯"一声，重新合上眼睛，可是大概也是昨天的情绪很差，江鹊不敢睡太深，翻身的时候，回头，却不见沈清徽。断续地回想起来，总觉得刚才的电话好像有点不太对劲。

江鹊看了看床边的钟表，是凌晨三点，其实睡了没多一会儿。

江鹊往露台看了看，没有沈清徽的身影，于是光着脚出去找他。书房里也没有他。江鹊下楼，看到沈清徽独自坐在落地窗前，指尖处有一点猩红。

江鹊很少见沈清徽抽烟，以前只见过他卷烟，动作优雅好看，可是这些日子几乎没见他抽过。只觉得，他好像有心事。

沈清徽看到出来的江鹊，视线落在了她的脚上，而后几乎是一个下意识的动作，将烟熄灭在了烟灰缸里。

凌晨的客厅里只有壁灯亮着，江鹊站在他面前，他的第一反应竟然是有种被小姑娘抓包的错觉。

"怎么出来了？"烟丝放了很久，有点干燥，他平时只有心烦意乱的时候才抽一些，眼下，才开口，就呛咳了几声。

江鹊睡眼惺忪："沈先生，您还是睡不着吗？"

"没事，电话把我吵醒了，这就回去睡。"

要是以往，估计他又要在这儿坐一夜了。

"好。"江鹊点点头，先上楼，但是她故意放慢些脚步，然后真的听到了沈清徽起身，而后他好像去了某个房间。

江鹊有点疑惑，又下楼去看，然后在一楼的卫生间看到了沈清徽。

他站在洗漱台前刷牙。江鹊扶着门框，从镜子里看着他。

沈清徽一抬头，看到江鹊，他重新漱了漱口，而后才朝着江鹊走过来。

烟味已经淡了许多，沈清徽看着她笑说："先去睡吧，我去换个衣服。有烟味，让你不舒服。"

"好。"

江鹊被夜风一吹，人清醒许多。也是在这会儿才明白，他的温柔，是在每一个细节上——让她知道她在被他偏心地特殊对待着。

江鹊重新回到床上，沈清徽重新换了睡袍才回来。江鹊往他旁边靠了靠，很配合地吸了吸鼻子。一点烟味都没了，只有淡淡的薄荷牙膏味道。

江鹊还小声夸了一句："真香。"

沈清徽笑了笑："睡吧。"

"你也是。"

江鹊在新公司适应得很好，其间也隔三岔五给外婆打电话，外婆总说一切都好，让她不要担心。

江鹊抽时间问了一下胡小可，十一国庆怎么放假。胡小可说都是放七天，今年也是。江鹊点点头，拿出手机看了看日期，决定国庆节的时候回去看看。

最近江鹊下班都是程黎接的，有了上次的不愉快后，程黎直接将她送回家。

江鹊眼看着日子进了8月，她坐在办公室里，盯着日历有点发呆。

下班的时候，程黎给她打来电话，江鹊犹豫了一会儿说："今天晚一点吧，我想加会儿班。"

"好。"

沈清徽最近总比她晚回来一些,江鹊又看了看手机上的时间,只是不知道这个时间,陆景洲的茶室还有没有人。江鹊吸了口气,干脆打卡下班。

从她上班的地方走十几分钟就是陆景洲的茶室,江鹊还想着不要让程黎等太久,索性一路小跑过去。

茶室还营业着。之前江鹊跟着沈清徽来过几次,侍应生都认识江鹊了。

"陆总……陆总走了吗?"

8月初的天,还很热,江鹊小跑着过来,额头上细碎的刘海都被汗水氤湿了,白皙的小脸也有点绯红。

"还没有,可能准备要走了。"店员客客气气回答。

江鹊道了声谢,从楼梯上往楼上走。茶室其实就两层楼,陆景洲的私人茶室在二楼的拐角。

江鹊上楼的时候,陆景洲正好喝完最后一壶茶准备回家。房门被敲响,进来的人是江鹊,他下意识往后面看了一眼,没见着沈清徽。

"你怎么过来了?"陆景洲在椅子前站着,"沈清徽没在我这里。"

"不是不是。"江鹊莽莽撞撞跑上来,呼吸还有点不稳。

陆景洲抬眼一看,江鹊可能是从外面刚进来,鼻尖额头上都是汗水。他弯腰拿了只干净的茶杯,给江鹊倒了杯水:"不急,你歇歇,慢慢说。"

江鹊不好意思,但还是伸手接过了水杯,她轻啜了一口,心跳终于顺畅许多。

这是个突兀的决定,也是个有点冲动的想法。

"陆先生,您知道沈先生以前赛车的事情吗?"江鹊认认真真地看着他。

"知道,但是他要是没告诉你,我更不应该告诉你,"陆景洲问,"怎么突然想问这个?"小姑娘跑他这儿来打听事儿了?

"不是不是,"江鹊摇摇头,像是鼓足了很大的勇气说,"那您知道,他的车在哪里吗?"

这话一说出口,陆景洲愣住。江鹊的眼神清澈、干净、认真,不像开玩笑。

陆景洲忽然有那么一瞬间,有点不知道说什么——她的勇气可嘉,可随即他又意识到,头一次见江鹊的时候,她眼底还是怯懦和胆小,现在说话的时候不亢不卑,很有礼貌,虽然还有点紧张,但会平等地平视着他。而这些勇气,肯定是被沈清徽一点点培养的。

江鹊像是一张干净的白纸,起初还不明白什么是对错,还胆小惊慌,她所有的恐慌与害怕,都在沈清徽的温柔下一点点融化,像一株孤零零的花骨朵,终于慢慢绽放。

陆景洲同沈清徽认识了很多年,他对什么都随意惯了,要说唯一有耐心的,也就是他院子里的龙沙宝石。那么难养的花,被他养得茂茂盛盛开满了墙。对他来说,他的爱就是耐心,就是温柔对待。

陆景洲又想起来在茶室的时候,沈清徽见了江鹊就折断了那支昂贵的雪茄,又或者是在那家餐馆,只笑着看向她,为她调好酱料,只专心地看着她。

要是以前,江鹊这么问,陆景洲可能会毫不犹豫地说无可奉告。可他意识到,这不是什么随便的人,是被沈清徽珍重地对待着的女孩。

最终陆景洲说:"那辆车子在比赛时出了事故,已经被撞坏得差不多了,还在我的车库里。你要去看看吗?"

"现在可以吗?"

"可以。"陆景洲拿起车钥匙,还不忘问她,"他知道吗?"

"不知道,那您能帮我保密吗?"江鹊咬咬唇,似乎有点难为情,说,"是……是沈先生生日快到了。"

陆景洲带着江鹊走到车库,刚开了中控。听江鹊这一说,他更是愣了一下。

因为,这么多年,沈清徽从来都不过生日,就连几个好友也只知道他是 8 月的,并不知道是几号。其次,沈清徽当初放弃了那么爱的赛车，没人敢问缘由，也没人敢在他面前再提。江鹊却有这份勇气。

陆景洲从后视镜里看向江鹊——她的眼神，是认真的。一个曾经自卑敏感到地底的人，能够成长蜕变到现在这样，是让沈清徽有多温柔地偏爱着？陆景洲眼神有点复杂，但还是开车带江鹊过去。

路上江鹊给程黎拨了个电话，说要晚一点回去，问沈先生忙完没有。后来程黎把手机给了沈清徽。

江鹊愣了一下，随后笑起来，说自己今天临时有点事情，要晚一点回去，还问沈清徽有没有什么想吃的，煲汤好不好。

沈清徽让她不要太累，有什么食材让程黎去买，说她上班很辛苦。

江鹊扬唇笑："一点都不辛苦，那晚点见！"

陆景洲开着车，江鹊脸上雀跃的笑容很惹眼、明媚。他忽然明白：沈清徽的条件放在那里，只要他愿意，身边什么样的女性都不会缺，但他没有。这么多年，从不见他跟谁亲近，周彦都说他生活寡淡得像白开水，还劝他多出去走走。

可也就打捡到这个小姑娘，沈清徽寡淡的生活里也好像多了一抹亮色。而重要的是，江鹊也只会对他笑得这样明媚。

似乎是察觉到陆景洲的视线，江鹊又板正了表情，视线也往车窗外看去。

真逗。陆景洲也觉得怪有意思。

陆景洲的车库并不在他家，在市中心一处僻静处，有一个大平层。

"这里大部分的车都是沈清徽的。我可没那胆子赛车，太不要命了，"陆景洲下了车，找了一把钥匙，说，"他那些车，都是车队机械师给他定制的好车，卖了多亏，我收藏着也能过过眼瘾了。"

江鹊点点头，陆景洲找到钥匙开门。

陆景洲按开灯，江鹊看清里面，顿时有些震撼。

七八辆重型赛车整齐地罗列在一侧，右边还有三辆四驱的造型炫酷的跑车。后面的架子上，全部都是他的头盔与赛车服。而房间的最中间，是一辆黑色的摩托赛车。黑色的，上面有一个白色的数字26。

车子已经撞坏了许多，车身有很多凹陷，伤痕累累。

江鹊不太敢想象，昨天视频上的摔车看着太让人心惊，连人带车滚出去那么远，她不能想象，沈清徽也曾经那样摔出去过。

"还能修好吗？"江鹊沉默了好一会儿，声音有点发抖。

"能，他的车都是一级车队的专业机械师定制的，核心没有损坏，零件更换定制就好了。"

"很贵吗？"江鹊转头问他，"我应该还有一点存款。"

"那我得问问。"

"好。"

"你确定要送他这个吗？"

陆景洲从口袋拿出手机。他有点不确定，因为没人知道沈清徽为什么放弃这些。但唯一可以确定的是，沈清徽给了江鹊很多勇气，他会纵容她的所有。她送的东西，他一定会喜欢。

"嗯，"江鹊说，"但是原因我不想告诉你，我想到时候告诉沈先生。"

"行。"陆景洲笑了，还神神秘秘的。

他去了外面，其实就是象征性地打了个电话，维修这样一台专业的赛车，需要专业的机械师，沈清徽早就退出了车队，费用肯定高昂，远不是江鹊能承受的。他也就顺水推个舟，就当是送上一份小小的贺礼。

江鹊站在大厅里，趁着陆景洲出去打电话，慢慢往前走。这辆赛车上积了一层浅浅的灰尘，至少有七八年了。她似乎可以想象沈先生当初的意气风发，曾经多么肆意张扬的青春时代。

陆景洲一个电话，叫来了七八个专业的机械师。

江鹊看得一脸茫然——其实是震撼居多。

陆景洲看着呆站在门口的江鹊，说："你先回去吧，这里估计要忙几天。"

"要几天呀？"江鹊看着一群人围在那里，突然心思沉重，觉得这是一个很重大的任务。

"一周左右吧，我催催。"

"好,到时候账单麻烦陆总发给我好了。"

江鹊不卑不亢,陆景洲笑笑,其实这辆专业的赛车本身价格就上百万元,维修费用也低不到哪儿去,他有意推舟,就轻松地说:"这个不用,我打电话的时候人家说是终生保修的。"

"真的吗?"江鹊有点怀疑。

"真的,骗你做什么。"

江鹊抿抿唇,虽然陆景洲也是语气温和地同她开玩笑,可是同样的话,还是从沈清徽口中说出来才有点真正的温柔。

江鹊看了看手机上的时间,非常诚挚地跟陆景洲说:"陆先生,谢谢您。"

"没事,小忙。"

江鹊跟他告别,陆景洲去送她,江鹊拒绝了,说来的时候看过了,旁边有个公交车站,陆景洲便不再强求。

江鹊很欢快,往外走的时候,应当是她的沈先生给她打了个电话。

陆景洲单手插袋,隔着玻璃门往外面看。

人们常说,三十多岁的男人和金融男没有爱情,倒不是因为别的,是他们算计,事事要与利益相关。有很多人说过爱他,可无非都是上下唇一碰,利益结束,谁又记得谁,就算不爱,也得装得像一点,才好保持着面上的和谐。

他忽然很羡慕沈清徽。这样被一个人单纯地、热烈地放在心头。

江鹊小跑着出来,公交就坐了几站,看到附近有个商场,她下了车,顺道去买了点蔬菜,结账的时候接到沈清徽的电话。

他笑着调侃她,怎么加班到现在?已经傍晚六点半了,看起来是程黎做得不好,不想让程黎接。

江鹊有点脸红,跟他说了一个位置,沈清徽让她在门口等着,十几分钟就到。江鹊应允,看买的东西也差不多了,就去结账付款。

付款的时候,收银员是个看起来有点瘦弱的女人,长发束着,脸色憔悴,她的视线落在江鹊手腕上细细的银链子上。

"一共七十二元。"

"好，稍等。"

江鹊拿出手机，打开微信，她平时联系的人很少，她将沈清徽的聊天框置顶，备注了一个沈先生，后面还加了一颗小爱心的表情符号——虽然两人几乎不在微信上说话，他常常一通电话打过来，又或者发一条短信。

明明微信更方便，但江鹊将其理解为二人之间可爱的代沟。

江鹊找到了付款二维码递过去。

那个收银员脸上失魂半秒，江鹊又晃了晃手机，她屏住呼吸，颤巍巍扫了一下。

江鹊没有说话，默默装好东西，然后同她道谢。心下觉得这个收银员反应有点奇怪，但也说不准人家就是心情不好。

江鹊拎着购物袋出来，看这边不太好停车，决定走到路口去。所以她没看见，在她离开后，收银员匆匆忙忙拿出手机，从通讯录里找到一个对话框。黑色的头像，她发了许多的消息。可满屏都是红色的感叹号：对方拒绝接收您的消息。

"小于，你看一下柜台，我去吃个饭。"

她没回应，只呆呆地看着手机。

"哎说实话，我估计这个月考核小于可能过不了。"两个女人结伴去办公室热饭，看了一眼在收银台上发呆的女人，忍不住窃窃私语。

"我觉得也是，当初店长录她是因为啥来着？学历高？"

"对啊，说什么哪个211大学毕业的来着……"

"这个月实习期，都做错账三次了，我都怀疑她上个工作被辞退是不是精神恍惚导致的……"

两个女人摇摇头，进了办公室热饭吃饭。

第六章

沈清徽
生日快乐

TENDER IS THE
SPRING

江鹊拎着袋子走到了马路的路口。正想拿出手机来给沈清徽说一声,远远地,就看到了一辆黑色的越野逆光开过来。

江鹊挥挥手,他肯定看到了,而后车子在她面前停下。

江鹊拎了不少东西,沈清徽下车,帮她把手里的东西放到后备厢。而后拿起她的手,她手心被塑料袋勒红,沈清徽捏着她的掌心,语气有点疼爱:"怎么跑这么远?拎这么重的东西。"

江鹊笑着摇头:"一点都不重,不疼。"

沈清徽帮她拉开车门。一束玫瑰搁在副驾驶座上,白色的玫瑰,花瓣边儿缀着点浅蓝色,跟那天的密歇根冰蓝玫瑰不一样,边缘的蓝色好像更浅。

如约而至的一束花,每天都能让她知道她在被他宠爱着。江鹊觉得他肯定知道这束花叫什么。

"是卡莫利月光蓝玫瑰。"沈清徽知道她想问什么,在她开口之前,先开了口。

江鹊问他:"花语是什么?"

"你猜猜?"

江鹊才不肯猜,要拿出手机上网搜索,沈清徽也依着她。

傍晚的街边,他为她拢着一处夜风。傍晚六点半,街道上不少行人。

江鹊真查了查,花语是你是我藏在星河里的温柔。她弯唇笑了,而后很快地踮起脚,凑近他。沈清徽微微俯身,单手扶着她的腰。

唇瓣还没相碰,挨得很近,只有一两厘米,江鹊的心跳就开始加快，在胸膛里撞击着。很轻的一个吻，江鹊还是太脸红，他也从没有更多的索求。

江鹊倚靠在他身上，眼神里有真挚的光，专注地看着他，她眼睛弯着，是一眼望穿的笑意。

她没有说一句你也是。

她仰着脸看着他，说："那我不想做星星，我想努努力，做你的太阳，沈先生，我才二十岁，可是我觉得，遇见你已经是我二十年来最大的幸运了。"

沈清徽揽着她的腰，在这样黄昏日落时，望着她盈盈一双眼睛，她眼底诚挚，让他动容。明明不是分别，可他突然好舍不得。

沈清徽眼底温存，说好。

江鹊捧着花，坐进副驾驶。

沈清徽弯身看着她——其实他的温柔也是仅她可见。在他眼里，玫瑰好平凡，只有她拿着才好看。

沈清徽启动车子，江鹊跟他说今天上班的事情，沈清徽就耐心地听着，也会接上她的话，笑着跟她说点什么。

马路对面，从一家超市里跑出来一个女人，她的视线搜寻着，看到前面的越野车，往前跑了几步。

路上有点堵，车子暂停着。车窗半落，她看到那张熟悉的脸，从来不曾露出的温和笑意。于书云呆愣在原地，车子重新启动，汇入车流。

于书云突然激动起来，想要追过去，可是红灯亮起，她往前迈了一步，有司机急刹车。而后骂了她几句："不要命啦你？想死滚远点啊！"

于书云其实见过沈清徽笑，那样一个清风霁月的男人，笑起来的时候也总是过分地客气淡漠，好像笑容只是礼貌的应酬。

她从来都没有见过他笑得那样温柔。

刚才到店里的女孩子，看起来也才二十岁出头。

那年，她也才十八岁。

这顿晚餐到底不是江鹊做的。不过也不完全不是，至少沈清徽让她煲了汤。

她进去厨房的时候，沈清徽又将她送出来，让她去外面歇一会儿。

江鹊扁嘴，说大家都上班了，你工作好像比我还忙。

沈清徽语气中有宠溺，说："那当我舍不得让你进厨房好不好？"

这一句话，语气温柔得像那天海岸边的落日与海风，柔柔的，无尽纵容。

江鹊只好去客厅收拾那束花。

家里有不少花瓶，江鹊拆掉包装纸，将花修剪了一下插进玻璃花瓶。而后望着餐桌上的一连串花瓶——每天一束花，桌上已经有了四个花瓶。

江鹊愁绪涌上心头："餐桌都快放满了。"

"那就放在客厅。"

"我的意思是，花好多。"

"可江鹊只有一个。"沈清徽在厨房里，很随意又自然地说了一句。

江鹊默默走到了厨房里，沈清徽转过身来，两只手向后撑着台柜。

江鹊手里还拿着一盒冰激凌。草莓味的，酸酸甜甜。

江鹊低着声音说："花期好短，谢了就好浪费。"

这句话说得有点莫名其妙——总觉得，被他这样毫无底线地宠爱着，心里有点微微的酸涩。她常觉得这样不太公平，她做得很少。

"花开有期限，是为了让你珍惜它绽放的时刻，"沈清徽一伸手，将她抱过来，"你只有一个二十岁，你第一回谈恋爱，我从不希望你为我做什么，你站在我这里，就已经让我心满意足，总要让你明白你值得被爱，也要珍惜你人生里的每一天。"

很简单的几句话，已经足够让人动容。江鹊任由他抱着，心思像浸过水的云。

厨房的光太柔和了，隐约有咕嘟咕嘟的声音。厨房的窗外，也恰好看得到花园里攀着墙壁开得艳丽的龙沙宝石。

晚上回来的时候，沈清徽把喜鹊的笼子放在了院子里的玻璃桌上。

喜鹊还有点滑稽，身上缠着绷带，但是忍不住在笼子里走来走去，有时候伸嘴啄一下鸟笼食盒里的食物。

江鹊靠在他怀里，眼睛看着外面的喜鹊，没来由地说了一句："等它好了，能不能把它留在这里？"

沈清徽顺着她的视线往外看，喜鹊也好像有回应，站在抓木上，还是站不太稳，晃荡了一下，一双眼睛滴溜溜地往这边看。

"还要看它想不想留。笼子就这么几寸大，说不定，它还想去更广阔的天空。"

江鹊扁嘴，没接话。一言不发地看着鸟笼子，喜鹊走两步，又欢快地抖两下翅膀，嘴里叽叽咕咕。

说不定，这只喜鹊也愿意留在这里呢。

天空那么广阔，没有可以安心栖息的地方又怎么算得上家。

江鹊在新公司适应得很好，公司规模不大，几个女孩子很有共同话题，虽然江鹊话不太多，但是也在努力地融入新环境。

这些天下班后，江鹊还会去陆景洲那里看看，几个机械师的动作很快，才一周多一些，修复工作就完成了大半。

陆景洲还宽慰她，在沈清徽生日前肯定可以完工。江鹊很放心。

只是近来的晚归，让沈清徽隐约有点担心，甚至还以为是最近江鹊的公司总让她加班。

江鹊虽然现在活泼了一些，但毕竟多年来的软弱还是让她很难对别人说不。

沈清徽有些许沉不住气，他从没教过她怎么在职场上为人处世，生怕江鹊被人欺负。

于是这天，沈清徽早早忙完，开车去了江鹊的公司。

当时正是下午五点半，距离下班还有半个小时。路威刚开了个很简单的会，最后留下江鹊。

江鹊声音确实很好听，先天的底子在那儿，路威琢磨着配广播剧可能还弱一些，情绪表达和声音把控上她还很生涩，但是路威给了她一份有声读物，是一本小说，一天只需要读一章。

很简单，但也是江鹊跨出的第一步。江鹊很惊喜。

路威伸手敲敲桌面，故作高深地说："这个稿子是我们要跟一个有声读物平台合作的，你能好好完成，下个月就转正。"

"好！我一定好好完成。"

这是江鹊真正意义上的第一份工作，她很是珍视。

路威"嗯"了一声，稿子还在打印，打印机在会议室里。

江鹊站在旁边等着。

路威眯了眯眼睛，隔着黑框眼镜看江鹊。

其实很确定，江鹊跟沈清徽有点关系，但是沈清徽从不插手她的事情，但那辆黑色的车子，前些日子都准时地出现在楼下。只是最近没看到。

路威犹豫了一会儿，这些日子相处下来，江鹊对工作很认真，从专业上来看确实是个可塑之才。他自认为是个很"亲民"的老板，于是还是没忍住自己的八卦。

"江小姐，你有男朋友了？"

"嗯！"江鹊站在打印机旁边，有点不好意思。而后突然想到什么，她谨慎地问："公司不允许吗？"

"不是，就是我前几天看见有人来接你来着，最近没看到，还想着你回家要是不方便，我给你报销交通补贴。"路威笑了笑，他自己都觉得自己有点虚伪。

"哦哦，是他最近要过生日了，我想给他准备一份惊喜。"江鹊松下一口气，弯了弯眼睛笑了，然后说，"路总，有你这样的老板真好。"

"是吗，都是应该的，关心员工嘛，"路威心虚地摸了摸鼻子，干笑了一声，然后掏出车钥匙，"那你打印完之后早点下班。我先撤了。"

"好，再见。"

"再见。"

江鹊继续守在打印机旁边等着。

路威去打了个招呼,拎着自己的手机走,结果出来的时候,看到大楼外面的休闲区,坐着一个很眼熟的男人。

他坐在那里,实在太引人视线。

沈清徽很少穿正装,他平日里深居简出,衣服都随性惯了。但最近沈家动荡,他能推则推,推不了才去露个面。

路威自认为自己算是个小资,觉得西装与皮鞋是职场男人必不可少的东西,对此也颇有研究。

眼下,沙发上的男人,黑色的那不勒斯西装裤非常熨帖,深蓝色的衬衫规整,外面一件一看就是定制的意式西装,裁剪得得体利落,勾勒出硬挺而颀长的线条,配黑色的德比鞋,一看就价值不菲——能将西装穿出优雅与力量韵味的,还要归结于良好的身材和比例。

每一处细节都足够迷人。

他坐在那里,旁边不少公司的女孩都往这里看。并不是每一个三十五岁的男人都有这般矜雅与淡漠。他眼底的平静,是他的自律与时间阅历沉淀的成熟。

路威忽然有一种微妙的错觉,想到那天在餐厅里看到的、与江鹊吃饭时的沈清徽,更温柔,眼神要更柔软。

他抬眼看向自己,眼神清冷,像覆着一层霜,但仍然有着很高的教养与礼貌,对他点头致意。

路威走过去,同他打招呼:"沈先生怎么来了?"

"接她下班。"沈清徽扬了扬下巴——对面,就是他们的会议室。

会议室是四面玻璃,只有百叶窗帘,但是没有拉上,缝隙里,看到江鹊站在打印机旁等待着,有时候弯腰整理一下。

路威感觉有点不妙,虽然自己并没有做什么,但总觉得,沈清徽好像在这儿看了有一会儿。

"啊,那……"

"没事,你先走吧,我等她一会儿。"

267

沈清徽话并不多，看路威一时语塞，他也只是淡笑，同他道别。

路威感觉松了口气，借口说自己有点事先走了。

沈清徽点头致意，视线向里面看着江鹊，其实这些日子他从不觉得十五岁的年龄差算什么，但是看到江鹊跟路威这样年纪的男人站在一起的时候，忽然失神片刻。

但这样摇摆的情绪，在看到江鹊的眼神时停住了。

江鹊对着路威笑，是很客气礼貌的笑，从不像看他的时候，是鲜亮地只看着他，有点小姑娘的骄纵，有雀跃的欢喜。

沈清徽都说不清怎么回事，只想到这样被江鹊特殊地放在心上，唇边就染上点笑意。

胡小可傍晚六点钟准时下班，出来的时候看到外面坐着的男人，又一个"360度回旋"折回办公室。

她强忍着激动的情绪，走进会议室："鹊鹊！外面那个是不是你男朋友？"

江鹊讶异，往外面看了一眼。

隔着百叶窗，撞上沈清徽的视线，他眼神里终于带上笑容，用口型跟她说：不急，我等你。

江鹊点点头，心情飞扬起来。

胡小可捂着心脏："哦莫！"

江鹊被她惹笑了："我打完这个就下班了。"

"我去！你哪儿找的这种男朋友？"胡小可压着声音，心情澎湃。

江鹊正好打印完最后一页，回想了一下："那天下雨，捡的。"

"捡的？"

"他捡的我。"江鹊回答得颇为认真。

胡小可："那我希望今年多下几场大雨，最好比依萍问她爸要钱那天还大！"

江鹊笑了笑，同胡小可告别。

胡小可忧伤："我等你走了再走，我再多看两眼。"

江鹊去收拾了自己的东西,关掉电脑打卡出来,沈清徽在等她。

江鹊是第二次看他穿这样正式的服装,比那些模特和演员都好看多了。

沈清徽很自然地牵着她,看江鹊的小眼神,他忽然有点不自在,抬手松了松领带,而后用开玩笑的语气说:"我是不是有点显老了?"

"不会!特别好看!"

江鹊摇摇头,被他牵着走进电梯,江鹊低头看了看自己,运动裤,简单的T恤,站在他身边有点违和——不违和的,是他紧牵着她的手。

"沈先生,今天您怎么来接我了?"江鹊在电梯里问他。

沈清徽看到江鹊跟那个女孩不卑不亢地相处,忽然觉得自己有点多心。

他对她坦白:"总觉得你最近在加班,以为你被人欺负了不敢告诉我。"

"怎么会!"江鹊笑了,最后有点娇嗔的意味,"我又不是小孩子了。"

沈清徽笑着说她:"是,长大了。"

江鹊撇撇嘴,而后看向他:"您今天怎么这么早就下班了?不忙吗?"

"不忙,就开了个会。"

江鹊忽然想到祁婷,有点不知道怎么启口,就斟酌了下语言:"沈先生,我有个朋友也在白蕊那边……那边没事吧?"

"那边最近在整顿,我不知道具体情况。"沈清徽问她,"电话打不通?"

江鹊点点头。

沈清徽沉思了一下:"晚点我让程黎问问。"

"好。"

江鹊觉得他完全可以信赖。

沈清徽没有多提,因为沈明懿名下的公司都跟沈睿言挂钩,沈睿言又牵扯在沈家地产里。现在沈明懿在国外,他的公司由封远弘接手。

其实并不是沈邺成心疼这个孙子,而是沈邺成明白,沈家地产是他奋斗了一辈子的成果,他不想看到大厦倾倒,自己的心血毁于一旦。

于是找了封远弘来处理烂摊子,说的是让沈明懿去国外避避阮佳思去世的风头,其实还是想找个能撑大局的——封远弘出身好,家里的关系脉络广不说,人也有足够能力,于是高薪挖过来。

封远弘能解决好沈家的烂摊子自然最好,最后不过也是给他一些股份,还能与封家维系好关系。

可沈邺成到底是个老狐狸,能不能保住沈家地产还是未知数,他必然也要做最坏的打算。

要说在沈睿言和沈清徽中选一个,沈清徽是必然。在他眼里,沈清徽不单纯与他有血缘关系,更是维系着港城庄家的纽带。

只要有沈清徽,沈家就不会倾塌。所以他执意不肯让沈清徽掺和进来,是有他的私心的。

沈睿言,说到底只是一个扶不起的阿斗,撑不起什么大事。

而沈清徽不掺和进来,是因为他对沈家没什么感情。沈邺成的心思,他怎么会看不明白?

在沈家三十五年,说是亲人,其实一点亲情都没有,还要被血缘与亲情捆绑着。

庄景月从来不在乎他。她的母爱,一点都不曾分给他。沈邺成算计着他身上的价值,只把他当成一枚棋子,往前往后能得失什么,好像都被明码标价。

沈清徽厌恶这一切。

电梯门打开,沈清徽同江鹊出去,江鹊大概也能察觉到沈清徽神情有点疲倦。

但即便是这样,他的玫瑰仍然如约而至。

上车后,江鹊隐约觉得他不太开心,但是他工作上的事情,她又无法为他分担。

沈清徽今天带江鹊出去吃饭,问江鹊有没有想去的餐厅。

这些日子,跟在沈清徽的身边,他常带她去一些很有意思的馆子。

但是江鹊看他不太高兴的样子,说:"我可能有个好消息,我请您吃饭!"

"转正了?"沈清徽开着车,看到江鹊亮晶晶的眼神,心情也轻松了不少。

"还没呢!但是我接到了第一个工作任务!"

江鹊好开心,说起这个就忍不住笑意染上眉梢。

沈清徽看小姑娘一副高兴的模样,心底也为她感到一丝骄傲。

江鹊思来想去,最后决定带他去一家火锅店,老牌子,在淮川很有名气。

沈清徽开车带她过去。

地方就在市中心,挨着一家商场,中式的建筑有独特风格,飞檐翘起,门前还有木栏与灯笼,氛围很足。

但是火锅店前没有停车的地方,沈清徽看商场前的停车场也不远,就将车子停到了那里。

到了地方要等号,但好在他们来的时间晚,所以也不算太拥挤。

江鹊有点懊恼,小声问他:"沈先生,您饿不饿?"

"还好。"

火锅店喧闹,沈清徽微微俯身才听到她说的话。

他们坐在门口的位置,他突然弯腰凑近,俊颜在眼前,带着淡淡的檀木味道,很好闻,很清新,江鹊有一点点不好意思。

有人路过,沈清徽便下意识地护一下她。

江鹊有时觉得他出现在这样的场合有种违和,像清矜自持的神明落入凡间,染上人间烟火味,让他多了几分真实感。

江鹊伸开腿,晃了晃。白皙纤细的腿,随意的运动裤与运动鞋。

他坐在身旁,偏头看了一眼,撞上江鹊盈着笑意的眼睛。傻笑。

沈清徽一点都不觉得这里吵闹。

轮到他们的时候,侍应生引着他们去二人桌,分明点了微辣,但川渝火锅的微辣也意味着一大堆红辣椒。

江鹊给他说,毛肚涮几秒、牛舌烫几秒。

沈清徽看她辣得小脸发红,又给她单点了一盒牛奶。

江鹊的勺子被碰到桌下。她弯腰捡起来，一只白皙而有力的手护着她的额头，江鹊还没意识，撞着他的掌心。

抬起头，沈清徽将牛奶的吸管递到她唇边。江鹊咬住吸管，冰冰凉凉的牛奶缓解了辣意。

沈清徽看着她，突然笑起来。

江鹊脸红，他抽了张纸巾，轻轻擦了下她的唇角："吃好没？"

"好了。"

他眼底很温柔，隔着一点热气，朦朦胧胧的，很不真实。

江鹊跟他出来，牵着手，淮川的夜景很漂亮，以前从没看过。也不急着回去，就拉着手沿着一条街走。

大概是这样一个惬意的晚上很放松，江鹊两只手抱着他的胳膊，跟他说上班的趣事。

沈清徽低头看着她，其实有片刻的失神。她眼底有一点骄纵，是小女孩的快乐和满足。是只会对他时才有的眼神。

沈清徽与她走到了外滩。

这里是淮川最漂亮的夜景——本就是一座大城市，一条江，两侧都是玻璃大楼，灯光迷离，甚至还成了一方独特的景色，好多游客必到这儿打卡。

江鹊扶着栏杆吹着夜风。

沈清徽站在她的身旁，她的发丝被吹起来，软软地拂过他的衬衫。

旁边有个拍夜景的摄影师。

沈清徽没听到他说什么。他的眼神全然落在江鹊身上。她身子纤瘦，露出一截很漂亮的脖颈。她仰起头看他，好像问了他一句什么。

就这一瞬间，沈清徽的心底有一抹暖流。

江鹊伸出手在他眼前晃了晃。

沈清徽靠着栏杆，捉住她的手腕。

银质的手链碰撞，小钻石与风铃发出细碎的声响。

沈清徽将她抱在怀里，低头，吻上她的唇。

江鹊睁大眼睛，周围还有好多人，这样一个温柔厮磨的吻，落在夜色深处，一寸寸浸上少女花开般的心事。

好一会儿，沈清徽松开她，笑着说："听到了。"

"……"

"今天很开心，"沈清徽的手揽着她的腰，"是因为有你。"

江鹊眼睛弯着，忽然想到，自己为他准备的礼物——他一定会更开心。

江鹊轻轻伸出手抱住他，把脸埋在他的胸口，短暂地蹭了一下，而后仰起头对上他的视线。

"我的愿望还想多一个。"

除了希望他天天晚安。

"嗯？"沈清徽说，"那我帮你实现它。"

"我希望您多笑笑，每天都要开心一些！"

傻姑娘都没有意识到，他的笑容是因为她。

"好。"

没有要求她承诺一定留在身边，当下即永远。

回去的时候，江鹊跑去买了一支冰激凌，到底还是个小姑娘，其实有点爱吃零食。

沈清徽去开车，让她在路边等一会儿。

江鹊应允，去了店里排队。结果隐约听到对面有人在吵架，江鹊抬起视线看了一眼，冰激凌店是开在商场里的，对面是一家珠宝店，争吵声就是从那儿传来的。

可是门口围着一圈看热闹的人，江鹊也看不真切。

"听说好像是一姑娘跟男朋友来买戒指，撞见了前男友。"

"真死缠烂打啊，那个男的都跪下了。"

"唉，都分手了，大庭广众下纠缠闹成这样真丢人。"

"看那个男的一直在求，好像说在一起很多年了。"

"因为彩礼吧？这年头也正常，一分钱不拿就想娶老婆，做梦吧。"

冰激凌店外面也围着几个吃瓜的大妈，叽叽喳喳，江鹊听了个

273

七七八八。

"您好，一个草莓冰激凌甜筒。"

到了江鹊的号，她随便点了一个，扫码付款。拿着甜筒转身的时候，往珠宝店看了一眼。

商场保安来了，驱散了人群。

江鹊看清了里面的人，脚步顿在了原地。

一个有点落魄的男人跪在地上，有点旧的长裤和长袖，鞋子也有点脏，他跪在那里去拉着一个穿裙子的女人的腿，卑微，却情绪激动。

女人穿了一条白裙子，身旁站着一个斯文的年轻男人，年轻男人护着她，可地上跪着的男人有点失去理智。

"倩雯，你再给我个机会好不好？我家欠的钱快还完了……我们在一起都这么多年了，你是找了这个男人来气我的对不对？"

"江志杰！你到底还要纠缠我到什么时候？求你了，给我留下一点好的回忆可以吗！"

刘倩雯崩溃地大喊，她怎么都躲不开江志杰的纠缠，下班路上尾随，上班时在她公司附近游荡。搅黄了她很多场相亲。

她好不容易经家人介绍了一个男友，到了谈婚论嫁的时候，江志杰又阴魂不散！

"倩雯，我借了那么多钱也是为了在淮川买一套我们的婚房，你再给我几个月好不好……"

江志杰匍匐着去拽刘倩雯的裙子，保安到了，架起江志杰想把他拖出去，江志杰死死地去拽门框："你们放开我！倩雯！你再给我三个月！就最后三个月！"

又来了几个保安，合起伙来把他拖曳出去。

江鹊呆呆地站在那儿，手里的冰激凌融化，一点液体流到了她的手上。

江志杰没有看见她，他被保安粗鲁地拖曳，而后几人围在门口打电话报警。

刘倩雯被她的未婚夫搀扶着出来,眼眶红了一圈,跟他未婚夫哭着说:"那就是我那个前男友,之前一直没跟你说过……是我觉得好丢人,当初眼瞎了跟他在一起,他好赌,父母也没有正经工作,他爸爸做工地听说出了事,家里还欠了那么多高利贷,那样的家庭,真的一辈子不想牵扯上关系……对不起,今天让你见笑了。"

刘倩雯的未婚夫安抚她说都过去了。

江鹊捏着冰激凌,那一句"那样的家庭,真的一辈子不想牵扯上关系",好像一根针,将什么美好的东西刺破了。

美好的光影,像虚幻的泡沫,弥散之后,下面是污浊一片。

很难不去想什么"原生家庭"和"门当户对"两个词。

在没遇到沈清徽之前,江鹊还不觉得如何,可这束光照进了她的生活,她只顾着追着光,没有看到,自己本就活在泥沼里。

她追着光跑了好久,忽然发现自己出身污泥,本就满身肮脏,于是追了多远,好像都要原路返回去。

沈清徽半天不见江鹊出来,想着就几步路,索性来看看,结果过来的时候冰激凌店前不见人影。遂打了一通电话,那边半天没人接。

沈清徽有点担心,目光巡视了一圈,突然定住。

沈清徽看到江鹊从洗手间那边走出来,视线低着,有些失神。

江鹊默默跟在他身后,沈清徽也没有问怎么了,只是出来的时候,路边停着一辆警车,几个商场的保安把那个男人按进车里。

沈清徽多看了一眼,看到了那个男人的手,少了一根手指。

沈清徽拉开车门,江鹊低着头说:"沈先生,我想静静。"

"好。"

路上没说什么,也是给她时间清净。

到了家后,沈清徽去楼上给她放洗澡水,看她蔫蔫的样子,低头捏了捏她的脸:"有什么事告诉我,不要自己闷着。"

江鹊点点头,沈清徽随手脱了外套搭在沙发上。

江鹊独自坐在沙发上。

茶几上摆着好多花,有他用过的茶杯,她送的不起眼的东西也搁在他的茶杯旁边。

江鹊患得患失。

原生家庭带给江鹊的,是长达二十年的自卑,沈清徽为她拼凑出一片光明,可某些伤痛并不是说放下就能放下的,原生家庭的不幸,让她活在被打压下,她从来都不相信自己是值得被爱的。

他那样小心地宠爱着她,她却在看到江志杰的那个瞬间,一下子回想起了自己以前活得有多不堪。

心痛,难堪,羞愧。

江鹊默默地坐在沙发上,想起傍晚时他那样缱绻温存的目光,心脏的某处好像被揪紧。

江鹊默默地上楼,沈清徽弯腰试着水温。

江鹊又安静地走进去。

不算大的浴室,亮着一盏小壁灯。

落地窗的窗帘半掩着,一点夜色沁进来。

沈清徽只觉得江鹊敏感的心可能又出现了一点裂痕。他伸手,将人揽过来。

"我抱一会儿。"他的声音在耳边,很沉静,很柔和。

他的怀抱很温暖,足够让人安心。

江鹊的身影很纤瘦,她有几分踌躇犹豫,最后还是很小心地环着他的腰,脸贴在他的衬衫上。

沈清徽只是安抚着她。

胸前的衬衫被湿润的眼泪洇湿一小片。沈清徽没有说话,只是很安静地抱着她。好像那眼泪是流在了他的心上。

也不知道为什么,忽然想到了捡到她的那一夜。

她跪坐在暴雨里,匍匐在车下,只记得那双眼睛,满是惊恐万分的绝望。

他心中的最后一丝悲悯早就死在了多年前。起初捡她回来,其实说不清到底是因为什么，是那双眼睛太过可怜绝望，让他的心上出现了一丝裂痕，又或者是因为不想让她死在那个雨夜。

江鹊总觉得自己身处泥泞，却不知道，她也像一缕光，照进他早就一片死寂的世界。

一束光突然出现在黑暗荒寂的森林，那不是救赎，那是罪过——让最后的生命奔赴向光，消失后那便是更黑暗的深渊。

可如果这束光一直留在这里，便是森林的救世主。

流浪猫从来都不知道自己可怜，直到有人在一个暴雨夜摸了摸它的头，将它带回家避雨又将它放归街边。

"江鹊，你总觉得不安，我的不安一点都不比你的少。"沈清徽声音很低，像是被寂寞的夜风吹散了，"你这样年轻，以后要是遇见比我更好的人，要是有了更好的未来，我总不能阻挠你去追求你的生活。"

他是彷徨，却又小心地珍视着这样的她。

"不要。"江鹊的脸埋在他的胸口，摇着头说，"不会有比你更好的人。"

沈清徽摸摸她的头发。他也不会遇见这样一个像她一样的人。

太阳落山了，可人们仍然会记得日出的温暖与美好，他的生命因为她的存在而美好过，结局是好是坏都不重要。

浴缸的水流声汩汩，江鹊什么都听不到，她的手紧紧地攥着沈清徽的衣角。

也是这会儿才恍惚地感知到——他比她年长的十五年，独自走过那么多日夜，他先她一步看清这个世界，而后遇见她，仍然愿意俯身耐心地宠着她，在她这里，给她世界上最真挚温暖的爱意。

让她看到这个世界美好的一面，让她成为美好本身。

沈清徽不喜欢给她讲道理，爱意却在小事里处处熨帖。

让她在每一分每一秒都知道她是被他爱着的。

想到这些，江鹊眼眶酸涩得让她更难受了。她的爱太渺小，渺小到处处自卑，处处退缩。

沈清徽从不越界，是对她的尊重与珍爱。

这一天，江鹊忽然想要有那么一点越界，可她又无法克服心里的一道坎。

沈清徽让她去洗澡。

江鹊抱着他不松手。

沈清徽笑了笑，由着她抱着。

只是过了好一会儿，江鹊闷声闷气地说："真的不会。"

"嗯？"

"真的不会想遇见别人，我的未来也好简单，能有一份工作，有您在身边，已经很满足了。"江鹊揪着他的衣角，一字一字慢慢说。

她的世界只是一方可以澄澈见底的水，通透得一眼望穿。

沈清徽抬着她的下巴，也认认真真跟她说："只有你才能站在我身边，因为是你，值得被我爱的是江鹊。"

遇见他之前，江鹊从不这样觉得。

她很难跟原生家庭带来的痛苦告别，也尚未做好准备与之和解——但有他在，至少让她开始一点点走出那片污浊。

此后江鹊没有看到江志杰——江家人很少给她打电话，有时候打一通电话，也是要钱。他们之间的亲情，除了钱什么都没有。

江鹊有空就给外婆打打电话，说国庆放假，就回去看她。

外婆虽然怕耽误她上班，但还是很开心。

江鹊的工作也很顺畅，那本有声读物只有三十多个章节，江鹊录好了几章，路威很满意。

沈清徽最近也很忙，他鲜少发微信，但电话总是准时到，下班后也准时来接她，副驾上永远有一束送给她的花。

在这个纷纷扰扰的世界里，他们的爱意却像独有的一点温情。

8月26号这天，江鹊跟路威申请调休，路威诧异了一秒，但不仅立即批准，还说多给她一天假期。

胡小可一脸羡慕。

路威扔过去一瓶冰可乐:"人家江鹊提前完成了工作。"

8月26号,江鹊没有告知沈清徽,早上的时候,他仍然一切照旧,晨跑,买早餐,叫她起床。

江鹊小心地观察了一会儿,他好像真的不知道这一天是他的生日。

陆景洲也说,沈清徽从来不过生日。

江鹊很心疼——她被父母接到淮川之后虽然没怎么过过生日,但是在春新镇的时候,外婆每次都记得给她煮一碗面,没有蛋糕,却也会对她说:"鹊鹊又长大一岁啦。"

于是上班的时候,沈清徽把她送过去,而后说:"我今天可能要晚一些回来,酒店有些事情。"

"好,那到时候我给程黎打电话。"

"好,有事告诉我。"

江鹊点点头,下车前,折回去,很快地亲了他一下。

沈清徽愣了半秒,看着江鹊跑进去。

江鹊没打卡,等沈清徽的车走了之后,才重新出来,心跳剧烈,好像怕被抓包一样。

江鹊坐公交车去了陆景洲那里。到的时候,陆景洲已经在了。

那辆黑色的赛车已经被修好,所有的零件全部换成了全新的,造型独特,线条流畅。

他的头盔放在车座上,江鹊看到上面的一行字母。是他的名字的拼音,还有一个很显眼的26号。

陆景洲递给江鹊一张照片。照片上,是两个男人,应该是某场赛事后的庆祝的场景。

难得看到那样开怀的笑意,他身上还穿着赛车服,额头有汗。另一个年轻的男人站在他的旁边,揽着他的肩膀,右手对着镜头竖着大拇指。

"应当是八年前,下一场比赛,沈清徽摔车,身上五处骨折,手术后退出了赛车,右边的男人叫唐溟,在那场比赛中摔车过世了,车队失去了他们两个,再也没有拿过冠军。"

陆景洲再提往事,其实有点怀念,但过去了这么久,提起来很沉重,但也终于能够稍稍轻松地说:"是不是想不到,沈清徽以前赛车可是拿过十连冠的?"

江鹊确实想象不到。

"他一开始是真的不会,最开始的几场比赛,回回都要摔车,轻则躺半月,重则身上多处骨折,其实我都说不清他受伤过多少次,又摔烂过多少台车,他和唐漠两个人都很不要命,一个不要命地训练,一个在车上宁死不松手,"陆景洲说,"虽然不知道他为什么那么喜欢极限运动,但确实在那时,他很开心。"

话说得很云淡风轻,但经年的痛苦与苦楚,又怎么能被想象。

每一个字,听起来都好沉重。

"江鹊,其实我有时候觉得,你送他这个,让他开心的,可能不是这车,是你,"陆景洲从口袋里将车钥匙递给她,然后笑着说,"挺希望你俩一直在一起。"

"谢谢你。"江鹊收下钥匙,捏在手心中,觉得好沉重。

陆景洲淡笑:"等会儿我让人给你送到春江玺樾去。"

"好。"

江鹊摸了摸那辆车,心底有一点雀跃蔓延开来。

傍晚,江鹊早早做好晚餐等着他,沈清徽在傍晚六点的时候准时给她打电话。

沈家出事,频频召开管理层会议,他意兴阑珊,像个局外人,时间一到,不管结束没结束,拨了通电话,就借口有事先走了。

全然一副事不关己的样子,看着明摆是不想掺和,但谁能说得准他是不屑参与还是早已知晓结局的淡然?

当时沈睿言也在会议室里,表面上对沈清徽很尊敬,但是等他一走,眼神便阴暗下来。

现在沈邺成住院,沈清徽从不露面,沈家公司的事情,沈清徽更是不闻不问，所有的一切都是自己的心血。

但沈清徽才是沈邺成原配夫人仅剩的唯一的儿子。

直至现在，都没有听说沈邺成立遗嘱的消息，沈睿言有点不安，怕沈邺成将所有的家业都留给沈清徽。

本就因为沈邺成不看好自己，所以沈睿言格外呕心沥血，虽然确实没什么天赋，但对沈家没有功劳也有苦劳。

前一阵子他投的楼盘，谁知道因为政策收紧，亏空了大半。宋烨那边还掉了链子，他费了好大周章才把财务应付过去。

算一算，才8月，年底指不定什么时候还有一次税务核查。

还有四个月的时间，应该足够。

沈睿言咬了咬牙，散了会议。而后转头问自己的助理："董事会的人打点得怎么样了？"

"您给的名单上的股东，都收了我送的东西，应该没什么问题。"

"嗯。"沈睿言摁了摁太阳穴。

沈邺成精明了一辈子，沈睿言总得做好万全的准备。

沈清徽回去的时候，想到昨天江鹊的失落，特意给她重新买了几盒冰激凌，付完款后，还不忘去了一趟商场旁的花店。

一排排的鲜花，他的视线落在一束绿色的洋桔梗上。因为旁边的牌子上写着花语：美丽、坚强、自信。

出来后，打了个电话问，被蒙在鼓里的程黎说，江小姐要等会儿才走，让您先回去。

沈清徽看着车上的冰激凌沉吟了片刻，也算是答应了，还不忘叮嘱一句："别让她加班。"

"知道了。"

他开车回去，以前总是漂泊不定，家对他来说只是个逃避现实和睡觉的地方，可是自从有江鹊在，他开始有点希望着早点回去，哪怕只是看到她。

沈清徽将车子停下，傍晚六点半，天色渐暗，深橘色的晚霞连绵着，而别墅里亮着光，他下车。

开了门，一股诱人的饭香味。

餐桌上摆着好多做好的菜，而江鹊正站在厨房里，用勺子尝着汤的咸淡。

隐约听到后面有声音，江鹊一回头，吓了一跳，随即看到了沈清徽出现在身后，还有一大捧绿色的桔梗。

江鹊手里拿着勺子，看到他就好开心。

沈清徽将花放在桌上，先将她抱过来，捏着她的下巴端详了一下："还会骗人了，程黎可还在你公司楼下等着呢。"

"给你的惊喜。"江鹊反手关了火，眼底是明晃晃的笑意。

沈清徽还真思考了几秒："今天什么日子？"

江鹊狐疑地看着他，他好像真的不知道。

江鹊让他闭上眼睛，沈清徽依言，江鹊用两只手捂着他的眼睛，带着他到餐桌旁。

江鹊弯腰在他耳边说："等下才能睁开看。"

"好。"沈清徽唇边带上淡淡的笑意。

窸窸窣窣，闭着眼睛，也能感受到周围一片漆黑。

"沈先生！"她的声音在对面响起来，有点紧张，有点小期盼。

沈清徽睁开眼睛，眼前，是一个很简约的生日蛋糕，上面插着数字蜡烛。

在烛光下，江鹊的一双眼睛明亮喜悦。

"沈先生，生日快乐！"

沈清徽有好几秒都没有反应过来——

三十五年里，几乎没有任何人跟他说过一句生日快乐。

没有人记得他的生日，甚至都被他自己淡忘，生日是再普通不过的一天，没有任何期待。

甚至在沈家，他的生日也会被人避而不谈。

因为沈容信的忌日是在8月里，整个8月，庄景月闭门不出，在家里的佛堂里，跟着僧人诵经，每逢她日夜地诵经，沈邺成便格外心烦，这一个月是绝不会回家一趟的。

久而久之，沈清徽也渐渐不再在意。

"生日快乐"四个字，好遥远。

空口无凭的祝福好虚伪，这些藏在小事里的在意又好珍贵。

沈清徽许了一个愿望——又或者，借着这黑暗，不想让江鹊看到他眼底翻涌的情绪，又让她慌乱无措。

这个愿望许了好久，才吹熄蜡烛。

江鹊想去开灯，手腕却被他攥住。

江鹊停住脚步，沈清徽坐在餐椅上，将她拥入怀中。

说不清初遇的那天，是他为江鹊撑了一把伞遮挡滂沱大雨，还是江鹊为他撑起一片只有他的世界。

饭后，沈清徽要她去拆掉那捧桔梗。江鹊拆完插进玻璃瓶中，客厅的茶几上放着好多瓶鲜花。她看得很满足。

等了一会儿，沈清徽照旧要上楼，他作息很规律，晚上看会书，有时候会跟江鹊看一部电影，又或者干脆牵着她的手出去散步，哪怕只在院子里坐着吹吹晚风，她都会很开心。

但是今天不一样。

江鹊跑进厨房，趁着沈清徽洗完手后说："还有一个礼物没送给您！"

"还有？"沈清徽倚靠着橱柜，点了一下她的额头，"小心思真多，我看看还有什么？"

江鹊笑说："那您跟我出来一下。"

沈清徽依她，江鹊还是让他闭上眼睛，小心地扶着他出来。

别墅有前后院，前院都是花，后院空闲。

江鹊带着他出去，她打开后院的灯。

"沈先生，伸手。"

沈清徽依言。

一把冰凉的钥匙，落入他的掌心。

沈清徽睁开眼睛，看到熟悉的车子停在那儿，黑色的赛事机车，在黑夜下泛着崭新的暗光。

熟悉的 26 号，尘封的回忆在渐渐地复苏。

沈清徽喜欢极限运动，是因为在沈家麻木地度过了二十多年循规蹈矩的日子。要好好学习，要争强好胜，要考入某所学校，毕业后要来帮衬家里。他不能有任何自己的想法。

疯疯癫癫的庄景月，冷酷精明的沈邺成，虚与委蛇的唐吉玲，还有在暗处伺机而动的沈睿言。

这个家表面和睦，背地里乱成一团。

沈清徽感到厌倦，他时常感觉不到自己活着，尤其是在他懂事之后。

沈邺成与庄景月有一长子，名叫沈容信，这是寄托着庄景月与沈邺成所有希望的儿子，他的确足够优秀，年纪轻轻就从国外留学回来，听说手腕也很了得。

不出意外，他应当会继承家业。

但是沈容信二十二岁那年，因为一场意外车祸过世。

死的不只是沈容信，庄家与沈家之间的利益纽带也开始动荡。

尤其是在沈容信过世的这一年，唐吉玲出现了，带着一个六岁的孩子。

唐吉玲是早些年照顾庄景月的保姆，不知什么时候跟沈邺成有了一夜孽缘，怀孕那年她辞职回了老家，她不想打掉孩子，却也深知沈容信众星拱月，是唯一的继承人。

结果谁承想，沈容信突然去世了。

唐吉玲带着六岁的沈睿言进入沈家，用了很多不入流的手段。

本就沉浸在丧子之痛里的庄景月精神出了点问题，明明一把年纪，却执意要去港城与美国，来回做了多次试管，流产了多次才生下了他。

可庄景月满心以为是沈容信回来了，唤他也常常是唤着沈容信的名字。

旁人也总是拿沈容信跟他比。每逢家宴，也常常有人说，沈清徽同沈容信真是一个模子里刻出来的。

沈清徵从不是沈清徵。

他连一次生日都没有庆祝过，沈容信在8月离世，整个8月，家里一片死寂。

庄景月在佛堂诵经，沈邺成回来过一次，大发雷霆，而后每年的8月都心照不宣地不着家。

没有人记挂过他。

以至于他去赛车——曾经阴郁地想，要是自己也因为车祸去世呢？头几年，他在赛道上频繁摔车，冲浪时也多次挑战巨浪，骨折了好多次。

像个想吸引注意力的幼稚孩子，但是很遗憾，并没有人在意。

直到有一次沈邺成来了。他说，不管你怎么折腾，只要活着就行，哪怕你想做植物人都好，只要你活着留着一口气，你活着就有意义。

就那次后，沈清徵跟沈家断了联系，他感到厌烦，从来不知道活着到底有什么意义。

是留着一口气在这个世界上苟延残喘，任人看笑话，还是去体验人生，体验每一种激情，畅快地呼吸，肆意妄为地做自己想做的事情？

沈清徵选择了后者。

他只有在畅快淋漓地大汗后、在人群的加油助威中才能感知到一件事：人们叫的是沈清徵，不是沈容信。

他是活着的沈清徵，不是死去的沈容信的代替品。

车子像离弦的箭，风从耳边呼啸，承载着他全部的自由。

他浪荡了几年，无依无靠，像一个漂泊无归处的游魂。

极度的疲倦才能让他入睡，可后来搁下了这些，他的失眠一天比一天严重。

而现今，他有了自己的归途，也有了期待。

最重要的是，她的眼中都是他。那点明晃晃的笑，也是只对他才有的爱意。

她口中的沈先生，是沈清徵。

沈清徵捏着车钥匙，钥匙的形状刻在掌心。

江鹊期待地看着他。

沈清徽晃了晃钥匙，突然问她："要不要出去兜兜风？"

"可以吗？"江鹊期待，却又小心翼翼——他眼底有淡淡的笑意。

沈清徽转身进了闲置的车库，随便拿了两个头盔，将其中一个递给她戴上。

江鹊眨了眨眼睛，一双杏目干净澄澈，她对他比了个大拇指。

——好遗憾，没有看过他曾经的样子，年轻时的沈清徽，应该更耀眼夺目。

钥匙插进去，赛车的油门声很大——他曾经要感谢这巨大的声音，掩盖下所有好的坏的声音。

沈清徽扶着江鹊，让她坐在他的身后。

春江玺樾外面有一条长长的道路，这里本就不在市区，平日里也没什么车子往来。沿途，是淮川的江景。

"抱紧。"

沈清徽的声音落下。

江鹊全然地信任他，沈清徽换过一身衣服，休闲裤，棉质的T恤，外面随意套了一件衬衫。

江鹊小心地抱着他的腰，柔软的身子贴在他的后背上。

时隔八年，他三十五岁，没有这个年纪男人的油腻，他的胸腹是锻炼后才有的结实线条，是并不夸张的肌肉。

赛车的启动速度很快，他俯身，江鹊很近地贴着他。

风声很大，几乎像无形的巨浪一样拍在脸上。

江鹊闭着眼睛，不敢看两旁的风景。

沈清徽很久不赛车了，其实只加速了短短的几秒，车子的初始速度很高。

后来慢下来，江鹊的手环着他的腰，第一次慢慢抬起头，左边是无人的江景，蜿蜒的长灯，波光粼粼的江水，还有拂面的潮湿的风。

江鹊应该很害怕，但因为是沈清徽，她一点都不怕。

"放松一点,这条路很长,平日没有人来。"

他温存的声音随着夜风吹入耳畔。

能够感觉到,江鹊那样靠近他,发丝被风吹得飘起来,柔软的胸脯贴近他。

江鹊答应一声,悄悄松了松手,软软地环在他的腰上。

速度真的很慢,一条长长的江景街,一个人都没有。

月光寂静,漫天星辰。

是独属于他们两个的浪漫人间。

太阳落下,欢喜却涌上心头,经久都未曾减少半分。

"沈先生,我希望你每天都这样开心,"江鹊环着他的腰,在一个下坡,她的身体更凑近了些,她闭上眼睛,感受着微风,挟卷着他身上好闻的淡香,"对我来说,没有人可以代替您。"

沈清徽笑了。

是第一次看到两旁的景色。

赛车启动后,两旁的景色刹那掠过,从没有机会好好看过沿途的风景。

淮川难得有这样澄澈的夜空,水洗了似的,星星一闪一闪。

美好的并不是这天的夏夜,也不是三十五岁的生日。

是他心爱的女孩陪伴在他的身边,恰好的晚风,恰好的月光,他找到了迟来了那么多年的心动。

截至"十一"国庆节前,二人的日子过得尚且平静。

路威每天都能看到楼下停着的越野,其实也挺摸不准。

这江鹊,是真喜欢这份工作,还是只是来体验个生活?但路威更倾向于前者,江鹊录音的时候分外认真,有时候胡小可纠正她,她会不厌其烦地重新读很多遍。

从来没见江鹊心情沮丧过,她好像一个小太阳,特别积极认真地对待工作。

有时候路过巴黎皇宫,门前已经冷落。

白蕊只给她打过一次电话，问沈明懿有没有联系过她，大概是一两个月里没有听到这个名字，江鹊还怔忪了一瞬。

没有，没有人联系过她。

白蕊应了一声，就直接挂了电话，并没有留给江鹊提问的机会。

江鹊握着手机，忽然好担心祁婷。

这天江鹊下班前，收到了一个陌生号码的电话。

江鹊心里有种直觉，闪身去了洗手间接听。

是祁婷。祁婷跟她说自己一切都很好，也是才安顿下来就给她打了这通电话，大意是沈明懿的公司出了事情，正好那会儿白蕊让她出差去外地陪游，看到新闻的时候，祁婷正好从酒店出来，没有意外应该是回淮川，但她鬼使神差换了一张机票。还换了手机号。

老实说，祁婷也没有想好自己的未来会怎样，但办法总比困难多。

江鹊希望她一切都好。

临挂断电话前，祁婷说："我还听说一件事。"

"你说。"

"其实我挺不确定沈明懿到底在国外还是已经回来了，我只听人说现在找不到沈明懿，你多注意一点吧，现在沈家对外说的是沈明懿在国外……但谁知道呢，你提防一些。"

江鹊答应下来，乍一听到沈明懿的名字，还是让她瑟缩一下。

转而想到，每天都是沈清徽亲自接送她上下班，又觉得很安心。

沈清徽有时带着她出去吃饭，有一回遇见了陆景洲，生日那回事，陆景洲还没问过江鹊怎么回事，但看着沈清徽对江鹊悉心的宠爱，心里其实也能猜到。

沈清徽很满意，又或者说，因为是江鹊所以更满足。

以往对中秋节之类的日子也从没有过期待。

这一年的中秋，陆景洲打了个电话来，他说师傅做了点月饼，让他带回去尝尝。

原话不是那么说的。原话是说,师傅新做了点流心月饼,我想来你也不爱吃甜食,带回去让江鹊尝尝。

果不其然,从不过中秋节的沈清徽难得收了这月饼。

但去的时候,沈清徽顺道捎了一份合同过去。

陆景洲疑惑着打开,发现是陆家一直想拿的一块地皮,奈何价格谈不妥,耗了数月。

合同上,对方签了名盖了章,陆景洲一想就知道,是沈清徽帮了个忙。

"我一盒月饼换一块地皮?"陆景洲一愣。

"说的不是这回事,"沈清徽往椅子上一靠,"这两个月忙,还没来得及给你打个电话。"

陆景洲这才明白过来,沈清徽说的是车。

小姑娘从来不提,沈清徽其实一想就能想到。

但是一辆车维修起来也就百来万元,这地皮的长久利润可是翻了十几倍。

"动这么大阵仗,你也知道,修台车对我来说是小钱。"

"是小钱,但江鹊不一样,"沈清徽拿着手机看了看时间,"江鹊送我的是无价的,我去接她下班过中秋了。"

"⋯⋯"

猝不及防吃了一嘴狗粮。

一小盒月饼,就四个,很精致。

中秋节如往常,只是这回饭后,沈清徽带着江鹊在院子里看月亮。

江鹊把那盒月饼切成小块,用叉子叉着递到他唇边,还说看起来就好贵,下回她学着做做。

沈清徽重新设计了下院子,在一角腾出了一块地方,避雨,摆放了一张软藤秋千,是给江鹊的——

她很喜欢这面有龙沙宝石的花墙。

而彼时,二人坐在院子里,花香馥郁,漫长的时光都像覆着一层蜜。

其实江鹊有想,沈清徽今天可能要回一趟沈家,毕竟中秋节也意味

289

着团圆，但并没有，沈清徽照旧来接她，与她吃饭。

江鹊晚上给外婆打了通电话，跟外婆说中秋节快乐。

外婆说今年中秋有邻居家大婶买的月饼，还是酥皮的五仁，说起镇子上那家老糕点房。

江鹊听着笑。

外婆突然问她，是不是交了男朋友。

而当时，江鹊正与沈清徽坐在秋千上，脸一红，说："怎么这么问？"

"哦，前些天，有人给我送来了好些东西，我听不懂他们说的什么，只隐约听到了你的名字，是不是你同学？"外婆说，"是真的送了好些东西。"

江鹊愣了一下，不过思来想去，自己也没什么同学能做到这份上吧。回想一下，倒也有可能是政府送的，因为外婆算是镇上的孤寡老人，这些年政府做得很好，每逢过年过节就去慰问老人。

大概又是什么年轻的志愿者，让外婆误会了。

外婆絮絮叨叨说了很多，江鹊听得很暖心。

挂了电话，江鹊抬头问他，要不要给家里打个电话？

沈清徽摇摇头，沈家的家庭观念可不像江鹊理解的那样，打了也没什么意义。

其实下午的时候，八百年不联系一次的晏婧晗打了几次电话。

问他确定不回沈家吃团圆饭？今天沈邺成要求出院一天，把庄景月也接出来了，定在某酒店家宴小聚。

其实在沈家从不过节，只是中秋与除夕一起吃个饭，算是面上维系着两家的利益。

而现今，又带上了晏家的几位亲戚。

沈清徽厌烦应付这些。都没有亲情，还维系什么？

晏婧晗默然，只能自己过去，其实对此晏婧晗也有点不满。她这些日子都在国外，还要专程买机票坐十几小时飞机回去，总觉得沈清徽在淮川，应该更方便。

但是也没人能左右沈清徽的想法。

晏婧晗也免不了被沈家那些亲戚问一圈：什么时候定下来？怎么都不见你们一起露面？

晏婧晗只能强颜欢笑，说是沈清徽有事要忙。

晏家人颇有微词，都几年了，过年都不见人，多忙？

庄景月便用着一口很有味道的港普说，容信很忙的，还要处理公司的事情。

于是饭桌上又安静下来。

沈邺成脸色不太好。

一顿饭，面上和谐，实际上任谁都厌烦。

并不愉快的团圆饭后，晏婧晗给沈清徽发了条短信，说应付完了，自己先回巴塞罗那了。

沈清徽看了一眼短信，也没回复。

江鹊看时间还早，拉他去江边，今天下班前还听胡小可说江边很热闹。

平日里，江鹊也不喜欢凑热闹，但总觉得今天过节，就拉着沈清徽过去看。

江边有很多造型别致的灯。政府也非常看重这样的传统节日，提前很久就开始布置市容，很有过节的样子。

不只是沈清徽第一次看，江鹊也是第一次看到。

一角有很多人在放孔明灯，江鹊觉得好新奇，牵着沈清徽的手买了一个，可是很快她又不知道做什么了。

旁边的志愿者介绍可以写下祝福语或者愿望，说不定可以实现。

江鹊拿着笔，又将求救的眼神看向沈清徽。

——愿望好单纯，他们心照不宣。

周围很多人，写的都是什么一生一世、永远在一起，好通俗。

爱意不在人声喧闹里，爱意是被藏起又怕对方不知道的缱绻。

沈清徽以前学过很久的书法和国画。

想来今天也是闲着没事,沈清徽拿了笔墨,牵着江鹊去了江边人少的地方。

江鹊期待:"沈先生,你要写什么?"

沈清徽笑了:"不知道。"

江鹊:"……我觉得您比他们写的有文化。"

沈清徽忍俊不禁。

他确实没有写什么生生世世的话。他画了一只喜鹊与日出。旁边附了一行字:

　　愿我如星君如月,夜夜流光相皎洁;
　　不见白头相偕老,只许与君共天明。

孔明灯缓缓升天。

旁边有个望远镜,江鹊拿起来看,在漫天的灯火中,唯有这只喜鹊好特殊。

江鹊感叹:"沈先生,您太有文化了,不像我……"

"嗯?"沈清徽同她坐在江边,看着飞得越来越高的孔明灯。

江鹊不好意思,说:"要是我写,我可能也只会写一句我喜欢您。"

"那也很好。"沈清徽摸了摸她的头发——这是一个对他很有特殊意义的中秋节。

江鹊也会突然凑近说:"明年我也陪您过!"

"好。"沈清徽笑着答应下来。

中秋不久后,就快要放"十一"的假期,路威是个很好的老板,可能平日里也闲散惯了。

现在的企业都是放七天,然后前面或者后面的周末加班补上。

路威不,路威说,加班还算什么放假。

胡小可等人非常高兴。

江鹊下班后照旧上了沈清徽的车。

沈清徽知道江鹊准备回春新镇的事情，问她车票是什么时候。

"10月2号，"江鹊又说，"我过几天就回来！"

沈清徽知晓外婆对江鹊的重要："不急着赶回来，能多陪陪就多陪陪。"

江鹊点点头，又觉得很不舍离开他。

沈清徽看穿她的担心，笑说："倒是我该担心你，回去照顾不好自己。"

"不会的！"明明还没走呢，江鹊就挂念上了，刘阿姨不在家，这些日子怕是他要自己吃饭了，"您一定要按时吃饭睡觉。"

"知道了，你这不还没走吗？"沈清徽笑了笑。

五天其实很短，可她不在身边的五天，就会觉得好像格外漫长，现在想想，有些不知道这五天该如何度过。

江鹊要回去，行李也真的没多少，就只带了几件换洗的衣服。

临走的前一夜，沈清徽与她照旧在晚上十点休息，可是这回，沈清徽失眠的老毛病又犯了。

无眠，很简单，他甚至可以预见这五天的夜里都会无眠。

江鹊已经睡着，脸朝着他，睡容安静，长睫毛晕下一点淡淡的影子。

沈清徽凝视着她的脸，真的很难想象，他的生命中多了这样一个挂念，像扎根生的树，牵引着他所有的情绪。

沈清徽没有起来，他只是捏着江鹊的手。她睡着了，细细的手很柔软。

以前从没这样看过，她的掌心柔嫩，手指上却有几道很浅的疤痕，平日里根本看不出来。一道不算小的痕迹，在手指的内侧。

手链发出一点细碎的声响。

还没走呢，小风铃就窸窸窣窣。

不动也响，不动也想。

沈清徽叹了口气，总有种不太安定的错觉，好像小姑娘回去了，怕她回不来似的。

从淮川到春新镇，单程三小时高铁，开车却要十个小时，八九百公里。

她还没走呢,他就开始无眠。

江鹊起得很早,是中午十二点的高铁,到春新市也有三个多小时,但是下了高铁还要转坐一趟公交——

市区到镇上有定点的公交,可惜每天只有四趟,公交到了春新镇就是终点站,江鹊还要沿着路走一小时才能到家。

春新镇并不算大,镇中心只有一些商店和旅馆饭店,像样的商场都没有。

春新镇下面还分四个村,很偏远。江鹊从小生长的地方,叫陈家峪。这个村庄只有老人务农,政府与乡镇企业从这里收购蔬菜水果,不大的地方,很多山,人人家里都有地种。

江鹊早上七点起来,翻了个身,没想到沈清徵还没有醒来。

她放轻动作,回身,撑着上半身趴在他身边。

常常不敢这样仔细地看他,因为羞怯和紧张,他的眼神平静深邃,注视她的时候,好像能够洞悉她的所有,小女孩的心思热烈,又怕被他看穿。

岁月一点都没有在他的脸上与身上留下过多的痕迹,轮廓更为硬挺,骨相很好,是一种被时间与阅历沉淀下的秾然自得。

他说话时永远温和,处事也永远淡然,不疾不徐,对她甚为爱护,独有的那一份尊重,让她永远为之倾心。

江鹊细细地看了一会儿,只隐约记得昨天夜里他睡得好像并不算安稳。她醒了一次,发现他还没有睡着,像是被她抓包,他低声哄着说自己只是起来喝了杯水。

怕吵醒他,江鹊动作很轻地起来,想趁着今天临走前做些早餐。

也是因为担心他自己顾不上吃饭——比起在外面吃,他好像更喜欢在家里吃。

昨天江鹊也特意多买了点食材,想着包一些小馄饨冻在冰箱里,煮一下也不太麻烦。

沈清徽醒来的时候没见着江鹊，下意识地捞过手机看了一眼。

原来才早上八点。

难得做了些断续的梦，每一回醒来都是江鹊不在身边。

沈清徽索性起床，原本以为江鹊应该在收拾东西，结果下了楼后，却看到江鹊正在厨房忙活着。

江鹊听到脚步声，刚好做完今天的早餐，香菇虾仁糙米粥，煎了培根蛋卷，桌上还有一些馄饨没有做完。

厨房里热气腾腾，熟悉的香味。

更不舍。有她在身边时，才能有些心安。

他从身后拥住她，有些情绪不受控，在清晨时更难掩，比如这份不舍。

温热的呼吸拂过耳畔，江鹊笑着说："我多做了一些，等下冻在冷冻层，很好煮的，怕您不按时吃饭。"

"好。"

只应了一个字，不舍缱绻在口中，他心知肚明她不久后就会回来，可是这一刻也忽然发现，自己片刻都不想与她分别。

但转而意识到，自己才是那个比她年长的人，怎么这会儿连这点道理都不懂了呢。

十点多要送她去高铁站，还剩下的两个小时，思念好像已经在占据上风。

在这个晴朗又热气沉沉的早上，趁着江鹊转身的时候，他少了一点平日的自持，突然吻下来。

与平日里蜻蜓点水般羞涩的吻不同，浸透着难言的不舍与还未曾离别的思念。

那只喜鹊还在窗外喳喳叫。

这餐早饭，吃得有点安静。

其实有点心事两人都心照不宣没有说出口。

于江鹊来说，何尝不想带他去见见自己唯一的亲人，让外婆看看自己喜欢的人。

但春新镇上，连个像样的住的地方都没有，那泥泞的路，去了也是让他受委屈。

于沈清徽来说，是怕她没有做好足够的心理准备，见家人与这份年龄差，他不知她是否足够坚定。

她不提的时候，他永远都不会勉强她。

江鹊乘的高铁是中午十二点整。沈清徽在十点送她过去，江鹊路上跟他说会记得给他打电话发短信的。

沈清徽揉揉她的头发："照顾好自己，回来的时候给我打电话，我来接你。"

"知道啦！"

江鹊拎着包，前面就是安检，她回头，对着沈清徽挥了挥手。

淮川的高铁站很大，人来人往。喧闹声里，本来再走两步就是安检口了，江鹊又折返回来，沈清徽始终站在不远处，看着她。

"怎么回来了？"

话音才落，江鹊忽然伸出手抱了抱他，隔着衬衫，他的身体很暖。

江鹊撇撇嘴，仰头看他，话到嘴边，还是说："我五天后就回来。"

"知道的，等你。"他低头看着她，眼神里深藏的眷恋不能流露，怕她难过，"五天很快的。"

"好。"

江鹊还是有些不舍。但最终还是要分别，江鹊慢吞吞地去安检，回头的时候，看到沈清徽就站在不远处，很心安。

沈清徽是看着江鹊走进去的，他在大厅里站了好一会儿。

G130车次开始安检。

G130车次开始检票。

12：16过去。

手机振动了一下，江鹊给他发来一条微信，窗外的景色开始模糊。

再过几个小时，小姑娘就到了距离他几百公里外的地方。

高铁到站的时候是下午四点。

10月的北方仍然很热，江鹊费劲地去公交车站等市镇直通车，两个小时的颠簸，有好些到城里卖菜的老人上车下车，最后一站才在春新镇的镇中心停下来。

镇中心真的特别小，车站就在一座桥边，周围也算是春新镇的全部商业区了：一个老旧的小卖铺，周围几家看起来不算特别好的旅店，一些破旧的小馆子。

去陈家峪只有一条路，除了个别家里有摩托、自行车的，没有任何交通工具，公交车都没有。

沿着桥下去，会路过一家乡镇学校，这所学校也就只有两栋教学楼，包括小学和初中，操场都没有，但春新镇下的四个村子里的孩子都在这儿上学。

当然，江鹊也不例外。

对这个山村的孩子来说，九年义务教育结束，要么考去春新市的中学，要么就回家，毕竟春新镇下的四个村子的人都是以务农为主，各家各户都有一片地，要么就是学一门技术，南下打工。

国庆假期学校关门了。

再走，两旁都是庄稼地，玉米、辣椒，还有各种农村常见的果蔬，这条只能容纳一辆车经过的水泥路也是这两年才修的。

江鹊擦了擦汗，其实心里有点庆幸。这样的地方，与沈先生太格格不入了。

走了一个小时，才到了村口，外婆早早知道她要回来，就坐在村口的石头前等着她。

陈家峪只有一丁点大，村里二三百户人家。

北方的农村，是低矮的平房，是陡峭贫瘠的山，水泥路、家家户户养只狗，兴许还会有犁地的牛。

外婆远远看到江鹊，对着她招手。

江鹊小跑过去，天渐渐黑了，额头上沁出一层薄汗。

297

外婆走得很慢，眼神不太好，但她努力地看着江鹊，伸手给她擦了擦汗。

"这么远回来，真是折腾坏了。"

"不累的，现在坐车很方便。"

"方便也得走回来这么一段，你邻居家叔去市里卖玉米了，今天夜里才能回来，不然就捎着你了，"外婆拉着江鹊的手，"我给你炖了排骨，前几天买的。"

"好。"

傍晚七点，江鹊到家。

陈家峪有一条路，村民们的房子都沿着这条路，江鹊外婆家在上面第三户。

平房，院子，三间屋，是厨房，客厅，卧室，以前还是土屋，后来某年江振达给弄成了水泥房，算是通透了些。

院子里亮着昏黄的灯，还是农村的土灶，锅里的饭好香。

江鹊放下包去帮忙，然后果然看到了客厅里堆放了不少营养品，什么牛奶，补品，核桃粉云云。

江鹊有点奇怪，还都是大牌货，电视上常见的营养品。

慰问老人一般不都是柴米油盐吗？

外婆给江鹊盛饭，江鹊也饿了，就在院子里的葡萄树架子下吃。

外婆年轻的时候是个很优雅漂亮的女人，名字也很好听，秦佩之。

江鹊其实从没问过——当然也没问过陈盼，总觉得外婆不一般，她没有农村老太太的市侩和粗俗，也从没有因为她是女孩子而嫌弃半分过。

外婆鼓励她好好读书，读书才能走出去，在遇见沈清徽前，唯一让她信赖和心安的，只有外婆。

前些年外公去世，几个儿女也没有把老人接去，外婆也不多说，觉得还是老家好，平日里也有街坊邻居照顾着，说说话。

外婆家的地也在前几年给了邻居大婶家，所以平日里大婶也会做点吃的送来，江鹊觉得过意不去，以前每回回来都要给大婶家塞点钱。

"外婆,现在政府真好,送这么多东西。"江鹊咬了一口馒头。

"还说呢,是前几天,来了个人,好高哦,看着跟你差不多大,说来看看我,给我送了这么些吃的,我这把年纪,每天凑合凑合吃就是了……小伙子长得挺好看,说是你朋友来着。"

外婆说:"我以为是你交了男友。"

江鹊不太好意思。

"他在这儿住了几天,昨天才走。"

江鹊更疑惑了,政府来慰问老人,也不至于在这儿住着,但又说不上来哪儿奇怪:"外婆,以后没有村主任带着的,你还是不要乱开门。"

"咱们这儿就这么大,平日里街坊出去都不怎么关门的,再说了,我也没什么值钱的东西。"

江鹊撇撇嘴,显然有点难以改变老年人的观念。

江鹊问了好些事情,看外婆状态还不错,外婆也只说是那天换灯泡,不小心踩滑了,邻居大婶送她去村里的卫生院看过了——

村里的卫生院就是上面那户人家,算是个赤脚大夫,家里进了不少药,会打个吊针,没有任何仪器,感冒发烧拉肚子还能医治,别的也真指望不上,尤其是这大夫还不是全职,平日还在山上干活。

江鹊想带外婆去市里做个检查。

外婆推说不用,就是跌了一下,没有任何事情。

江鹊思忖着,村主任家有辆小轿车,或许能给钱借用一下。

饭后,外婆非要把桌子收拾,家里连个冰箱都没有,剩菜还要放到邻居家的冰箱里。

江鹊过去的时候,大婶正在看电视。

"婶婶,这些日子麻烦您了。"江鹊特意准备了几百块钱,想塞给她。

"不用不用,都是邻居,你外婆以前也帮了我们不少忙。"邻居大婶不接,反而说,"鹊鹊,在淮川怎么样?前几天来的那个,是不是你交的男朋友?看着人挺好的,那两天给你外婆干了不少活——看着不像是干过活的样子。"

江鹊也茫然,思忖了半天,都没想到什么。

晚上八点,村里大部分人家都准备休息了,偶尔谁家在看电视,也能隐约听到点动静。

江鹊在院子里,想起来给沈先生发一条微信。

打开手机的时候,却先看到了几条未读消息。通通都是沈清徽发的。

"到了吗?"

"吃饭没有?"

发来一张图片。

"注意安全,早点休息。"

点开图片,加载了一会儿才显示。

是他发来的晚餐,在光洁干净的餐桌上,他煮了一碗小馄饨。

另一张图片,是院子里的龙沙宝石,娇嫩嫩的花儿,在夜幕下格外好看。

江鹊看着照片,就笑了。

外婆拿着枕头进来,看到江鹊脸上的笑,说:"看什么呢,笑得这么开心?"

"外婆,"江鹊不太好意思,抿抿唇笑得羞涩,说,"外婆,我有一个很喜欢的人。"

外婆给她整理床铺,江鹊翻找了一下——

合影就是在海边的那一张,沈清徽站在她的身旁。

但是外婆其实眼神不算特别好,昏暗的灯光下也没有看清楚。

外婆给她铺好床,坐在她旁边,很认真地跟她说:"鹊鹊,你还年轻,关于你的恋爱,外婆一点都不反对,但是外婆有一句话想说。"

"什么呀?"

"鹊鹊,外婆是第一次跟你说这些东西,希望你能记到心里去。"

"好。"

"你从小缺失了父爱与母爱,对待一份感情,不能只贪图对方对你好和甜言蜜语,说出口的爱很廉价,谁都会说,外婆不能陪你一辈子,可能以后也没办法帮你把把关,但你要知道,一段健康的感情,是平等的,是相互尊重、理解和支持,他是要真切地惦念着你,把你放在心上,你不要被花言巧语蒙蔽了眼睛,"外婆说,"永远都不要因为你的出身和家庭自卑,也不要因为缺失了亲情就在爱情上找寻安全感。"

江鹊低着头,恍惚间,好像听到了沈先生在某天夜里,抱着她,跟她说:"我同你是处在一段平等的关系中,我会尊重你,理解你,支持你。我喜欢你,不是贪图你的年轻和漂亮,是因为是你,美好的是你,从来都不是别的那些乱七八糟的。"

沈先生回回都尊重她,至少在这个性与爱都廉价的时代,他将她小心地爱惜着。

"要是他比你优秀太多,鹊鹊,你也不要一直依赖着对方,你要独立,不要依赖对方,你要成为自己的光。"

外婆拉着江鹊的手,粗糙的掌心,却能给她好多的安全感。

江鹊小时候,村里有很多关于外婆的传言,她都没太放在心上过。

有人说,外婆在那个年代离过婚,被人赶出来净身出户,有人说,外婆曾经跟别的男人生过孩子,外公是村里出了名的光棍,人穷但是老实。

早些年,村里确实有很多人对此有过闲言碎语,而在江鹊眼里,外婆是一个很厉害、很通透的人。

江鹊点点头,眼眶有点酸酸的。

"你也在我身边十六年,我还是相信,鹊鹊是能辨别是非的。"外婆摸了摸江鹊的背,其实大概也能猜到江鹊在淮川不容易,陈盼和江振达实在算不上什么合格的父母。

她身为江鹊的外婆,最担心的,还是这个孩子太单纯,从没有体验过父爱与母爱,会被那些花言巧语的男人骗了,在一段爱情里寻找宽慰。

缺少家庭关爱的人,在一段感情里格外敏感,更容易受到伤害,秦佩之不想这个可怜的孩子经历一段畸形的恋爱。

虽然秦佩之在农村里活了大半辈子,但她一点都不觉得农村出来的女孩子要自卑畏缩。

江鹊的原生家庭很不幸，原生家庭带来的伤害，已经对她的观念造成了很多扭曲，秦佩之看在眼里，疼在心里。

江鹊认认真真点头，外婆摸了摸她的脸："早点睡，明天咱们村里有集市，一早就吵。"

"好。"江鹊点点头。

外婆家其实也就两个房间可以睡觉，一左一右的两个房间。

不大的小房间，江鹊曾经住了十六年。

只有一扇窗户，一盏台灯，晕染出淡淡的昏黄的光。

江鹊把手机充上电，农村的八点半已经很安静了，偶尔能听到几声蛙叫与蝉鸣。

江鹊躺在床上，看着屏幕上沈先生给她发来的图片，回想着过往他对她说的那些话。

那一定是爱。

江鹊出神时，屏幕上又弹出来一条——

"晚安。"

他又发过来一段视频，像是同她分享着。

喜鹊仍然在笼子里，挂在花墙下。

叽叽喳喳的，他伸出手逗弄着喜鹊，喜鹊滑稽地跳来跳去。

江鹊笑了，她在屏幕上打字，又觉得不满意，一条条删掉，绞尽脑汁，想说点什么，词汇量又不够。

江鹊叹了口气："沈先生，我有点想你了。

"还有，特别特别喜欢您！

"我已经要准备睡啦，您也要早点睡，明天早上给您发消息！"

叮——

"好，早点睡，晚安。"

在这样的万籁俱寂里，江鹊格外想他，想念他的拥抱，想念他眉眼温和地同她说话。

甚至，更想牵着他的手，很骄傲地给外婆看。

江鹊吸了吸气，放下手机睡了。

沈清徽坐在院子里，院子里亮着一盏灯。

他看着江鹊发来的文字，唇边才渐渐染上笑意。

晚上八点半，应当抱着她看一场电影，又或者看着她坐在院子里认认真真地看要读的稿子。

他凑过去看她读的什么。

江鹊就捏着那沓纸，字正腔圆地读给他听。

有时候他的心思不在听上，手钩着她的手指捏着，江鹊一边脸红，一边认真地说："不行，我还要读完这一章。"

回忆真的不禁细想，总这样一点点蔓延，才短短的时间，她给他的生活带来了那么多的快乐和明亮。

想看到她仰着头，一脸憧憬又欢快地叫他"沈先生"。

也很想念她刷过牙后凑近的极快的晚安吻。

零碎小事，让思念愈深。

沈清徽捏着手机，忽然觉得好空旷。

第二天是集市日，早上四五点街上就有叫卖声。

江鹊从迷蒙中醒来，黛青色的天空隐约有袅袅的烟雾，她慢慢起来，站在外婆房门外看了一眼，外婆还没醒。

江鹊打扫了一下卫生。

结果看到垃圾桶里有一个小小的烟盒。

江鹊一愣，鬼使神差将那个扁扁的烟盒拿出来，黑盒子，英文字，回忆在脑海中闪过。

最后落定的，是沈明懿坐在一把椅子上，手里把玩着一个黑色的烟盒。

他常恶意地抽一口烟，喷到她的脸上，烟雾呛得她咳嗽。

但转念一想，又怎么可能是沈明懿。

沈明懿那么张狂的一个人，必然不可能到这种地方，况且，沈明懿只知道她老家在春新镇，别的他也不知道。

江鹊一点都不觉得是他。

但关于他的记忆还是刺痛了下神经,江鹊收拾了垃圾去村口扔了。

这本来就是个很小的农村,一周一次流动集市,周围乡镇的小贩来卖些瓜果蔬菜肉类,村民就购置下一周要吃的食材。

有时候还有些摊子卖些便宜的布和衣服之类的。

这天一早江鹊就起来,去村口买了些肉放在邻居家,也算顺个人情。

早上的时候见外婆精神不太好,起初只当是外面叫卖得太吵,但隐约有些担心。

她买了豆腐脑和油条,叫了外婆起床,然后去了上面村主任家。

只有村主任家才有一辆小轿车。

江鹊去到地方,结果只有村主任老婆在,说村主任一早去镇上办事了。

"怎么了,鹊鹊?"村子很小,邻里都熟悉。

"是我外婆,前一阵子摔倒了,我想带她去医院看看。"江鹊有点不好意思,"只有婶婶您家有车了,想麻烦叔叔一下来着。"

"二奶奶摔了?要不要紧?"

村里是以辈分相称,外公以前在村里的辈分高。

"不要紧,但还是想去大医院查查放心一些。"

"行,明天早上我让你叔和你们去。"

江鹊道了谢,对方怎么都不肯收下她买来的鸡蛋,说她一个女孩子在大城市也不容易。

当天江鹊回去,总觉得外婆状态不太好,整个人有点嗜睡,江鹊帮着洗了些衣服,晾晒的时候回头看了一眼,外婆正好从里面出来。

"外婆,我买了早饭,应该热着,在里面屋里……"

江鹊话音才落,没听到外婆答应,只听到"砰"的一声巨响,好像什么东西打翻了。

江鹊回头一看,外婆虚软地扶墙坐在地上,脸色很难看。

"外婆!"

江鹊跑过去,艰难地把外婆扶起来,外婆呼吸有点不稳,攥着她的手,断续地说,没事,是因为没有休息好,人老了。

江鹊眼泪差点掉下来,扶着外婆去了里面屋里的床上躺着。

眼下远水救不了近火,江鹊只能去外面把那个大夫喊上来,老头看了看,说让江鹊的外婆先休息。

"能叫120吗?"江鹊强忍着眼泪。

"120只能到镇上,进不了咱们这里,"大夫是个五六十岁的老头,黢黑的脸,他问,"村主任在家吗?"

"不在,估计下午才能回来。"

老头叹了口气,忽然想到什么:"我看集市上有面包车,你问过没有?"

"没有,我去问问。"

江鹊擦了擦脸上的汗,又跑出去问。

才早上八点,江鹊跑出去,门口有个摊贩,开着面包车卖童装,是一对中年夫妇,在江鹊小时候就常来,听江鹊说了情况,两口子赶忙收拾了东西说先送老人去医院。

秦佩之脸色不好,路上江鹊攥着她的手,只会"嗯"几声,有气无力地答几句,江鹊的心揪着,奈何折腾三个小时到了市立医院,排号做检查,做完已经是下午四点半。

但最后做的CT,说明天早上才能来拿结果。

江鹊想加急,说加钱都行。

"这问题也不是加不加钱的事儿,是我们要下班了,就算给了你也没医生看的。"化验科的女医生有点不耐烦。

小城市的医疗一点都比不上大城市。

江鹊只能带着外婆先回去,路上秦佩之脸色很差,手冰凉。

那对夫妻心很好,又送江鹊和外婆回到家,江鹊想留他们吃饭。

夫妻俩摆摆手:"我们还得回去给娃做饭。你先看着老人,不用这么客气。"

江鹊只能点点头,先送他们出去。

回来后,外婆很小声地说她:"这么折腾,花那么多钱,我又没事,就是没休息好……"

"不行。"江鹊忍泪摇头,"等明天我们再去看看,要是您病了,该住院住院,我还攒了一些钱,到时候我给大舅他们打电话……"

外婆听到"大舅"这个词,攥着江鹊的手用了用力,却到底没说什么。

外婆今年也有八十多岁了,江鹊只知道外婆有四个孩子,两男两女,但江鹊只知道陈盼是外婆最小的女儿,其他的子女,外婆不提,陈盼更是鲜少回来。

江鹊只以前听街坊说过大舅家生活条件很好,但一次都没有见过这个人。

江鹊去煮了点粥,秦佩之勉强地吃了几口,更像是宽慰江鹊。

这一天,秦佩之几乎没什么睡意。

她躺在床上跟江鹊说了很多,让她以后一定要开开心心的,哪怕没了外婆,也要知道外婆很爱她。

说陈盼不是一个合格的母亲,让她不要怨恨生活,以后要过得开心一些。

这些话听起来,有种分别的意味。

江鹊摇头。

秦佩之摸了摸江鹊的脸:"鹊鹊说有喜欢的人了,等今年生日的时候,我见见。"

"好,一定的。"

江鹊点点头,出去刷碗的时候,看到大夫在院子门口晃荡。

江鹊走过去,擦擦眼睛。

"鹊,带去看了吗?"

"看了,单子还要明天去取。"

"我给镇上卫生院的大夫打了个电话,有没有怀疑,是前段时间摔了,脑出血?"大夫说,"二奶奶年纪也不小了,要真是这些病,做手术也很危险。"

大夫回想起来，前几天秦佩之经常头晕来着，但是她毕竟是一个孤寡老人在家，怕是没有休息好，所以都没太当回事，加上秦佩之平日里也很少感冒发热，身体素质还是不错的。

"可我怕是别的病，总得去查查。"

"是，明天再去好好看看。"

大夫点了点头，跟江鹊告了别。

在这样偏远的山村里，老人生老病死，似乎都看命，陈家峪已经是个老龄化的村子，但凡有点希望的年轻人都不会留在这里，都在外面闯荡。

在旁人眼里，其实秦佩之的一生很可怜。

到了八十多岁的年纪，子女都不在身边，唯有这个小外孙女，今年也才二十岁，陈盼和江振达不是好的父母，也不是好的儿女。

可怜的，还是江鹊跟秦佩之。

晚上，江鹊守在外婆的床边，手机振动了好多次，她这才想起来，今天只顾着在路上奔波，还没有给沈先生回一条信息。

江鹊从口袋里拿出手机，微信上好多条未读，这会儿沈清徽更是打了一通电话。

江鹊去了院子里的葡萄架下接电话。

"今天怎么样了？看你一天没回消息，有些担心你。"

沈清徽握着手机，站在院子里，其实开了口，才觉得自己这通电话有点莽撞。

万一她只是专心陪着亲人呢？

"沈先生。"

乍一听到他的声音，江鹊鼻子一酸，莫名的委屈和心酸有点没忍住。

"怎么了？"沈清徽的心脏像是被什么捏了一下，有点酸楚蔓延开来。

"是我外婆，可能生病了，"江鹊攥着手机，情绪有些说不清的敏感，像是小心，又像是无助和彷徨，"我可能想在这里多留几天。"

要是外婆真的出了什么事情，江鹊到底也才二十岁，她心里自知自己不能很好地解决。

外婆是没有多少存款的，外公去世后，外婆是农村的低保户，一辈子也没多少钱，更没有医疗保险，江鹊这两年也没有攒到太多钱，尤其还要给江志杰还债，她私底下攒的估计也就只有几万块钱。

但是在市立医院，今天单做检查就花了五千块钱，接下来怎么做，江鹊还没有想好，是给那个传说里的大舅打电话要钱，还是给陈盼打电话？

陈盼平日里也就一年回来一次，家里的钱又是江振达管着，还要给江志杰还债。

江鹊真的有点不知道该怎么做。

"好，你自己可以处理吗？"

他的声音很平和，很有安抚力。

他不这样温和地问还好，一问出来，江鹊心口更酸得厉害："我还要想想办法。"

"有什么事告诉我。"

"好。"

怎么可能会告诉他，江鹊自己都没有任何勇气。

沈清徽叮嘱她早点休息，江鹊憋着眼泪答应了一声，然后匆匆挂断了电话，她抬手胡乱地抹着泪，总得想想办法。

外婆的子女鲜少回来，江鹊觉得平日里不来还好说，这会儿外婆生病了，总得尽一些赡养老人的义务吧？

以前村里人也都说，外婆和外公很厉害，外公在江鹊的眼里也确实很厉害，他去世那年是八十一岁，然而七十九岁那年还能去山上种玉米，以前听人说，外婆外公供出过两个大学生，陈盼和小姨陈菁才初中学历，那必然是那两个没有见过面的舅舅。

江鹊吸了口气，调整了下心情，准备去村主任家要电话号码。

要是以往，江鹊可能只会泪眼婆娑地守在外婆床边哭，根本不敢去想这些，可外婆说的话，让江鹊多少明白了些什么。

一段健康平等的感情关系，从来都不是打击与轻视，是尊重与鼓励，它们一点点渗透到她的生活里，让她多了很多自己都没有察觉到的勇气。

村主任听说了江鹊的目的，叹了口气。

他已经六十多岁了，是土生土长的陈家峪人，知晓这个村庄里发生过的一切。

"闺女，你这个想法是好的，但是你知道吧，"村主任抽着很便宜的烟，吐了口烟雾，"你大舅二舅，都不是二奶奶和二爷爷的孩子。他们是二奶奶和她前夫的孩子。只有你妈陈盼和你姨陈菁是二奶奶和二爷爷的孩子。陈菁嫁得远，估计是回不来的。"

江鹊呆愣住："可是村里不都说外婆和外公供出了两个大学生，那肯定是那两个舅舅……"

"是，是你二奶奶和二爷爷供的，但人家不姓刘，人家读了大学，就去城里找人家亲爹了，那个时候为了分配工作嘛，大学生怎么可能回咱们村里，回来种土豆啊还是种玉米？"

村主任无奈灭了烟，看江鹊一脸不可置信，让他老婆去拿了个本子："电话我给你，这都是几十年前的号码了，你打打试试吧。"

"好。"

"但是叔也跟你说，"村主任其实不忍心，但还是说了，"你家条件这样，二奶奶去了医院也不一定怎么治，八十岁已经是高寿了。"

江鹊没有接话，低头抄了电话号码，然后同村主任告了别。

而另一边，沈清徽拿着手机，隐约总觉得情况不太好，江鹊给他提过，外婆已经快八十岁，前不久摔了一跤。

年轻人还好说，但老人摔一下还真不一定怎么样。

要是老人真有什么事情，二十多岁的小姑娘，还真不见得能处理好。

沈清徽捏了捏眉心，桌上的茶叶已经泡得寡淡了，也没心思再喝一口。

他打电话让程黎查了查去春新市的机票，一天只有两趟航班，又看了看高铁票。

程黎心知肚明，但是又多嘴说了一句："沈先生，春新市到春新镇只有四趟公交,要颠簸两三个小时才能到镇上,春新镇下面还有四个村,我看了下地图都挺偏僻的,没看到有公交或者出租车。"

言下之意,那边真的很不方便。

但不方便,也不想让江鹊独自面对这些。

沈清徽沉默了片刻——不是犹豫,而是在思考着,自己突然出现,江鹊会不会觉得很意外。

还有——怎么才能尽快出现在她面前呢。

程黎其实不太赞成,说春新镇那边真的有点落后,怕是去了连个像样的住的地方都没有。

后来又说,下了高铁还要在路上折腾好几个小时,起码要半天。

程黎不该多管闲事,但也想劝一劝他:"沈先生,您也知道最近沈家不太平,且不说频繁开会,还有沈邺成最近的情况也不太好……于情于理,您都应该多去看看。"

"……"

"沈先生?"程黎半天没听到那边人说话,以为多少能听进去几句,他试探着又叫了一声。

"我开车过去吧,"沈清徽懒得跟他多扯,"公司那边随便,你顶着吧。"

"可是沈邺成……"

"要是需要出席葬礼,你提前一天给我打电话。"

"……"

程黎惊呆了:"沈先生,您不怕这样……"

"能怎样?"沈清徽轻嗤一声,毫不在意。

程黎静默,只能硬着头皮答应下来。

只知道沈先生从不在意沈家的事情,没想到淡薄成这样。

程黎不知道,于情于理,对沈清徽来说,江鹊的事情都在首位。

至少这是唯一待他真切的人,小姑娘年纪不大,却对他足够真心。

沈清徽晃了晃茶杯,茶凉了。

空的从来都不是房子——

江鹊睡着的时候，别墅里仍然空空荡荡，可他至少在醒来的片刻可以看到她在身旁。

有时她在楼下看稿子，好久听不到声音，他下了楼，至少能看到她坐在沙发上看得入迷。

厨房里购置的蔬菜水果、花瓶里在蔫掉的花、空荡荡的花园，才让他越发觉得空荡。

沈清徽很久都没有过这样的冲动时刻，昨夜断断续续地没有睡好，并不是因为被过去纠缠着，而是因为明确的思念。

现在才晚上八点半。

沈清徽给周彦打了个电话，托他来照顾鸟和院子里的花。

"你干吗去？"周彦正好要下班。

"人生大事。"沈清徽言简意赅，把别墅的密码告诉他。

周彦打趣："你不怕我看上什么拿什么？"

"随便拿。"他唯一重要的人在春新镇。

周彦愣住，还不等开口，沈清徽抓了车钥匙说："走了。"

"……行。"

图书在版编目（CIP）数据

春日喜鹊/孟五月著. -- 成都：四川文艺出版社，2024.11. -- ISBN 978-7-5411-7056-0

Ⅰ.I247.5

中国国家版本馆 CIP 数据核字第 20242F3X80 号

CHUN RI XI QUE

春日喜鹊

孟五月　著

出 品 人　冯　静
特约监制　王传先　临　渊
责任编辑　邓　敏
责任校对　段　敏

出版发行	四川文艺出版社（成都市锦江区三色路 238 号）
网　　址	www.scwys.com
电　　话	010-82068999（市场部）　028-86361781（编辑部）
印　　刷	三河市中晟雅豪印务有限公司
成品尺寸	146mm×210mm　　开　本　32 开
印　　张	9.75　插页 2　　字　数　290 千
版　　次	2024 年 11 月第一版　印　次　2024 年 11 月第一次印刷
书　　号	ISBN 978-7-5411-7056-0
定　　价	49.80 元

版权所有·侵权必究。如有质量问题，请与本公司图书销售中心联系调换。电话：010-82069336